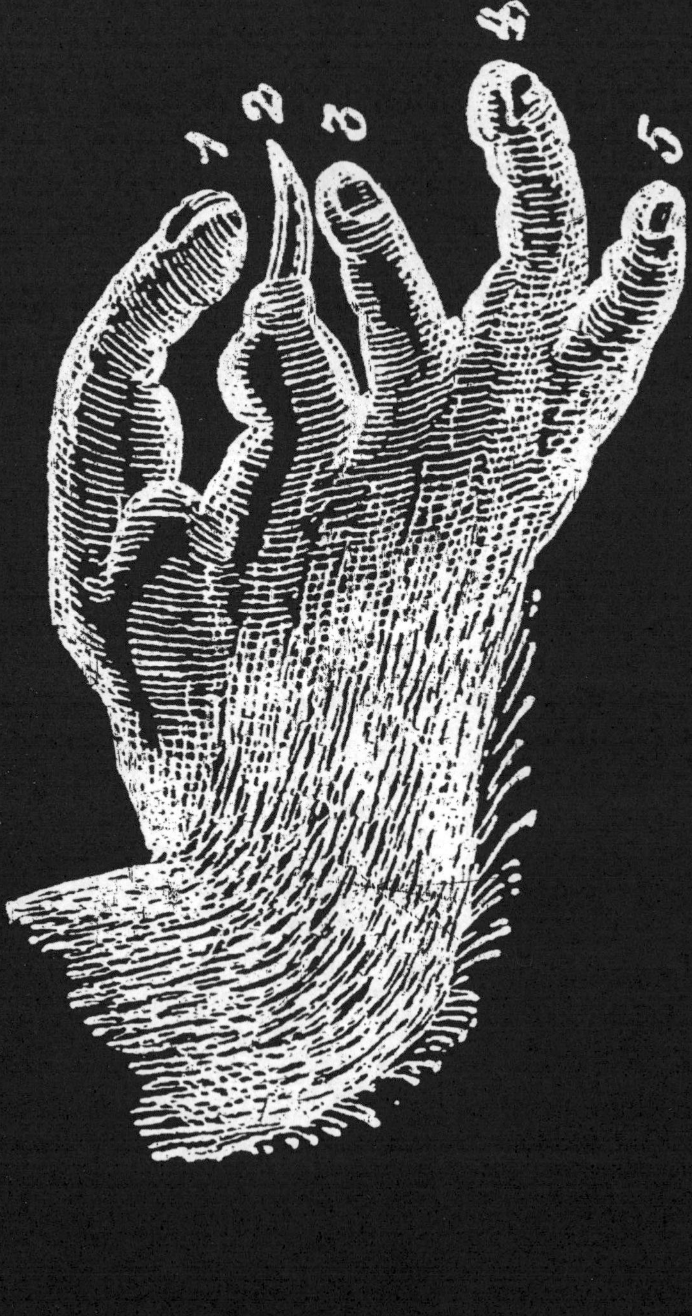
1
2
3
4
5

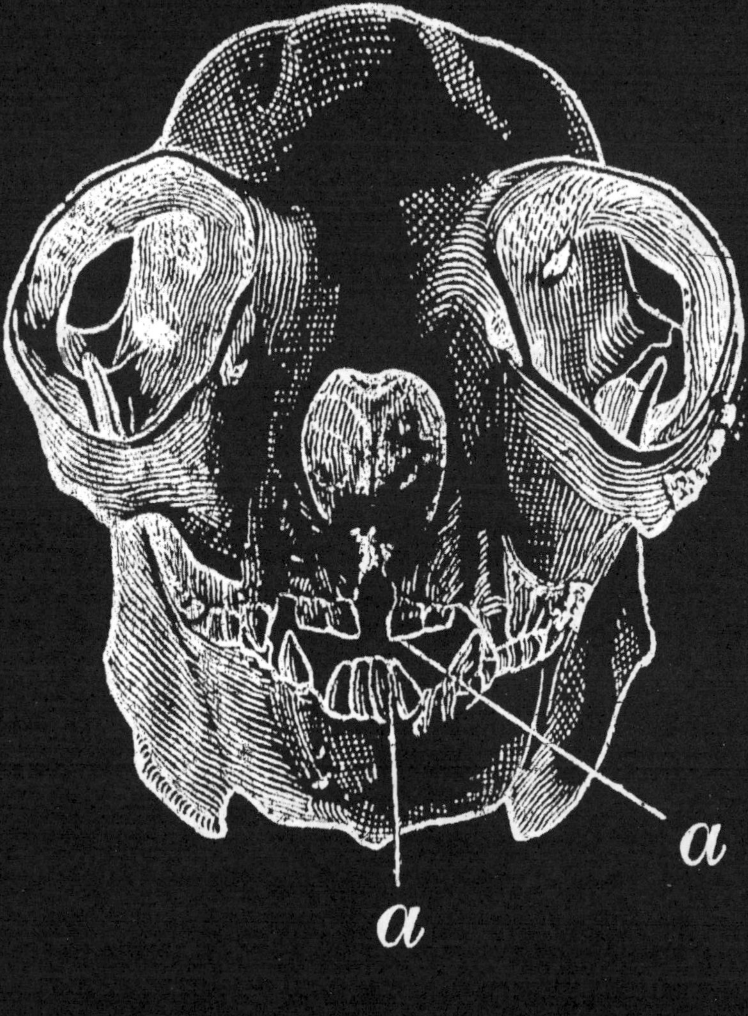

a
a

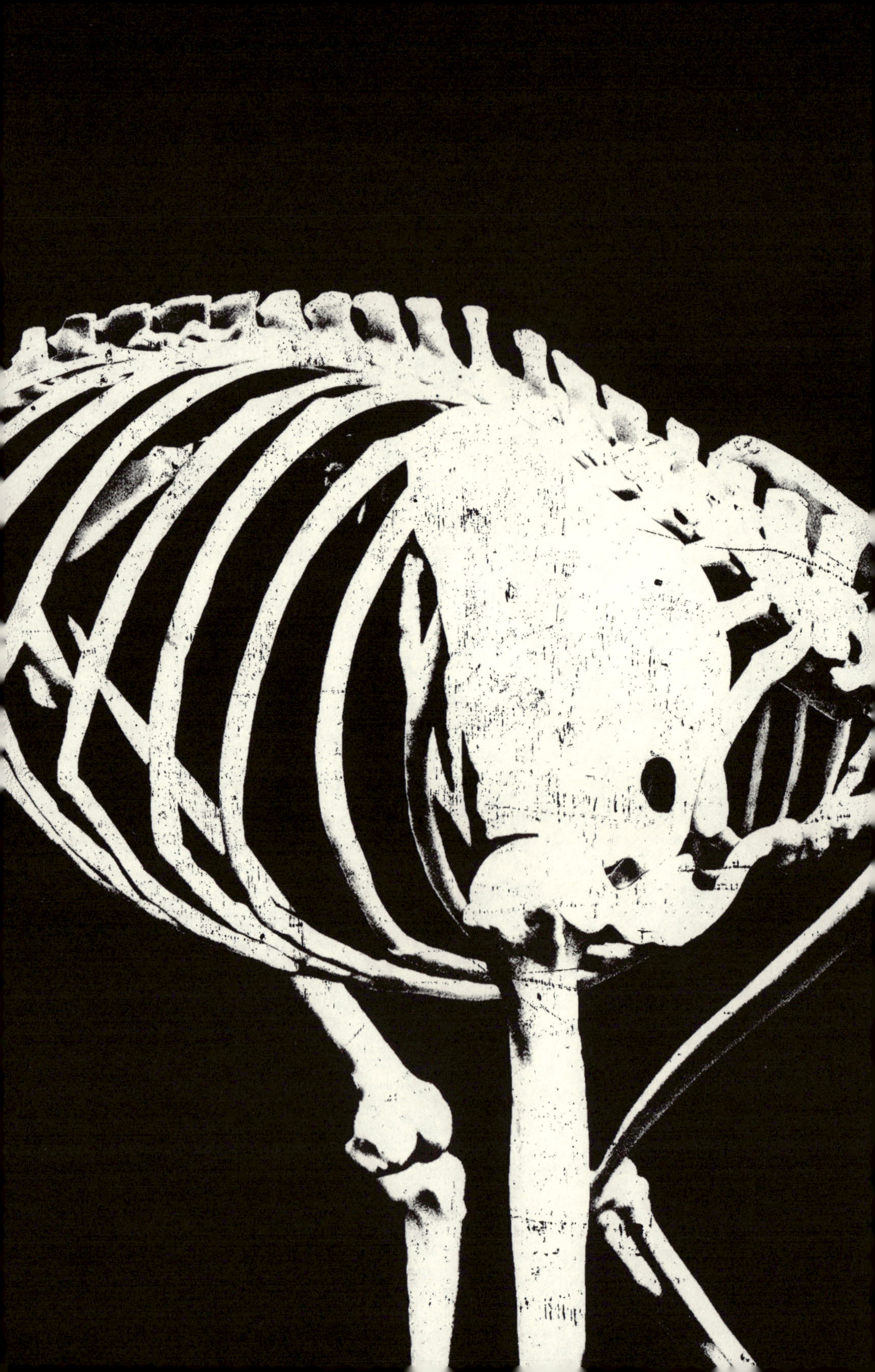

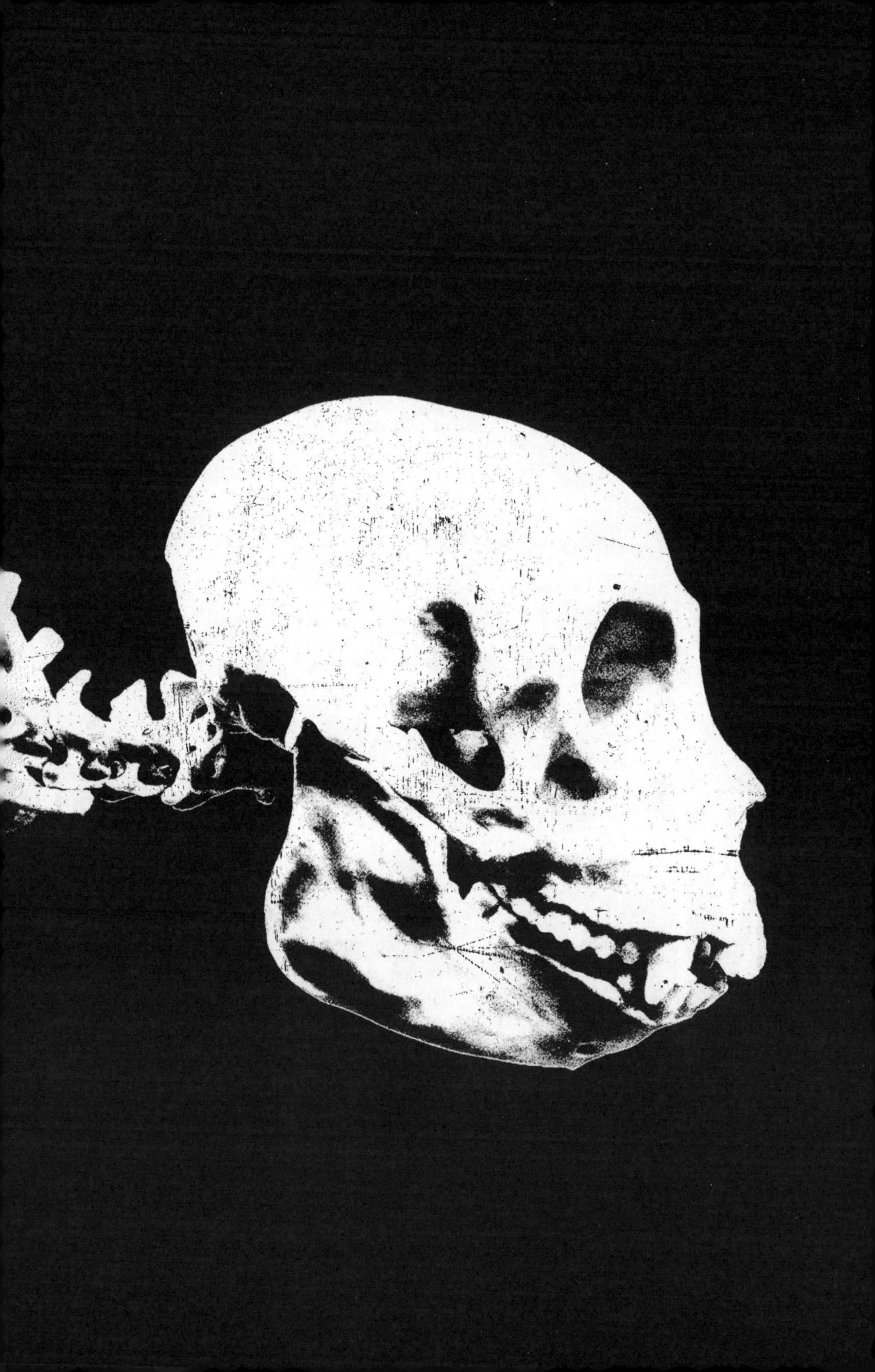

DADOS INTERNACIONAIS DE
CATALOGAÇÃO NA PUBLICAÇÃO (CIP)
Jéssica de Oliveira Molinari - CRB-8/9852

Hand, Elizabeth
Os Doze Macacos / Elizabeth Hand ; tradução de Ludimila Hashimoto. — Rio de Janeiro : DarkSide Books, 2023.
192 p.

ISBN 978-65-5598-299-2
Título original: 12 Monkeys

1. Ficção norte-americana 2. Ficção científica 3. Distopia
I. Título II. Hashimoto, Ludimila

23-3662 CDD 813

Índice para catálogo sistemático:
1. Ficção norte-americana

Imagens do projeto gráfico: © Alamy, © Getty Images, © Dreamstime.com e Acervo Macabra/DarkSide
Impressão: Leograf

"É possível acreditar que todo o passado é apenas o começo de um começo, e que tudo o que é e foi é apenas o crepúsculo da aurora. É possível acreditar que tudo o que a mente humana já realizou seja apenas o sonho antes do despertar." — H.G. Wells

Fazenda Macabra
Reverendo Menezes
Pastora Moritz
Coveiro Assis
Caseiro Moraes

Leitura Sagrada
Dayhara Martins
Jade Medeiros
Jessica Reinaldo
Tinhoso e Ventura

Direção de Arte
Macabra

Coord. de Diagramação
Sergio Chaves

A toda Família DarkSide

MACABRA™
DARKSIDE

Todos os direitos desta edição reservados à
DarkSide® Entretenimento Ltda. • darksidebooks.com
Macabra™ Filmes Ltda. • macabra.tv

Um filme de

Terry Gilliam

12 M

Um romance de **Elizabeth Hand**

baseado no roteiro de **David & Janet Peoples**

Tradução **Ludimila Hashimoto**

MACABRA™
DARKSIDE

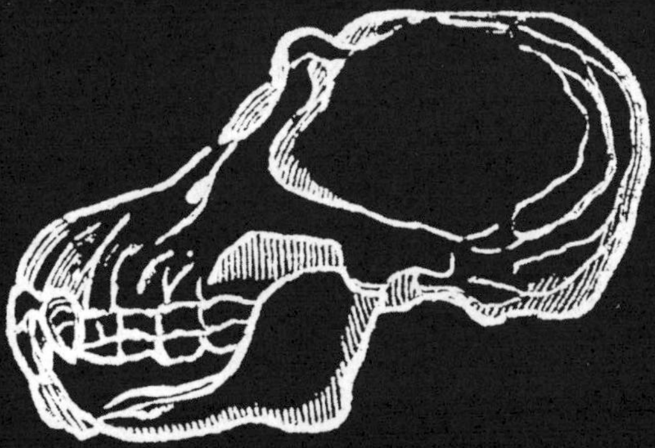

O EXÉRCITO DOS DOZE MACACOS

Quando ela ergueu a cabeça, Cole estava parado acima dela na escuridão azulada. Ele não parecia mais meramente insano ou mesmo perigoso. Com o rosto ensanguentado, o olhar sombrio fixo nela e a pistola barata firme na mão imensa, ele parecia, sem dúvida, mortífero.

"Está machucada?", perguntou ele, enfiando a arma no bolso. Dava a impressão de que sentia dor ao falar.

Kathryn tropeçou. "Hã? Não. Sim..." Ela olhou de relance para a saia rasgada, o sangue marcando os punhos da blusa.

Ele não estava escutando.

Ele a puxou pelo corredor, passando por mais um círculo vermelho-vivo com os macacos toscos sorridentes. À frente deles, dava para ver um feixe de luz tênue em meio à treva, dando um brilho sanguíneo à trilha de tinta vermelha respingada que se estendia diante deles.

"Você não tinha uma arma antes, tinha?", perguntou Kathryn, com a voz sem vida.

"Agora eu tenho", respondeu Cole e a arrastou na direção da luz.

"Nada separa as memórias dos momentos habituais.
É só mais tarde que elas reivindicam a lembrança,
quando mostram suas cicatrizes."
— Chris Marker, *La Jetée* —

12M

No sonho, há trovão, pessoas gritando, o chiado de um interfone mudo. No alto, um monitor mostra horários de voos, uma foto de crianças sorrindo. A vinte metros de distância, uma mulher se ajoelha no piso de ladrilho, ao lado de um homem de camisa florida. Enquanto o menino os observa, a mãe aperta a sua mão. Ele sente o cheiro do suor do pai, sobrepondo-se à colônia pós-barba Old Spice, ouve a voz dele mudar quando o puxa bruscamente.

"Anda..."

Depois, o barulho de pés correndo, o bipe agudo e distante de um alarme em algum lugar do aeroporto. Ele fica olhando, não sai do lugar, torce o nariz. Há um cheiro ao mesmo tempo estranhamente familiar e irreconhecível, algo que tem certeza nunca ter sentido antes: sal e metal chamuscado. Por um instante, se pergunta se é um sonho, será que se esqueceu de alguma coisa? Mas aí a voz do pai fica nervosa, até assustada.

"... vamos, aqui não é lugar pra gente."

Enquanto os pais o levam às pressas, ele vira a cabeça, ainda hipnotizado pela mulher ajoelhada. O cabelo de algodão-doce brilhando sob as luzes fluorescentes, a boca aberta como que para receber um beijo, mas ele pensa não, ela está prestes a gritar...

Mas não grita. Em vez disso, a cabeça dela abaixa na direção da cabeça do homem. Mesmo daqui, ele consegue ver as lágrimas jorrarem, um pequeno rastro preto de rímel. O homem estendido no chão ergue a mão. Ele a toca, os dedos deixando pequenas flores vermelhas no rosto dela. Então, a mão dele cai mole sobre o peito, onde mais flores brotam, viçosas e úmidas, manchando de vermelho a camisa havaiana chamativa.

"*Voo 784 com destino a São Francisco, embarque autorizado*", anuncia o alto-falante. "*Portão 38, portão trinta...*"

Agora, as pessoas estão por toda parte. Alguém ajuda a mulher a se levantar; outra pessoa se agacha ao lado do homem no chão e abre a camisa havaiana, em um rasgo frenético. De longe, o menino ouve uma sirene, gritos, estalos de um walkie-talkie da segurança. O pai o puxa bruscamente para um canto. A mão da mãe se aconchega no cabelo dele, então ele a escuta murmurar, mais para si mesma do que para ele: "Está tudo bem, não se preocupe, vai ficar tudo bem...".

Mas mesmo ali ele sabia que ela estava mentindo, que nada nunca mais ficaria bem. Nesse momento, ele sabia que tinha visto um homem morrer.

Ele acordou na penumbra, como sempre. Os odores de colônia pós-barba e sal se dissiparam em um fedor morno de corpos sem banho e excremento. No alto, um barulho ensurdecedor saía do interfone, entre estouros de interferência.

"*... número 5429, Ishigura. Número 87645, Cole...*"

Ele piscou, confuso, passando a mão pelo rosto e empurrando o cabelo escuro e escorrido da frente dos olhos. "Número 87645..." Ao som do seu próprio número, Cole despertou totalmente com uma careta e olhou de relance para a gaiola de dormir ao lado da dele.

"Ei", sussurrou. "Jose! O que tá acontecendo?"

Nas outras jaulas, as pessoas se contorceram para olhar para ele, seus olhos cintilando na penumbra. Por um momento, Jose se recusou a olhar em seus olhos.

E então, "Falaram o seu nome, cara", sussurrou ele.

Cole balançou a cabeça. "Eu estava dormindo", disse. "Estava sonhando."

"Pena que acordou." Jose virou de bruços, o cotovelo raspando na grade de metal da gaiola. "Tão procurando voluntário."

Um arrepio subiu pelo pescoço de Cole. "Voluntário", repetiu, apático. Vozes ecoaram do corredor escuro, o barulho de botas batendo no concreto quebrado. Jose mostrou os dentes em um grande sorriso.

"Ei, quem sabe eles vão te absolver, cara."

"Claro", disse Cole. O corpo todo estava frio agora, o suor brotando por baixo do tecido áspero e fino do uniforme. "Por isso que os 'voluntários' nunca voltam. São todos absolvidos."

As vozes estavam mais perto. Das jaulas de metal, vinha o som de pele raspando no aço à medida que as pessoas se reviravam e tateavam para olhar melhor. "Tem gente que volta", disse Jose, esperançoso. "Foi o que eu ouvi falar."

"Você tá falando do sete?" Cole mostrou os dentes e apontou o polegar para o teto baixo. "Escondem os caras lá em cima. Tudo ruim da cabeça. O cérebro já era. Tudo doido."

"Você não sabe se tão doido", disse Jose, um pouco desesperado. "Cê não viu eles. Ninguém viu eles. Pode ser que não estejam doidos. Isso é só boato. Ninguém sabe." Ele ficou com um olhar sonhador, vidrado. "Eu não acredito nisso", insistiu com uma voz suave.

Um clarão cortou o breu, feixes de lanterna mexiam sobre cabeças raspadas, bocas faltando dentes. Jose puxou a coberta para cima do rosto.

"Boa sorte, cara", sussurrou.

Cole apertou os olhos quando um halo de luz forte parou na frente da sua jaula.

"Serviço voluntário", anunciou um guarda parrudo.

"Eu não me voluntariei", disse Cole em voz baixa. Nas outras gaiolas, os prisioneiros assistiam de olhos semicerrados.

"Você está causando problema de novo?", rosnou o guarda.

Cole olhou fixamente para ele, então balançou a cabeça. "Nenhum problema", murmurou. "Nenhum problema mesmo."

A porta minúscula da gaiola abriu e Cole saiu engatinhando, os guardas pegando seus braços e o puxando de qualquer jeito para o chão. Ele foi andando entre os guardas, tentando não ver as centenas de olhos fixos nele, frios e brilhantes como rolamentos de aço, tentando não ouvir os palavrões e xingamentos guturais, e um ou outro "Boa sorte, cara", que o seguiam pelo corredor imundo.

Serviço voluntário...

Levaram-no a uma parte do complexo em que ele nunca estivera, passando por fileiras intermináveis de jaulas, por corredores infinitos sem janelas nem portas. O odor pútrido da área das gaiolas se dissipou, substituído por ar quente e abafado. Os corredores ficaram mais amplos. Apareceram portas, a maior parte escancarada para uma escuridão total. Depois de cerca de quinze minutos, pararam diante de uma parede de metal com cicatrizes de ferrugem e uma miríade de furos de bala.

"Aqui." O guarda que falara primeiro digitou um código de acesso. A porta se abriu, e o guarda o empurrou para dentro. Cole cambaleou para a frente, tropeçou e caiu no chão. Com um *shhh* suave, a porta se fechou.

Ele não sabia quanto tempo havia ficado caído ali, escutando as batidas do coração, os passos do guarda ecoando até silenciarem. Quando por fim tentou se levantar, as pernas doíam, como se estivessem desacostumadas a se mexerem. Havia um gosto amargo no fundo da boca. Estava em uma sala tão escura que só conseguia enxergar sombras, o vulto anguloso de máquinas e rolos de fiação, e o que pareciam ser canos pendendo do teto.

"Prossiga", ordenou uma voz. Cole olhou ao redor até encontrar a origem do som, uma grade minúscula em uma parede.

"Prosseguir com quê?", perguntou ele.

"Prossiga", repetiu a voz, desta vez com um toque de ameaça.

Cole andou pela sala escura com cautela, tentando não tropeçar. Tinha quase chegado ao limite quando se deteve, prendendo a respiração.

Diante da parede, se formou o contorno de figuras pálidas, fantasmagóricas, de olhos enormes e inexpressivos. Cole olhou para eles de olhos arregalados, então soltou o ar em um suspiro de alívio: não eram fantasmas nem interrogadores, mas sim trajes. Trajes espaciais ou trajes anticontaminação, cada um com um capacete e visor de plástico. Abaixo deles, havia fileiras de tanques de oxigênio, caixas com lanternas, tubos e frascos de plástico, luvas industriais pesadas e mapas.

"Prossiga", repediu a voz da grade.

Ele remexeu nos trajes até encontrar um que parecia talvez caber. Enfiou os braços na roupa, o material repuxando confortavelmente seu peito largo, depois tentou com dificuldade fechar o zíper.

"Todas as aberturas têm que ser fechadas", disse a voz. Cole deu um puxão no zíper, se contraindo com a mordida dos dentes de metal no peito. "Se a integridade do traje for comprometida de qualquer modo, se o tecido rasgar ou o zíper não fechar, a readmissão será negada." Mais zíperes, uma série de fechos metálicos. Então ele ficou ali parado, respirando com dificuldade, já suando dentro da carapaça de tecido pesado.

"Prossiga", comandou a voz.

Ele olhou ao redor e viu outra porta, menor, na parede atrás dele. Se voltou para ela, parou. Colocou o capacete de plástico sobre a cabeça, ajustando o visor, depois se abaixou e ergueu um tanque de oxigênio. "Jesus", murmurou, soltando um grunhido ao jogá-lo para as costas. Puxou o tubo que estava preso nele e enfiou no capacete. Depois, parou diante da caixa aos seus pés, tirando um objeto, depois outro, olhando para eles e franzindo o cenho. Como em um sonho, ergueu um frasco, forçando a vista para ver se tinha rótulo, e o devolveu para pegar um maior. O gosto amargo na garganta ficou mais pronunciado quando ele bocejou, cobrindo a boca com a mão enluvada. Frascos, ampolas, um mapa. Por último, puxou do fundo da caixa uma lanterna, testando para se certificar que funcionava.

"Prossiga."

Cole atravessou a sala, devagar e desajeitadamente no traje pesado, o coração batendo forte com o esforço e com o que se recusava a reconhecer como medo. Quando chegou à porta, ele a abriu deslizando, revelando uma câmara minúscula, uma espécie de câmara de descompressão. Entrou. A porta se fechou com um estrondo atrás dele. Sua respiração acelerou quando sugou o oxigênio do tanque de ar nas costas. Na parede em frente, havia outra porta com uma tranca enorme em forma de roda. Ele girou a roda, grunhindo com o peso, depois a empurrou lentamente e atravessou a abertura. De imediato, perdeu o equilíbrio, mas se segurou antes de bater no chão.

"Filho da puta."

A sala inteira estremeceu. Houve um som de rangido, uma série de tinidos ensurdecedores: ele estava dentro de um elevador subindo. Por alguns minutos, se apoiou na parede, tentando se acalmar. Então o elevador parou com um tranco. Cole se dirigiu hesitante para a porta. Um minuto passou, nem o elevador nem a porta se mexeram. Sua própria respiração fazia um estrondo nos seus ouvidos. Finalmente, ele se preparou e puxou a porta devagar.

Do lado de fora, uma escuridão ininterrupta se derramava. Ele ouviu o *plink-plink* suave de água pingando, abafado pelo capacete. A lanterna mostrou uma água preta se movendo vagarosa por um largo canal subterrâneo. Um esgoto. Cole sentiu uma pontada de gratidão pelo tanque de oxigênio. A alguns metros, uma escada enferrujada atravessava uma parede de concreto desmoronando. Ele remexeu no cinto até encontrar o mapa, desdobrando-o desajeitado com as luvas. Olhou de volta para a escada, redobrou o mapa com um suspiro e entrou espirrando água do canal.

A escada estremeceu sob ele enquanto subia, tentando trocar o peso igualmente para que toda a construção dilapidada não o derrubasse na água preta abaixo. Uma vez, quase perdeu a lanterna. Quando finalmente chegou ao último degrau, bateu a cabeça no teto, e do concreto rachado vazaram veios pretos rastejantes de lodo. Cole fez uma careta, espiando acima até encontrar o que estava procurando. Segurou firme na escada com a mão esquerda, com a outra empurrou o teto até senti-lo tremer. Com um rangido agudo repentino, a tampa do bueiro cedeu. Um círculo de luz azulada se abriu acima dele quando empurrou a tampa com força para o lado. Ele subiu.

Noite!

Mas não a noite artificial que ele já conhecia por tanto tempo, com seu fedor de homens engaiolados e proteína vegetal em decomposição. Em vez disso, acima dele avultavam prédios, casas geminadas, arranha-céus e conjuntos habitacionais de tijolos, suas janelas quebradas parecendo dentes de prata brilhando ao luar. A prata caía do céu também; ele estendeu a mão enluvada e, encantado, a observou se recobrir de cristais.

Neve. *Neve!*

"Jesus amado", murmurou.

Frio de verdade. Neve de verdade.

Ele se endireitou, virando para que a lanterna percorresse a paisagem. Ele estava em uma praça cercada de prédios mortos, árvores imensas cujos galhos se aglomeravam nas fachadas de lojas vazias, espinhas retorcidas de postes telefônicos. Protuberâncias cobertas por trepadeiras de metal que ele sabia serem automóveis. Não conseguia se lembrar quando tinha visto um automóvel pela última vez, mas diante da visão das trepadeiras, franziu o cenho, lembrando-se de algo. Outro sonho: esse de uma sala cheia de luz, um círculo de rostos brancos e uma voz monótona recitando algo enquanto imagens tremeluziam em uma tela.

"Pueraria lobata, conhecida por kudzu. Uma planta nociva que serve de hospedeira para uma variedade de insetos..."

Ele apalpou o cinto até encontrar um frasco, depois se aproximou dos carros com cautela. Com uma das mãos, cavou entre as trepadeiras, até que, com um grito de triunfo, capturou um pequenino besouro broca-de-madeira. Desajeitadamente, abriu a ponta do tubo de coleta e estava soltando o besouro lá dentro quando algo fez um barulho atrás dele. Equilibrando o tubo contra o peito, ele se virou.

"Mas que...!"

No clarão da lanterna, uma criatura enorme se empinou, rosnando. Cole cambaleou para trás, a criatura permaneceu na mesma posição diante dele, movendo as garras na neve que flutuava no ar, a boca aberta para mostrar fileiras de dentes brancos.

"Meu Deus!"

Um urso. O rosnado se tornou um rugido. Por um momento, Cole achou que o urso ia pular em cima dele. Em vez disso, ficou de quatro abruptamente, se virou, e sem olhar para trás saiu andando em silêncio pela rua. Cole ficou olhando-o partir, o coração disparado. Quando ficou fora de vista, ele andou lentamente até a praça.

A luz do luar evidenciou um círculo congelado de vitrines à deriva com neve e folhas mortas. Em uma delas, havia um trem de brinquedo aos pedaços. Manequins de olhos vazios usavam farrapos e pedaços de enfeites de Natal, as mãos rígidas apontando para bichos de pelúcia soltando espuma picada e serragem. Abaixo de uma árvore de Natal de metal meio torta, um anjo caído, o rosto manchado de terra. Cuidadosamente, Cole atravessou a vitrine quebrada e andou de um lado para o outro dos corredores, sua lanterna direcionada para as prateleiras de metal retorcido, cheias de roupas apodrecendo. Ele parou quando a luz bateu em um manequim de camisa havaiana, com um sorriso maníaco, sob uma placa que anunciava: COMECE O ANO NOVO NAS ILHAS FLORIDA KEYS!!! Entre as mãos estendidas do manequim, uma teia de aranha elaborada cintilava no feixe de luz da lanterna.

"Ok." Cole respirou, pegando outro frasco de coleta. Quando estendeu a mão enluvada e puxou a aranha, a teia desmoronou. Com um som como o de suspiro, o manequim estremeceu. A camisa havaiana virou pó quando pombos esvoaçaram no alto, indo se empoleirar nas sombras.

Ele saiu da loja, o vidro quebrado rangendo sob seus pés. A neve soprava em redemoinhos suaves contra as laterais de prédios vazios. Ao longe, ele ouviu uivos baixos: lobos. No fim da praça, havia um cinema. Na calçada abaixo do letreiro, letras estavam caídas sob uma camada de neve. Acima, o letreiro dizia:

CLÁSS ICOS DO C NEMA 24H/ ESTIVAL HIT HCOCK

Ele mal registrou o letreiro, seguindo devagar e determinado na direção de uma parede de tijolos caindo aos pedaços que se estendia ao lado. Entre pichações obscenas e cartazes rasgados, havia uma imagem feita com estêncil: doze macacos dançando em roda. Ao lado, estava a palavra: CONSEGUIMOS!

Cole ficou olhando para o estêncil. Quando engoliu, estava com um gosto azedo na boca, um retrogosto amargo. Virou-se da parede e continuou, saindo da praça e passando por uma grande estação de trem abandonada. Não viu os vultos agachados na entrada escancarada da estação — seis lobos, os olhos verdes brilhando com ar funesto ao luar. Mas havia outras pegadas, solitárias, ali, muito grandes, com garras pronunciadas nas pontas de cada dedo. Ele seguiu essas, até ver aos seus pés um pequeno monte marrom exalando vapor no frio. Cole se curvou e coletou parte das fezes com outro tubo. Atrás dele, os lobos foram saindo em silêncio, desaparecendo atrás de um carrinho de bebê abandonado. Cole fechou o tubo de coleta e continuou seguindo os rastros do animal.

Mais adiante, ele chegou a um belo prédio antigo em estilo *beaux-arts*, extravagantemente coberto de hera, seus degraus destruídos cheios de ossos e vidros quebrados. As pegadas iam dar ali, subindo a escada, para dentro de uma arcada escura. Bem no alto, no exterior rococó do prédio, uma coruja se empoleirava, o olhar redondo e amarelo fixo no homem abaixo. Feixes pálidos de luz se derramavam sobre os degraus do prédio. Quando Cole passou pelo arco de entrada, a coruja pestanejou para o envoltório de luz do sol aparecendo acima do horizonte. Então, abriu as asas e se ergueu no ar acima da cidade abandonada.

As pegadas seguiram até um saguão enorme invadido por árvores. De uma claraboia quebrada no alto, escoava o sol pálido. Folhas se amontoavam por toda parte, com um odor animal tão pungente que Cole conseguia sentir mesmo através do visor. Ele passou por colunas gigantescas entrelaçadas por trepadeiras, amplos degraus de mármore escorregadios de gelo e vegetação apodrecendo. Subiu a escadaria, agora um pouco ofegante, até chegar ao topo da edificação. Portais amplos davam para um deque panorâmico. Ardósia e vidro quebrados estavam por todos os lados. Cauteloso, ele seguiu as pegadas até ali fora, caminhando com dificuldade entre os escombros. Houve um baixo som de tosse, como alguém pigarreando. Cole se virou.

Na parede atrás dele, havia um círculo de estêncil em tinta vermelha. Dentro dele, doze macacos dançavam e sorriam acima da mesma legenda triunfante.

CONSEGUIMOS!!!

O som de tosse veio de novo, mais alto desta vez. Cole ergueu a cabeça e viu em cima do telhado da edificação ornamentada uma silhueta, preta sobre a glória repentina do sol nascente. Um leão, a juba formava uma coroa brilhante de ouro ao jogar a cabeça para trás e rugir até o ar estremecer com o som — único soberano de um reino abandonado pelos homens.

"Prossiga."

A água gelada fazia um estrondo ao sair de bocais na parede, espancando o corpo nu de Cole. Ele estremeceu, tentando não berrar, e se curvou diante de dos dois vultos pesados usando trajes de descontaminação golpeando-o com duas varas longas. As varas tinham escovas de arame rígido na ponta. Os vultos o espetavam sem piedade; vez ou outra ele conseguia ver de relance um deles sorrindo através da máscara manchada do traje.

"Levante os braços acima da cabeça."

Cole obedeceu, se retraindo à medida que a água era substituída por químicos cáusticos que queimavam sua pele. Os vultos de traje de descontaminação começaram a esfregar os sovacos dele. Uma água fétida escorreu por seus tornozelos e espiralou ralo abaixo. De uma grade no alto, uma voz ordenou:

"Prossiga."

Os dois vultos se afastaram. Estremecendo, Cole saiu do chuveiro e andou por uma passagem estreita, ainda nu, sentindo cada centímetro dele esfolado. Na sala ao lado, um banquinho de três pernas estava posicionado abaixo de uma única luz instável. Ao lado do banco, havia uma pequena caixa branca de plástico. Cole friccionou os dentes para pararem de bater e se sentou.

"Prossiga."

O banco rangeu por causa de seu peso quando ele estendeu a mão para a caixa branca de plástico e tirou uma seringa hipodérmica antiquada. Ele fechou o punho, enfiando a agulha desajeitadamente no braço e olhando o sangue encher o corpo da seringa devagar. Ao levantar a cabeça, viu uma única janela, quase opaca, de plástico espesso na parede de ferro enferrujado. Do outro lado, figuras sombrias se moviam, observando-o. No momento em que a seringa encheu, ele a recolocou com cautela em um compartimento da caixa de plástico. No vão estreito da entrada, dois guardas apareceram, segurando um uniforme de prisioneiro. Sem esperar a ordem, Cole se levantou, foi até eles e se vestiu.

Quando estava pronto, eles os escoltaram por uma passagem no cavernoso espaço subterrâneo. O uniforme raspava na pele dolorosamente. O ar tinha um cheiro rançoso, mas não era tão quente quanto no alojamento dos prisioneiros. Ele não cometeu o erro de perguntar aos guardas aonde o estavam levando. Após alguns minutos, pararam na frente de uma porta alta que deslizou silêncio.

"Vai." Um dos guardas deu um empurrão em Cole.

Ele estava dentro de uma câmara em que todas as superfícies concebíveis estavam cobertas por impressões: paredes e teto, até partes do chão estavam forradas com fotografias, jornais antigos, mapas e gráficos, leituras de dados de computador, multas de trânsito, capas de revista, relatórios de cirurgião, panfletos. "O TEMPO AINDA ESTÁ PASSANDO!!! NADA DE CURA AINDA!!!" uma manchete gritava. Estantes de livros envergavam sob o peso de volumes incompletos e deteriorados de enciclopédias. Encostadas em uma parede, mesas de computadores, as telas cinzas e vazias. Havia uma pirâmide improvisada de televisões com as telas quebradas, um rádio Motorola antigo. No centro de tudo isso, estirava-se uma longa mesa de reuniões coberta com ainda mais restos tecnológicos — sistemas de circuitos de computador, algumas dezenas de controles remotos de televisão, um rádio transistorizado. Em torno da mesa, seis homens e mulheres sentados com roupas brancas manchadas, que para Cole lembravam aventais cirúrgicos.

Um dos guardas pigarreou. "James Cole. Removido da quarentena", anunciou.

Na cabeceira da mesa, um homem de feições delicadas um tanto cansadas, mãos pálidas e longas, acenou com a cabeça. Usava óculos escuros de armação quadrada e pesada. "Obrigado. Podem esperar lá fora", disse aos guardas. As lentes escuras fixas em Cole de modo avaliativo.

"Ele tem histórico, doutor", alertou o outro guarda. "Violência. Antissocial Seis, cumprindo de 25 a perpétua.

O olhar inexpressivo do cientista permaneceu em Cole. "Não acho que ele vá nos agredir. Não vai nos agredir, vai, sr. Cole?"

Cole balançou a cabeça de modo imperceptível. "Não, senhor."

"Claro que não. Prisioneiros não têm o hábito de machucar microbiologistas como eu." Ele sorriu friamente, depois fez um gesto dispensando os guardas. "Podem ir. Por que não se senta, sr. Cole?"

Havia uma cadeira vazia à mesa de reuniões. Cole olhou de relance para os outros. Eles o observavam com frieza, de modo impessoal; uma mulher conteve um bocejo.

"Sr. Cole?", insistiu o microbiologista em um tom suave. Cole se sentou.

O homem juntou as pontas dos dedos das duas mãos. Por alguns minutos não disse nada. Então: "Queremos que nos conte sobre ontem à noite".

Cole respirou. "Não tem muito o que dizer", começou. "Eu..."

"Não", o microbiologista o corrigiu. A voz era despreocupada e ameaçadora. "Nós vamos lhe fazer perguntas. Você vai responder com o máximo possível de detalhes. Então: logo que saiu do elevador, onde se encontrava?"

"Em um esgoto."

"Um esgoto." O microbiologista olhou de relance para a mulher ao seu lado, que rabiscava seriamente em um pedaço rasgado de papel. "Em que direção a água estava correndo?"

Cole franziu o cenho. "Em que..."

"Sem perguntas, sr. Cole!", cortou o microbiologista, mostrando dentes brancos e alinhados. "Você tem que observar tudo. De novo, em que direção a água estava correndo?"

"Hm... norte," disse Cole, chutando. Sentiu o suor começando a brotar na testa.

"Norte", o microbiologista repetiu, ajustando os óculos escuros. Alguns dos outros acenaram positivamente com a cabeça. "Muito bem. Agora, notou alguma coisa na água?"

Assim se seguiu por uma hora. Os olhos de Cole lacrimejavam de exaustão; o gosto acre de substâncias químicas revestia sua língua. Outro cientista lhe entregou um quadro negro e pediu que esboçasse um mapa.

"Amostra número quatro. Onde encontrou essa?"

Cole se remexeu no assento. A sala dançava diante de seus olhos, seus dedos deixavam manchas úmidas no quadro negro. "Hm..."

"É importante observar tudo", uma mulher interrompeu impaciente.

Cole engoliu em seco. "Acho que foi... Tenho certeza que foi na Segunda Rua."

Os cientistas começaram a sussurrar animados entre eles. Cole começou a bocejar, tapou a boca com a mão. Olhou em volta na sala, focando em outra manchete.

"VÍRUS SOFRENDO MUTAÇÃO!!!"

Ao lado dela, estava uma fotografia de jornal desbotada de um homem velho de jaqueta de tweed, uma expressão de desespero resignado nas feições bem definidas.

"CIENTISTAS DIZEM: É TARDE DEMAIS PARA A CURA."

Uma voz perturbou o devaneio de Cole. "Feche os olhos, Cole." Ele teve um sobressalto e fechou os olhos obedientemente. A escuridão foi um alívio abençoado.

"Conte-nos em detalhes o que viu nesta sala", disse a mulher suavemente.

Cole balançou a cabeça. "Nesta sala? Hm..."

"Fale sobre as fotos na parede", disse a microbiologista.

"Quer dizer, os jornais?"

"Isso mesmo", a mulher disse em um tom tranquilizante. "Nos fale dos jornais, Cole. Consegue ouvir minha voz? Como é a aparência dele, do homem que acabou de falar? Quantos anos você tinha quando deixou a superfície pela primeira vez?"

"Quantos anos...?"

"Diga", insistiu ela.

"Diga", outras vozes fizeram coro. "Diga, diga..."

Ele inclinou a cabeça para trás, olhos ainda bem fechados, o corpo dolorido de exaustão. O gosto amargo permanecia no fundo da garganta. Ele se perguntava vagamente se tinha sido drogado — se lembrava de tão pouco, mesmo agora não estava certo se estava desperto ou sonhando. *Quantos anos você tinha quando deixou a superfície?* Ele tentava não bocejar enquanto as vozes se borravam e esvaneciam até virarem uma outra voz, que se repetia, monótona...

"*Voo 784. Embarque autorizado no Portão...*"

Ele estava parado na frente do vidro da área de observação, vendo um 737 descer suavemente através do ar enevoado, depois tocar o solo da pista, os pneus guinchando. Sua mãe segurava a mão dele sem firmeza. O pai apontou para a aeronave e disse: "Olha... lá está ele...".

De trás deles veio um grito, depois a voz de uma mulher, berrando. Ele se virou, o pai pegou a mão que estava solta, e ele viu um homem de meia-idade com um rabo de cavalo fino passando às pressas. Quando o homem virou a esquina, trombou com o jovem Cole com uma sacola esportiva do Chicago Bulls.

"Ei." Cole franziu o cenho para as costas do homem indo embora. Uma voz de mulher perfurou o ar.

"NÃÃÃÃÃÃO!"

Por todo lado, havia gente correndo e gritando, malas derrapando pelo chão enquanto fugiam. Cole observou boquiaberto um homem mergulhar no chão com as costas arqueadas e olhando para Cole com olhar assustado, gritando:

"Por que exatamente se voluntariou?".

Cole ofegou. Abriu os olhos, assustado, e viu diante dele a mesa longa coberta de lixo, cercada de rostos ansiosos.

"Eu disse: por que se voluntariou?" O microbiologista batia um lápis impacientemente na mesa.

Cole engoliu em seco, olhou ao redor. "É... Hm... na verdade, o guarda me acordou. Ele me disse que eu me voluntariei."

Os cientistas se entreolharam, sussurrando com urgência. Cole tentava desesperadamente manter os olhos abertos, mas foi mais forte: o sonho começou a dominá-lo de novo. Sua cabeça tombou, ele ouviu um som muito alto de um interfone e passos...

"Cole? Cole?"

Mais uma vez, o som de algo batendo o empurrou para o estado desperto. Cole teve um sobressalto, e estava olhando para os olhos de um homem de aparência solene, cabelo grisalho e um brinco de ouro — um astrofísico, ele dissera a Cole antes. O astrofísico acenou com a cabeça e prosseguiu: "Apreciamos que tenha se oferecido como voluntário. Você é um observador muito bom, Cole".

Cole voltou o olhar para o microbiologista, o lápis tamborilando no tampo da mesa. Acenou com a cabeça. "Hm, obrigado."

"Você terá uma redução da pena." O astrofísico grisalho olhou para Cole, obviamente esperando que ele agradecesse de novo, mas Cole manteve o rosto impassivo.

"A ser determinada pelas autoridades concernentes", outro cientista interferiu."

"Temos um outro programa", acrescentou uma zoóloga. Estava claro em seu tom que ela esperava que Cole ficasse impressionado com isso. "Muito avançado, algo bastante diferenciado. Requer pessoas muito habilidosas."

O microbiologista se inclinou sobre a mesa, os óculos escuros apontando para Cole como que trazendo mal agouro. "Seria uma oportunidade de reduzir sua pena consideravelmente..."

A zoóloga fez que sim com a cabeça. "E, possivelmente, exercer um papel importante no retorno da raça humana para a superfície da terra", disse ela.

"Queremos pessoas determinadas. Fortes mentalmente." O astrofísico de aparência solene puxou o brinco, depois olhou para o homem ao lado. "Tivemos alguns... infortúnios... com tipos instáveis."

Cole sentiu um aperto no estômago. Uma das mulheres olhou para ele enfaticamente. "Para um homem na sua posição", disse ela, os olhos brilhando, "pode ser uma oportunidade."

"Não se voluntariar poderia ser um verdadeiro erro", um homem acrescentou suavemente.

Cole abriu a boca para responder, hesitou. O microbiologista batia o lápis na mesa, impaciente.

"Definitivamente um erro", disse ele.

Cole ficou olhando para o lápis, os dedos magros e pálidos que o apertavam, depois olhou em volta da mesa, para a roda de rostos ansiosos. Respirou fundo e perguntou: "Quando eu começo?".

"No entanto, entre a miríade de micro-ondas, das mensagens infravermelhas, dos gigabytes de uns e zeros, encontramos as palavras, agora no tamanho de bytes..."

A dra. Kathryn Railly olhava absorta para o homem empoleirado no banquinho alto na frente da sala. Ela o ouvira ler antes, em outro clube em Philly, mas esta noite ele estava realmente afiado. Ela ajustou os óculos, afastou do rosto sereno e elegante uma mecha do cabelo escuro, e se inclinou para a frente, escutando com atenção.

"...palavras, mais minúsculas ainda que a ciência, espreitando em alguma eletricidade vaga, onde, se escutarmos, ainda podemos ouvir a voz solitária daquele poeta nos dizendo 'Ontem, a loucura deste dia preparou; o silêncio, triunfo ou desespero de amanhã...'"

Beep! Beep!

Kathryn teve um sobressalto e, com um reflexo, pegou o bipe no bolso. De suas cadeiras, alguns boêmios vestidos de preto olharam de relance para ela e fizeram cara feia.

"Desculpa", sussurrou ela e se levantou. Seus vizinhos lançaram olhares ofensivos à medida que passava por cima de seus pés, buscando passagem entre cadeiras dobráveis e canecas de café e novos beatniks. "Licença, desculpa..."

Do seu assento, o poeta olhou feio para ela, subindo o volume da voz. "'...pois não sabes por que vais, nem para onde...'"

Só que, claro, Kathryn sabia, sim, "para onde". No saguão, achou um telefone público e fez uma ligação rápida. Uma segunda ligação a levou à Delegacia do Oitavo Distrito Policial. O detetive Franki a encontrou no corredor. Era um homem jovem de quarenta anos, com olhos que tinham visto muito sol nascer embaçado no lado errado da cidade. Deu um breve aceno de cabeça para ela.

"Dra. Railly. Obrigado." Sem enrolação, ele segurou seu braço, impulsionando seus passos pelo corredor enquanto a informava sobre o caso. "...então eles chegam aqui, pedem pro cara, bem simpático, algum tipo de identificação. Ele fica agitado e começa a gritar sobre uns vírus. Totalmente irracional, totalmente desorientado, não sabe onde está, não sabe que dia é, o pacote completo. Só conseguiram o nome dele." Franki empurrou um papel para Kathryn quando eles passavam por celas lotadas. "Imaginam que tenha chapado até ficar doido, ou que é algum tipo de episódio psicótico, então..."

"Fizeram teste de drogas?"

Franki balançou a cabeça. "Deu negativo. Mas enfrentou cinco policiais como se tivesse cheirado até a alma. Sem drogas! Acredita nisso?"

Ele parou diante de um pequeno visor de observação. Kathryn respirou, tentando não se contrair diante dos odores fétidos de urina e desinfetante. Depois se inclinou para espiar através do vidro sujo.

Dentro da cela acolchoada, um homem estava preso a uma pesada cadeira de aço. Tinha altura mediana, mas a estrutura corporal poderosa, com antebraços e pescoço suavemente musculosos, testa alta e um nariz de boxeador profissional. O cabelo era uma faixa de pelos pretos que atravessava o couro cabeludo, os olhos sonolentos e alertas encarando as paredes cinza. O suor escorria pela testa, passando entre hematomas e marcas vermelhas, e um corte feio acima da sobrancelha. De vez em quando, a cabeça começava a pender para a frente, como se estivesse adormecendo, até as cintas que o prendiam tensionarem e ele se esticar em um tranco para encarar a sala vazia com olhos arregalados.

"Você mandou imobilizarem ele", disse Kathryn Railly em voz baixa.

"Você ouviu o que eu falei?" Franki socou a parede, frustrado. "Dois policiais estão no hospital! É, ele está imobilizado, e o médico deu Stelazine suficiente pra matar um cavalo! Olha pra ele! Doido pra ir pra cima!"

Kathryn suspirou. O homem mais parecia estar pronto para desmaiar. Enquanto ela observava, a cabeça dele girou, devagar, até ele estar olhando diretamente para ela. Os olhos dele estreitaram, dando-lhe um ar feroz, intenso. Kathryn se viu se afastando sutilmente do visor.

"Isso explicaria os hematomas, penso eu", disse. "Teve luta."

Franki suspirou. "Tá, tá. Quer entrar? Examinar ele?"

"Sim, por favor." Ela olhou de relance para a página que tinha na mão. "Isso é tudo o que têm dele? Buscaram no sistema?"

"Nenhuma equivalência." Um clique quando Franki destrancou a porta. "Nenhum documento, nenhuma menção, nenhuma ordem de prisão. Eu provavelmente deveria entrar com você."

Ela desviou dele e entrou na cela. "Obrigada, mas não será necessário"

Franki a observou, acenando com a cabeça. "Bom, eu estarei bem aqui. Por via das dúvidas."

Ela atravessou a cela, se movendo com confiança, mas com cuidado, sempre consciente da porta atrás dela. "Sr. Cole?", disse ela em um tom caloroso. "Meu nome é dra. Railly..."

O olhar que ele direcionou a ela era inocente e beatífico como o de uma criança... ou de um lunático. Ela sentiu uma faísca de inquietação, lembrando as palavras do detetive Franki: *Sem drogas! Acredita nisso?* Ela pigarreou e continuou.

"Eu sou psiquiatra, sr. Cole. Trabalho para o distrito. Não trabalho para a polícia. Minha preocupação é com o seu bem-estar. Pode me contar o que aconteceu esta noite?"

O homem ficou encarando-a, sem pestanejar. "Preciso ir agora." A voz dele era baixa e nada ameaçadora, quase reconfortante, como se fosse ela quem estivesse em apuros. Kathryn inclinou a cabeça, concordando.

"Sr. Cole. Não vou mentir. Não consigo fazer a polícia te soltar. Mas vou tentar ajudar você... se cooperar. Pode fazer isso, James?" Ela olhou de relance para a página na mão. "Posso te chamar de James?"

"James!" O homem bufou. "Ninguém nunca me chama assim."

Kathryn franziu a testa. "Você já foi paciente neste Distrito? Já te vi em algum lugar?"

Ele balançou a cabeça, as cintas corroendo a pele machucada do pescoço. "Não, não é possível." A voz dele pareceu mais agitada. O olhar trêmulo de nervoso fitou Kathryn, depois a porta e em seguida o visor de observação. "Eu... Eu tenho que sair daqui. Tinha que estar pegando informações."

Labilidade de humor, apreensão, possível paranoia hostil, pensou Kathryn. Ela acenou com uma expressão solidária e perguntou: "Que tipo de informação?".

"Não vai ajudar vocês. Vocês não podem fazer nada a respeito. Não podem mudar nada."

"Mudar o quê?"

Cole ergueu a voz. "Eu preciso ir".

Hostilidade definitiva e baixa tolerância a frustração. Kathryn bateu o papel contra a palma da mão. "Você sabe por que está aqui, James?"

"Sim. Sou um bom observador... Sou determinado."

"Entendo. Não se lembra de ter atacado um policial? Vários policiais?"

"Eles queriam identificação", disse Cole. "Não tenho nenhuma identificação. Eu não estava tentando machucar eles."

"Não tem carteira de motorista, James? Ou cartão de Seguridade Social?"

"Não."

Kathryn hesitou, notando possíveis efeitos colaterais da Stelazine: espasmos musculares faciais, aqueles olhares nervosos que podem ser indicativos de visão turva. "Já esteve internado, não esteve, James? Em hospital?"

"Tenho que ir."

"Na cadeia? Prisão?"

Cole suspirou, resignado. "Subterrâneo."

"Se escondendo?"

Ele olhou para ela. Mais uma vez, a expressão tomou uma aparência infantil. "Eu amo esse ar", disse ele, em um tom suave. Pela primeira vez, sorriu. Ficou com uma aparência de ternura, de menino. "Esse ar é maravilhoso."

Kathryn arriscou um meio-sorriso em troca. "O que é maravilhoso no ar, James?"

"É tão limpo e fresco. E sem germes!"

"Por que você acha que não tem germes no ar, James?"

Ele continuou como se não tivesse ouvido. "Estamos em outubro, certo?"

Ela balançou a cabeça. "Abril."

"Abril?"

"Em que ano você acha que estamos, James?"

"1996."

"Você acha que estamos em 1996?", perguntou Kathryn, a voz firme. *Delirante, possivelmente alucinando.* "Isso é futuro, James. Você acha que está vivendo no futuro?"

A expressão de Cole se escureceu com o espanto. "Não, 1996 é passado."

"1996 é futuro, James", disse ela com calma. "Estamos em 1990."

Ele ergueu a cabeça para olhar para ela, atordoado demais para falar. Por um momento, Kathryn o encarou, assimilando aqueles olhos impossivelmente profundos — agora incrédulos, quase desesperados. "Obrigada, James", disse ela por fim e se virou, seguiu com passos largos e rápidos até a porta. O detetive Franki a abriu para ela.

"E?", perguntou ele.

"Ele está certamente delirando", disse ela, suspirando. "Talvez até levemente esquizofrênico. Difícil dizer quando tudo o que se vê é o rosto dele, e o rosto está todo machucado." Ela lançou um olhar cortante para Franki. "Ah, já sei: 'potencial assassino de policiais em grave episódio psicótico'. Mas com certeza facilitaria meu trabalho se vocês não tivessem entupido ele de tranquilizante."

Franki revirou os olhos. "Tá, tá. Vai assinar ou não vai?"

"Ah, vou assinar", falou ela friamente. Acompanhou-o até a mesa dele e preencheu um conjunto de formulários. "Setenta e duas horas em observação, mais alguns exames de drogas. Se ele for parar na rua de novo, espero que não seja na sua jurisdição."

Franki sorriu.

"Eu também. Obrigado, dra. Railly."

Ela se levantou para ir embora, afastando um cacho de cabelo dos olhos. À porta, ela parou. "Ah, e, detetive Franki... é difícil fazer julgamentos imparciais quando se está tão obviamente estressado."

Ele bufou. "Porra, nem me fale. Tô precisando de férias."

"Eu estava pensando mais em Prozac", disse ela com ternura. "Pense nisso." E saiu.

* * *

Em sua cela, Cole estreitava os olhos e olhava desorientado para a parede cinza acolchoada, o losango minúsculo de vidro grosso onde vultos indistintos passavam de um lado para o outro. O gosto amargo na boca estava tão forte agora que ele quase engulhava de ânsia de vômito. Tentou focar em alguma coisa que não fosse a náusea aumentando e o latejamento doloroso acima do olho esquerdo. Uma mulher tinha estado ali, fazendo perguntas? Ou foi outro pesadelo, como aquele com os cientistas? Ele lambeu os lábios, sentindo o sangue e a bile, e ergueu a cabeça quando ouviu a porta abrir rangendo de novo. Dois policiais carrancudos entraram. Um abriu as cintas que o prendiam à cadeira. O outro se ajoelhou e fechou um par de algemas pesadas nos tornozelos de Cole.

"Anda", disse rispidamente, puxando Cole para ficar de pé.

"Vão me levar pra onde?" Cole perguntou com uma voz gutural, enquanto seguia cambaleando.

Um dos policiais estendeu a mão para apertar a camisa de força. "Sul da França, meu chapa. Hotel chique. Cê vai amar."

Cole virou a cabeça em um movimento rápido. "Sul da França! Eu não quero ir pro sul da França!" Ele franziu o cenho, farrapos de memória... ou era um sonho?... voltando a ele. "Eu quero... quero fazer uma ligação."

O policial deu um sorriso de deboche enquanto o levava da cela. "Agiliza, fera. Você enganou a psiquiatra com a sua atuação, mas não engana a gente."

Cole seguiu aos tropeços pelo corredor entre eles até pararem na frente de uma porta de aço. Um dos policiais a destrancou. No momento seguinte, a porta se abriu. Cole pestanejou, maravilhado com a manhã avassaladora, uma fúria ofuscante de luz branca.

"Manda um cartão postal pra gente, hein, fera?" O policial riu, levando Cole para dentro da van de detenção que aguardava.

"É," o outro policial riu com sarcasmo, segurando a porta para o colega. "Não esquece de mandar notícia."

Cole ficou olhando inexpressivo enquanto a porta fechava com estrondo. Com um ronco abafado, a van saiu para a rua.

Quando a van finalmente parou, alguém veio e removeu as algemas. Outra pessoa o arrastou, menos bruscamente dessa vez, para dentro de mais um prédio deprimente. Havia mais corredores cinza, mais uma sala de azulejo branco. Dois atendentes tiraram-lhe a roupa, jogando a camisa de força em uma lata de metal, depois o colocaram sob um chuveiro institucional. Cole ficou ali parado, obedientemente, fazendo caretas à medida que a água quente corria pelo rosto e peito machucados. Um dos auxiliares desligou a água. O outro, um homem de ombros largos cujo crachá o identificava como BILLINGS, passou uma toalha para Cole.

"Vem cá", disse ele, afundando os dedos no couro cabeludo de Cole. "Deixa ver tua cabeça, Jimbo, ver se tá com algum bicho."

Cole ficou olhando para a toalha, mudo, depois olhou para Billings. "Preciso fazer uma ligação."

"Tem que resolver isso com o médico, Jimbo." As mãos do auxiliar pressionavam a testa de Cole. "Não pode fazer nenhuma ligação se o médico não deixar."

Os olhos de Cole brilharam. "É muito importante."

Billings se afastou, mas as mãos permaneceram no couro cabeludo de Cole. "O que cê tem que fazer, Jimbo, é dar uma relaxada, ficar à vontade com as coisas." Os dedos dele apertaram até os olhos de Cole arderem em lágrimas. "Nós vamos todos nos dar muito bem, se você relaxar."

Cole arfou de dor. Billings o observou, depois finalmente retirou as mãos. "Assim é melhor", assegurou ele, sorrindo. "Agora vamos pegar roupa pra você, Jimbo, apresentar você pros novos colegas."

Ele ficou de pé enquanto o vestiam com calça marrom de poliéster e uma camisa de lã sintética barata. "Lindo." Billings abriu um grande sorriso, puxando a manga de Cole. "Agora a gente vai lá no clube, ok, Jimbo?"

Ele foi arrastando os pés por um corredor longo e desanimado, passando por pessoas vestidas como ele, com roupas do tamanho errado, suas expressões mansas e sem curiosidade. No fim do corredor, uma porta se abriu para uma sala de convívio muito iluminada.

"Pronto, Jimbo", disse Billings, acompanhando Cole para dentro.

A luz entrava pelas grades das janelas e se derramava pelo chão de linóleo. Vários homens e mulheres com roupas básicas de segunda-mão da Kmart e roupões de banho gastos perambulavam, olhando inexpressivos pelas janelas ou assistindo desenhos estridentes a todo volume em uma televisão presa na parede. Em um canto, uma mulher empurrava peças de quebra-cabeça sem coerência pela mesa. Mas Cole via apenas a luz — luz do sol intensa transbordando pelas janelas feito uma calda de ouro.

"Ei, Goines!" Billings acenou para um jovem de camisa xadrez andando de um lado para o outro na frente de uma janela. "Cara, Jeffrey, vem aqui..."

O homem chamado Jeffrey Goines atravessou a sala saltitando. Billings bateu a mão no ombro de Cole e apresentou: "Goines, esse aqui é o James. Por que cê não mostra o clube pra ele? Fala das regras da TV, mostra os jogos e tudo mais, ok?".

Goines balançava para a frente e para trás, de joelhos. "Vai me pagar quanto, hein? Eu estaria fazendo o seu trabalho."

Billings abriu um sorriso. "Cinco mil dólares, meu amigo. Suficiente? Vou transferir pra sua conta como sempre, ok?"

Goines mordeu o lábio, pensativo. "Ok, Billings. Cinco mil. É suficiente. Cinco mil dólares. Vou fazer a Turnê Deluxe do Hospital Psiquiátrico com ele."

Billings saiu de perto, dando uma risadinha. Jeffrey virou-se para Cole e disse em tom conspiratório: "Entra na zoeira, entra na zoeira. Eles se sentem bem, somos todos camaradas. Somos prisioneiros, eles são os guardas, mas é tudo na diversão, entende?"

Cole ficou olhando para o rapaz estranho, perplexo. Goines era jovem, de cabelo escuro e olhos azuis, e inquieto como um Golden retriever. Comparado a todos aqueles pacientes de boca caída e olhar vazio, olhando inexpressivos para a TV, ele parecia um estagiário juvenil, a não ser por um ar meio furtivo nos olhos fundos.

"Vem", chamou Jeffrey. Cole concordou com a cabeça e o seguiu até as mesas ao lado das janelas. "Esses são os jogos", anunciou com desprezo, dando um peteleco na ponta de um tabuleiro de Banco Imobiliário. "Os jogos te vegetam. Se você jogar, está tomando um tranquilizante voluntariamente."

Cole não disse nada, virando a cabeça para olhar para um quebra--cabeça parcialmente completo mostrando um leão, ovelhas, aves e lobos que pareciam entediados, todos reunidos sob algumas árvores. Uma auxiliar ajudava pacientemente um homem de mãos trêmula a juntar duas peças. O REINO PACÍFICO, estava escrito na caixa.

"Acho que te deram alguns 'moderados químicos', hein?", perguntou Jeffrey, lançando um olhar de relance para ele. "O que te deram? Amplictil? Haldol?" Cole ficou olhando para ele, inexpressivo. "Não? E meprobamato? Quanto? Entenda os seus remédios, conheça suas doses."

"Preciso fazer uma ligação."

Jeffrey soltou uma risada insana. "Ligação? Isso é comunicação com o mundo externo! Poder de decisão do médico. Ei, se todos esses doidos pudessem fazer ligações, a coisa podia espalhar! Insanidade escorrendo pelos cabos telefônicos, escorrendo para dentro dos ouvidos de todas aquelas pessoas sãs, infectando elas! Malucos pra todo lado! Uma praga de loucura."

De modo abrupto, Jeffrey baixou a voz. "Na verdade, poucos de nós aqui estão de fato doentes da cabeça", sussurrou com timidez, inclinando-se para perto do rosto de Cole. "Quer dizer, não estou dizendo que você não está mentalmente doente... Até onde eu sei, você é doido de pedra. Mas não é por isso que está aqui. Você está aqui por causa do sistema." Gesticulou para a televisão. "Ali está a TV. Está tudo bem ali. Propagandas. Não somos mais produtivos. Não precisam mais da gente pra fazer coisas; é tudo automatizado. Pra que servimos, então?"

Jeffrey Goines se afastou, olhando para Cole cheio de expectativa. Como Cole não disse nada, ele enfiou um dedo no ar.

"Somos consumidores!", gritou Jeffrey, triunfante. "Ok, compre um monte de coisas, você é um bom cidadão. Mas se você não comprar um monte de coisas, sabe de uma coisa? Você está doente da cabeça! Isso é fato! Se você não comprar coisas... papel higiênico, carros novos, liquidificadores computadorizados, brinquedinhos sexuais eletrônicos..."

Sua voz ficou mais estridente, quase histérica... "FURADEIRAS COM DISPOSITIVOS DE RADAR EMBUTIDOS, SISTEMAS DE SOM COM FONES DE OUVIDO IMPLANTADOS NO CÉREBRO, COMPUTADORES ATIVADOS POR COMANDO DE VOZ..."

"Jeffrey." A auxiliar à mesa de quebra-cabeças olhou para ele e balançou a cabeça. "Sossega, Jeffrey. Fique calmo."

A boca de Jeffrey fechou de repente. Ele fechou os olhos por um momento, respirou fundo, e então continuou com uma voz absolutamente tranquila.

"Então, se você quiser assistir a um programa específico", disse ele, indiferente ao fato de que Cole estava olhando para a televisão, hipnotizado, "digamos, *All My Children* ou algo do tipo, você vai até a enfermeira-chefe, diz pra ela que dia e horário passa o programa que você quer ver. Você tem que dizer isso a ela antes do horário que vai passar. Tinha um cara que estava sempre pedindo programas QUE JÁ TINHAM PASSADO!"

Cole deu um pulo, assustado, enquanto Jeffrey começou a ganhar velocidade de novo.

"Ele não conseguia muito bem CAPTAR A IDEIA DE QUE A ENFERMEIRA-CHEFE NÃO PODIA SIMPLESMENTE FAZER COM QUE FOSSE ONTEM... VOLTAR NO TEMPO! UM BIRUTA..."

"Ok, já deu, Jeffrey", decidiu a enfermeira auxiliar, exasperada. "Você vai tomar uma injeção. Eu avisei..."

Milagrosamente, Jeffrey se acalmou, sorrindo bonzinho para a mulher e acenando com a cabeça. "Certo! Certo!" Sorriu alegremente. "Eu me 'empolguei'! Explicando os mecanismos da... instituição."

Cole ficou olhando, impressionado com a transformação de Goines. Nesse instante, alguém lhe deu um tapinha no ombro. Cole se virou e viu um homem negro de aparência sombria, vestido de forma impecável, de terno escuro, camisa branca e gravata com um tom elegantemente suave.

"Eu não venho do espaço sideral, na verdade", o homem se apresentou.

Jeffrey lançou um olhar malicioso para Cole. "Esse é L. J. Washington, Jim. Ele não vem do espaço sideral, na verdade."

L. J. Washington lançou um olhar ferido para Goines. "Não caçoe de mim, meu amigo", disse ele e continuou para Cole. "É um transtorno chamado 'divergência mental'. Eu me encontro no planeta Ogo, parte de uma elite intelectual, preparando-se para subjugar hordas bárbaras em Plutão. Mas embora seja uma realidade totalmente convincente de todas as formas — eu sinto, respiro, ouço — ainda assim, Ogo é na verdade um constructo da minha psique. Eu sou mentalmente divergente à medida em que estou escapando de certas realidades inomináveis que afligem minha vida aqui. Quando eu parar de ir lá, estarei bem."

Cole ficou olhando para o rosto digno do homem, o nó cuidadoso da gravata, e o belo cinto de jacaré falso. Então, olhando para baixo pela primeira vez, Cole viu que L.J. Washington estava usando imensas pantufas laranja felpudas.

"E você, meu amigo?" Mais uma vez, o homem negro tocou suavemente o ombro de Cole, olhando nos olhos dele com intensa preocupação. "Você também é, talvez, divergente?"

Antes que ele pudesse responder, a silhueta musculosa de Billings cresceu atrás deles. "Ok, Jimbo... hora da conferência." O auxiliar bateu a mão enorme no ombro de Cole e o dirigiu à porta. "Diga tchau pros seus colegas. Vamos ver eles de novo daqui a pouco..."

"Conferência?", perguntou Cole, olhando para trás, para L. J. Washington.

"Isso mesmo. Avaliação psiquiátrica... coisa bem padrão, nada pra se preocupar", acrescentou Billings em um tom reconfortante. "Por aqui..."

Cole andou com ele, a cabeça doendo. A boca estava ressecada, o gosto acre mais forte agora, ele sabia que devia ter algo a ver com as drogas que tinham lhe dado na noite anterior. Enquanto seguia silencioso pelo corredor escuro, vozes iam saindo de trás de portas fechadas: lamentos e risos, uma gargalhada nervosa. Passou por um quarto em que olhos cintilavam da escuridão, do alto de um beliche, e alguém sussurrava palavras que ele não conseguiu entender. Cole estreitou os olhos, um latejamento de fundo quase o cegando, e ficou olhando para os seus pés batendo no linóleo com os frágeis tênis de pano.

"Pronto, aqui está..."

Ele ergueu a cabeça abruptamente pelo puxão de Billings em seu braço. "Por aqui, Jimbo. O médico tá esperando."

Uma porta de metal se abriu, revelando uma sala longa e fortemente iluminada. No meio, quatro homens e mulheres estavam sentados em torno de uma mesa de reuniões gasta, com canecas de café e envelopes de manilha espalhados. Nas paredes, recortes de jornal, uma tabela de horários de eventos recreacionais, e um boletim informativo da Escola de Medicina de Tulane. Um mural estava coberto de avisos anunciando diversas reuniões: UM DIA DE CADA VEZ! SÓ DOZE PASSOS PARA UMA VIDA NOVA!

"Aqui está, dr. Fletcher", anunciou Billings. "James Cole."

O homem sentado à cabeceira da mesa acenou com a cabeça para o auxiliar de enfermagem. Mesmo estando dentro da sala, ele usava óculos escuros, de modo que seu olhar era inescrutável. "Obrigado. Bom, sr. Cole...", disse, gesticulando para uma cadeira vazia, "...por favor, sente-se."

Cole permaneceu de pé enquanto o dr. Fletcher prosseguia. "Vou te apresentar aos meus colegas: dr. Goodin, dr. Casey, acho que você já conhece a dra. Railly..."

Por um momento, os olhos de Cole encontraram os de Railly. A expressão dela era fria, quase glacialmente profissional, mas os olhos tinham um lampejo de calor. Ele balançou a cabeça, agitado. "Esse lugar é pra gente louca! Eu não sou louco!"

O dr. Casey franziu de leve o cenho. "Não usamos esse termo... 'louco'... sr. Cole."

A voz de Cole se ergueu. Atrás dele, Billings cruzou os braços e o observou, com conhecimento de causa. "Tem uns caras bem malucos aqui! Me escutem, todos vocês! Eu sei de coisas que vocês não sabem. Vai ser difícil pra vocês entenderem, mas..."

"Sr. Cole", o dr. Fletcher o cortou. "Na noite passada, você disse à dra. Railly que achava que estávamos em..."

Ele pegou um lápis de uma pequena pilha de materiais de escritório e deu uma olhada em uma ficha ao lado do seu cotovelo. "...1996." Seu olhar voltou a Cole. "E neste exato momento? Sabe em que ano estamos neste exato momento?"

"Em 1990", disse Cole rispidamente, olhando para a mesa de reuniões. "Olha, eu não estou confuso. Houve um engano, eu fui enviado pro lugar errado..."

Ele pulou, pegando o lápis do dr. Fletcher. Assim que seus dedos se fecharam, a mão enorme de Billings envolveu a de Cole.

"Ei!", gritou Cole. Ele olhou para o rosto implacável de Billings — nenhuma ajuda dele — depois se virou e olhou para a dra. Railly, implorando. "Fala pra eles. Eu não vou machucar ninguém."

"James, por favor." Kathryn Railly virou-se na cadeira para ficar de frente para ele. "Somos todos médicos aqui... queremos ajudar você."

Ao lado dela, Owen Fletcher concordou com a cabeça. Ajustou os óculos matizados, olhou para o lápis entre os dedos de Cole e gesticulou para Billings. O auxiliar soltou o pulso de Cole. Cole pegou um bloco de papel rapidamente e começou a escrever.

"Algum de vocês sabe alguma coisa sobre o Exército dos Doze Macacos?" Cole mostrou o papel, agora com um esboço da imagem tosca dos macacos dançando. "Eles pintam isso, com estêncil, em prédios pra todo lado." Ele balançou o papel, animado, se virando e segurando no alto para que cada médico pudesse ver.

"Sr. Cole...", murmurou dr. Casey, balançando a cabeça.

"Certo." Cole olhou para o papel com desânimo, amassou e largou no chão. "Acho que não teria como. Estamos em 1990 ainda, eles provavelmente não estão ativos. Faz sentido!" Billings o observou atento, quando ele começou a andar pela sala.

"Ok... ouçam. Cinco bilhões de pessoas morreram em 1996 e 1997. *Cinco bilhões.*" Cole passou a mão pela cabeça recém-raspada, depois enfiou um dedo no ar. "Sacaram? Quase toda a população mundial! Apenas cerca de um por cento de nós se salvou."

Ele pausou, viu os médicos trocando olhares de quem sabe o que está acontecendo.

"Você vai nos salvar, sr. Cole?", perguntou o dr. Goodin.

Cole apertou os punhos com frustração. "Salvar vocês! Como eu posso salvar vocês? Já aconteceu! Não posso salvar vocês! Ninguém pode! Estou simplesmente tentando achar alguma informação para ajudar as pessoas no presente para que possam..."

"No presente?", interrompeu o dr. Casey suavemente. "Não estamos no presente agora, sr. Cole?"

"Não, não, aqui é o passado." A voz de Cole falhou quando ele disse com uma paciência exasperada: "Isso já aconteceu. Ouçam".

O dr. Goodin ergueu uma sobrancelha. "Sr. Cole, o senhor acredita que 1996 é o 'presente', então, é isso?"

"Não, 1996 é passado também. Olha..." Cole parou e olhou para um de cada vez. Nos olhos deles, não viu nada além de frieza e indiferença, e, talvez, piedade.

"Vocês não acreditam em mim", disse por fim. Por cima dos hematomas no rosto, ele corou. "Vocês acham que eu sou louco, mas eu não sou louco. Sou presidiário, claro, tenho pavio curto, mas sou tão são quanto qualquer pessoa nesta sala. Eu..."

Tap. Um pequeno som o desorientou. *Tap, tap, tap.*

Cole olhou em volta, sentindo uma leve comichão no pescoço, uma sensação crescente de inquietude.

Tap, tap...

Esse barulho, onde ele tinha ouvido esse...?

"Pode nos dizer o nome da prisão de onde veio?", perguntou Kathryn Railly com um tom suave.

Tap. Cole sentiu o suor brotando no rosto e no peito. *Tap, tap.* Desceu o olhar, vislumbrou olhos frios por trás das lentes escuras, um lápis tremendo na mão de Fletcher. *Tap.*

O lápis. Memórias o inundaram. O microbiologista no campo de detenção... ele usava óculos parecidos com esses, não usava? Ou tinha sido outro médico? um policial? A voz gélida perguntara *Por que se voluntariou?*

Tap.

"Isso te incomoda, sr. Cole?"

Cole teve um sobressalto quando a voz do dr. Fletcher estrondeou. O médico ergueu um lápis amarelo entre dois dedos longos e brancos. "É só um lápis", disse Fletcher, e então sorriu. "Um hábito nervoso que eu tenho, só isso..."

Cole balançou a cabeça, forçando a imagem daquele outro homem, daquela outra sala, para fora dos seus pensamentos. "Não!" Ele respirou fundo, se esforçando para ficar calmo. "Olha, aqui simplesmente não é o meu lugar, ok? O que eu preciso fazer é uma ligação pra resolver tudo."

Fletcher fez que sim, infinitamente paciente. "Para quem ligaria, sr. Cole, para resolver tudo?"

"Cientistas. Eles vão querer saber que me enviaram para a época errada. Eu posso deixar uma mensagem pra eles, na secretária eletrônica. Eles monitoram do presente."

Fletcher inclinou a cabeça. "Esses cientistas, sr. Cole. São médicos como nós?"

Murmúrios enquanto os outros psiquiatras se entreolhavam.

"Não!", disse Cole, confuso. "Quer dizer, sim... Por favor — uma ligação!"

Ele olhou desesperado para a dra. Railly, seu olhar, que implorava, encontrou o dela. Sem falar, ela fez um aceno de cabeça. Um momento depois, o dr. Goodin entregou um telefone a Cole. Ele discou o número e pôs no ouvido, enquanto os médicos observavam.

Brring. Brring.

Cole engoliu, a boca seca, quando veio uma voz de mulher, aguda. "Alô?"

"Hm, sim..." Ele se virou para não ver os outros olhando para ele. "Aqui é, hm, James Cole. Preciso deixar uma mensagem de voz para, hm..."

"Quêêê? Mensagem de voz? É trote? James o quê?"

Ele gaguejou. "C... Cole. James Cole..."

"Nunca ouvi falar!"

Click!

Ele ficou olhando desanimado para o fone na mão. Solidária, Railly pegou o fone e pôs no gancho enquanto os outros assistiam.

"Não era quem você esperava?", perguntou ela, em um tom gentil.

"Era uma moça. Ela não sabia de nada."

"Será que não foi o número errado?"

"Não." Cole balançou a cabeça, apático. "Foi por isso que me escolheram. Eu lembro das coisas."

A dra. Railly ficou olhando para ele e franziu o cenho de repente. "James, onde você foi criado? Foi por aqui? Perto de Baltimore?"

"Quê?" respondeu Cole distraidamente. À mesa, os colegas de Railly a observaram curiosos. Os olhos de Fletcher se estreitaram, o lápis tremeu na sua mão: ela estava demostrando um interesse especial nesse paciente?

Kathryn Railly balançou a cabeça devagar. Sua testa não estava mais franzida; ela ainda estava olhando para Cole, mas era como se estivesse vendo outra pessoa ali, alguém que não estava de calça de poliéster marrom e tênis brancos gastos e pulseira de plástico de hospital. "Estou com a... sensação estranhíssima de que já te vi antes... há muito tempo, talvez. Você já..."

Tap. "Dra. Railly!", chamou Fletcher. Seu lápis balançou perigosamente na beira da mesa. "Doutora..."

"Espera!" interrompeu Cole, animado. "Ainda é 1990!" Seus olhos brilhavam à medida que continuava. "Eu deveria deixar mensagens em 1996. Ainda não é o número certo... Esse é o problema. Droga! Como vou entrar em contato com eles?"

Fletcher ficou olhando explicitamente para a dra. Railly, uma sobrancelha erguida. Railly corou. Recuperando a compostura, ela atravessou a sala até um pequeno armário, destrancou e tirou um frasco. "Tome", ordenou ela, virando-se rapidamente para Cole e despejando algumas pílulas na palma da mão. Seu tom era frio. "James, quero que tome isso."

Ele ficou olhando para ela, dividido entre descrença e raiva.

"Por favor," insistiu. Atrás dela, os outros médicos se levantaram, recolhendo suas coisas. "Te deixamos fazer a ligação. Mas agora, James..."

Na sua mão estendida, três cápsulas vermelhas e brancas cintilavam. Logo atrás, ele podia ouvir Billings aguardando impaciente.

"James", repetiu ela, a voz não mais suave. "Agora, quero que confie em mim."

Ele está no aeroporto de novo. Lá fora, o céu está pesado, ameaçador. Moscas se batem impotentes na janela de observação, onde ele está com os pais, olhando para um avião tocando o solo da pista de pouso. Ele pensa que nunca viu nada tão bonito, as asas em forma de seta, e o corpo branco esguio aterrissando suavemente.

"Voo 784. Embarque autorizado no Portão..."

Sua boca está aberta para perguntar ao pai se aquele é o avião que eles vão pegar, quando de repente atrás deles ouve-se um grito. Ele se vira e vê um homem de rabo de cavalo e calça xadrez chamativa passar correndo. O homem dá uma olhada para trás. Não vê o menino, quando sua sacola bate dolorosamente na barriga de Cole, o homem olha de relance e grita: *"Cuidado!"*.

Cole leva um susto. Ele conhece aquela voz — mas antes que ele possa dizer qualquer coisa, ele ouve uma mulher gritando "Nãooooo!".

O homem de rabo de cavalo se foi. Outro homem vira uma esquina correndo — um homem loiro de camisa havaiana, os olhos arregalados enquanto corre na direção do portão de embarque. Quando passa por Cole, se vira, de modo que o menino vê que seu rosto está derretendo: a boca está torta, o bigode pendendo do lábio superior. Cole suspira, mas então um tiro estrondeia pelo saguão, e ele é cegado por uma luz branca ofuscante.

"Qu...?"

Ele inspirou com força e acordou pestanejando. A alguns metros, uma lanterna pairava no ar como um raio globular, depois seguia em frente devagar. Desorientado, Cole tateou as roupas de cama: lençóis, macios e limpos, ainda que amarrotados, não a espuma imunda espalhada pelo chão da sua cela subterrânea. Mas em volta dele, havia roncos e respiração suave, um eventual gemido — ele tinha sido levado a outra parte do complexo penitenciário? Nesse instante, ele ouviu uma voz baixa... uma voz de mulher. Ele se virou, com cuidado para não fazer nenhum barulho, tentando enxergar no escuro até distinguir dois vultos. Uma enfermeira e outro auxiliar, ambos de uniforme branco, iam de cama em cama, pausando com a lanterna e checando cada ocupante.

Não era a prisão, então; pelo menos, não *aquela* prisão. Cole ficou vendo a lanterna bambolear devagar por uma fileira de camas e depois por outra, até os dois vultos finalmente saírem, fechando a porta em silêncio.

Estava tudo escuro e parado, exceto pelo murmúrio inquieto dos que dormiam. Cole fixou o olhar em uma janela com grades no lado mais distante do dormitório. O luar descia inclinado em hastes pálidas até o chão, criando um padrão abstrato de listras e quadrados. Por um longo momento, Cole ficou olhando para isso, depois olhou rapidamente para os pacientes dormindo. Sem fazer som algum, deslizou para fora da cama. Andando furtivamente entre os outros, chegou à janela e espiou o que havia fora.

No alto, a lua pairava, seu brilho prateado filtrado pelas folhas de um carvalho solitário. Sob a árvore, um casal se abraçava. O luar se refletia no cabelo preto da mulher e na curva do braço do homem. Cole ficou olhando, arrebatado, a ponta dos dedos tocando as grades de metal.

"Não vai dar certo. Não dá pra abrir."

Cole se virou e viu alguém sentado na cama mais próxima da janela. Era Jeffrey Goines.

"Você acha que dá pra tirar a grade, mas não dá," continuou Jeffrey com um tom prático. "É soldada."

Cole se voltou para a grade e deu um puxão superficial. Ao luar, os dentes de Jeffrey brilharam com um grande sorriso.

"Viu? Falei." Fez um gesto me maneira arrogante para o quarto escuro em torno deles. "E todas as portas estão trancadas também. Estão protegendo as pessoas lá fora de nós. Mas as pessoas lá fora são tão loucas quanto nós..."

A voz de Jeffrey seguiu sem parar enquanto Cole olhava para o batente. Uma aranha pequena passava por onde a tinta estava descascando, e pausava de vez em quando, como se soubesse que estava sendo observada. Cole olhou para ela, fascinado, a mão indo tatear a cintura automaticamente em busca de um frasco de amostras.

"Merda." Jeffrey ficou em silêncio de repente. Houve um clique vindo do quarto atrás deles. Alarmado, Cole pegou a aranha e voltou para a cama engatinhado, puxando as cobertas para cima exatamente quando a porta se abriu e o auxiliar espiou dentro. Uma lâmina de luz de lanterna sondava a escuridão, pousando por um momento no rosto de Cole, seus olhos fechados e a boca entreaberta enquanto ele respirava suavemente. Na mão, ele sentia a aranha lutando para se libertar. Após um momento, a lanterna foi desligada com um clique. A porta fechou. Ficou tudo silencioso, até Cole ouvir o sussurro rouco de Jeffrey.

"Sabe o que significa 'louco'?" continuou Jeffrey como se nada tivesse acontecido. "'Louco' quer dizer 'a maioria decide'."

Cole sentou-se na cama, mal ouvindo enquanto espiava a aranha dentro do punho cerrado. Jeffrey respirou fundo e entoou: "Pega os germes, por exemplo".

"Germes?" Cole lhe lançou um olhar, a aranha arranhando sua palma furiosamente.

Jeffrey fez que sim. "Germes", repetiu com seriedade. "No século XVIII não existia nada disso! Ninguém nunca tinha imaginado algo assim... nenhuma pessoa sã, pelo menos. E com isso vem um médico... Semmelweiss, acho. Ele tenta convencer as pessoas, outros médicos, que existem "bichinhos ruins", minúsculos, invisíveis, chamados germes, que entram no corpo das pessoas e deixam elas doentes! Ele tenta fazer os médicos lavarem as mãos."

Jeffrey se inclinou para a frente de súbito, com um ar malicioso, depois arregalando os olhos como se estivesse espantado. "'O que esse cara é?'" contou ele, com uma voz aguda engraçada. "'Louco? Trequinhos minúsculos invisíveis... germes?!'"

Jeffrey deu um estalo na garganta. Cole olhou para ele, depois de volta para a mão, tentando decidir o que fazer com a aranha. Jeffrey continuou, sem perceber.

"Corta para o século XX! Semana passada, na verdade, antes de me arrastarem pra esse buraco. Eu peço um hamburguer em uma lanchonete. O garçom derruba no chão. Depois cata, passa a mão e me entrega... como se estivesse tudo bem..."

Cole concordou, distraído, com a mão perto do rosto. Jeffrey deu um soco nas roupas de cama, bravo, depois disse em um sussurro agudo: "'E os germes?', digo eu. E ele: 'Não acredito em germes. Germes são apenas uma narrativa que inventaram pra vender desinfetante e sabonete'". Jeffrey soltou um gritinho triunfal. "Oras, *ele* é louco, certo?"

De repente, Jeffrey virou e encarou Cole com olhos enormes. "Ei, você acredita em germes, não?"

Cole o encarou também, a mão diante do rosto. Jeffrey viu quando ele jogou a aranha para dentro da boca e engoliu.

"Eu não sou louco", disse Cole após um momento.

Jeffrey concordou com sobriedade. "É claro que não. Eu nunca achei que fosse." E inclinou a cabeça na direção na janela ao luar. "Você queria escapar, certo? Isso é muito são." Sua voz virou um sussurro conspiratório. "Eu posso te ajudar", proclamou ele, os olhos azuis brilhando. "Você quer, não quer? Que eu te tire daqui?"

Cole balançou a cabeça. "Se você sabe como escapar, por que não..."

Jeffrey ficou muito ereto. "Por que eu não escapo? É o que você ia me perguntar, né?" Ele riu, como se Cole fosse uma criança que disse algo sagaz. "Porque eu seria louco de escapar! Já estão cuidando de mim, entende? Eu já enviei o aviso."

Cole franziu a testa. "O que isso significa?"

"Significa que eu consegui entrar em contato com certos subordinados, maus espíritos, secretários de secretárias e subalternos variados, que vão entrar em contato com meu pai." A voz de Jeffrey se ergueu, seus olhos azuis perfurando Cole. "Quando ele ficar sabendo que estou em um lugar desse tipo, ele vai mandar me transferirem pra um daqueles lugares elegantes onde te tratam direito. COMO UM HÓSPEDE! COMO UMA PESSOA!"

Cole olhou ao redor, nervoso, e foi indo para o centro da cama.

"LENÇÓIS!", gritou Jeffrey, indiferente aos outros pacientes acordando no quarto em torno deles. "TOALHAS! COMO UM GRANDE HOTEL COM ÓTIMOS REMÉDIOS PARA OS DIABOS DOS MANÍACOS DOIDOS DE PEDRA..."

Cole deu uma olhada ao redor e viu pessoas se sentando na cama. Algumas se queixavam. A maioria olhava para Jeffrey com o mesmo interesse nulo que demonstraram para a TV na sala de recreação.

"É ISSO! QUANDO MEU PAI DESCOBRIR..."

Com um estrondo, a porta se abriu. Pacientes se aninharam em suas camas quando a enfermeira da noite e dois auxiliares musculosos irromperam para dentro do dormitório.

"Ok, chega, Jeffrey", gritou um auxiliar. Tarde demais, Jeffrey tentou se acalmar.

"Desculpa. Desculpa mesmo", anunciou, respirando fundo. "Eu sei... fiquei um pouco agitado. A ideia de fugir passou pela minha cabeça e de repente..."

Os auxiliares o agarraram, um braço cada um, enquanto a enfermeira empunhava uma seringa.

"... de repente me deu vontade de ENTORTAR A PORRA DA GRADE PRA TRÁS, ARRANCAR A DROGA DA ESQUADRIA DA JANELA E... ENGOLIR! É, ENGOLIR! E PULANDO, PULANDO..."

Cole assistia, fascinado e horrorizado, à enfermeira administrar a medicação, e os auxiliares começarem a arrastar Jeffrey pelo quarto.

"Seus babacas imbecis!", gritou Jeffrey, estridente, tentando se soltar deles em vão. "Eu sou um paciente psiquiátrico! Vocês *esperam* que eu não me comporte! Esperem até vocês, seus idiotas, saberem quem eu sou! Meu pai vai ficar muito chateado. E QUANDO MEU PAI FICA CHATEADO, O CHÃO TREME! MEU PAI É DEUS! EU VENERO MEU PAI!"

A porta bateu e eles o rebocaram pelo corredor. Por alguns minutos, a voz estridente de Jeffrey ecoou de volta para o dormitório, depois, por fim, houve silêncio. Cole engoliu em seco e olhou ao redor, o coração acelerado.

O dormitório estava totalmente parado. Na janela, a lua pendia, coberta pelas barras pretas e cinzas. De outras camas, vieram sons de respiração, palavras sem sentido murmuradas, à medida que, mais uma vez, os pacientes adormeciam, serenos. Apenas em uma cama perto da janela, alguém ainda estava sentado, ereto, os olhos escuros olhando com pena para a porta trancada.

"Está vendo, ele também é mentalmente divergente", afirmou L. J. Washington, virando-se para olhar para Cole. "Mas não aceita." Ergueu a mão e gesticulou graciosamente para Cole, como se enviando uma bênção, e acrescentou: "É melhor aceitar, meu amigo. Muito, muito melhor". E com um sorriso pacífico, L. J. Washington voltou a se deitar e adormeceu.

Na manhã seguinte, Cole comeu com os outros pacientes na área comum de jantar da ala psiquiátrica, ovos mexidos frios e torrada úmida, supervisionados pelo olhar frio de Billings e outro auxiliar. Uma enfermeira se aproximou, administrando remédios. Quando chegou a Cole, olhou para a prancheta, franzindo o cenho, depois passou para a mulher ao lado dele. A enfermeira saiu, outro paciente o cutucou e apontou para onde eles tinham que levar as bandejas. Cole o seguiu, depois, sob o escrutínio cuidadoso de Billings, e seguiu com os outros pacientes até a sala de convivência.

A televisão já estava ligada em um programa de entrevistas matinal. Pacientes com olhares indiferentes estavam largados em cadeiras baratas de plástico e sofás puídos, olhos fixos e inexpressivos na TV. Cole se perguntou se alguém sequer notaria se ele a desligasse. Bocejou, ocioso, coçando a manga. Quando se levantara nessa manhã, notou que a penteadeira minúscula ao lado da sua cama estava provida de algumas camisas de flanela e calças gastas de poliéster. As camisas eram apertadas demais e esfolavam o peito e os braços, mas quando mencionou isso a Billings, o auxiliar só deu de ombros e constatou: "Ei, cara, aqui não é a Gap. Só se veste, ok?".

Cole puxou a gola da camisa, se contraiu e depois encontrou um assento vazio em uma mesa cheia de revistas e livros de colorir, com um balde de plástico cheio de giz de cera e canetinhas.

"Bom dia", pronunciou uma voz forte.

Cole ergueu a cabeça e acenou para L. J. Washington. "Dia."

Onde será que ele consegue essas roupas, pensou quando Washington seguiu andando silenciosamente, resplandecente no terno com colete e pantufas peludas. Cole se afundou na cadeira à medida que mais pacientes enchiam a sala. Exceto Washington, nenhum deles prestava a menor atenção nele. Por alguns minutos, ficou os observando, depois começou a olhar a pilha de revistas. Em todas elas, páginas tinham sido cortadas. Em algumas, as imagens tinham sido desfiguradas com obscenidades ou desenhos de figuras toscas de homens e mulheres. Cole, por fim, parou em um exemplar de *Mundo da Mulher* de um ano atrás: a revista tinha margens amplas e estavam faltando poucas páginas. Ele remexeu no cesto de canetinhas ressecadas e tocos de lápis até encontrar um giz de cera roxo, longo o suficiente para ele segurar de modo confortável. Equilibrando a revista no joelho, ele começou a escrever furiosamente nas margens, virando a revista de cabeça para baixo e de lado quando faltava espaço.

Trabalhou assim por uma hora, imperturbável. Na sala ao seu redor, as pessoas estavam quietas, o quase silêncio interrompido apenas pela porta se abrindo para a entrada de mais um paciente e o cumprimento dignificante de L. J. Washington.

"Bom dia, Sandra. Bom dia, Dwight."

De vez em quando, Cole olhava para a televisão. O quadro sobre cachorros que pegam frisbees tinha acabado. Agora, a tela mostrava a imagem granulada, gravada em videoteipe, de um animal, um macaco de laboratório com a cabeça raspada, o corpo frouxo todo imobilizado e tão coberto de fios que era difícil enxergar sua pele marrom pálida. Enquanto o narrador seguia falando, o macaco convulsionava penosamente, os olhos arregalados e aterrorizados, dentes amarelos à mostra. Cole fez uma careta. Olhou ao redor para ver como os outros estavam reagindo à imagem perturbadora: não estavam. Voltou a escrever na sua revista.

"Tortura! Experimentos!" Uma voz quebrou a calma entorpecida da sala de convivência. Cole cobriu a revista e ergueu a cabeça para ver Jeffrey atravessando a sala a passos largos. "Somos todos macacos!"

Com uma pequena reverência, Jeffrey pegou uma cadeira de plástico e puxou para o lado de Cole. "Seu empregado, senhor", anunciou com uma polidez jocosa.

Cole ficou olhando para ele com desânimo. "Seu olho", alertou ele, apontando para o rosto de Jeffrey. A pele ao redor de um olho reluzia roxa e verde violáceo. "Eles te machucaram!"

Jeffrey abriu um grande sorriso, inclinando o polegar para a televisão. "Não tanto quanto estão machucando o gatinho ali."

Cole se virou. Na TV, mais filmagens gravadas mostravam um gato de laboratório correndo em círculos loucos, comendo a própria cauda enquanto trabalhadores do laboratório assistiam impassivos. O corpo inteiro do gato estava raspado, sem pelos. Gotas de sangue voavam de seu rabo à medida que ele enfiava as unhas na pele em carne viva.

"Essas filmagens dramáticas, obtidas secretamente por ativistas dos direitos dos animais, suscitaram preocupação pública", narrava um repórter em off. *"Mas as autoridades dizem que pouco podem fazer se..."*

"Olha pra eles!" exclamou Cole com raiva. "Estão pedindo! Talvez as pessoas mereçam ser eliminadas!"

Jeffrey riu e se reclinou na cadeira; poderia estar assistindo alegremente a uma partida de tênis. "Eliminar a raça humana! É uma ótima ideia! Mas é uma coisa mais de longo prazo... no momento precisamos focar em objetivos mais imediatos." Sua voz se tornou um sussurro, e ele estendeu a mão para tocar o pulso de Cole de modo reconfortante. "Eu não disse uma palavra sobre *aquilo*."

Cole olhou para ele sem expressão. "Do que você está falando?"

Jeffrey piscou. "Você sabe. O seu plano. Emancipação!" Ele olhou para baixo e pela primeira vez notou a revista de Cole. "Tá escrevendo o quê? Cê é repórter?"

"É coisa minha." Cole enfiou a revista debaixo do braço.

"Um processo judicial? Cê vai processar eles?" Os olhos de Jeffrey brilhavam de entusiasmo.

Uma sombra caiu sobre a mesa. Billings surgiu ao lado de Cole, estendendo a mão com um copinho de plástico cheio de pílulas.

"Tu, James... hora de tomar remédio."

"Não." Cole balançou a cabeça.

"Ordens do médico." Billings apresentou outro copo — plástico, tudo aqui era de plástico —, esse, cheio de água, e entregou a Cole. "Vamos lá, Jimbo. Vai te ajudar a se sentir melhor."

Cole ficou sentado, rigidamente, olhando para as pílulas.

"O que são?"

Billings deu de ombros. "Não é da minha conta, Jimbo. Toma tudo..."

Ele engoliu as pílulas. Jeffrey observava, o rosto sem expressão.

"Agora vocês, meninos, sejam bonzinhos", disse Billings, amassando os copos de plástico e dando as costas. " Cooperem."

"Claro, claro", debochou Jeffrey, rindo. "Sempre."

Pelos minutos seguintes, Cole segurou sua revista debaixo do braço, esperando impaciente que Jeffrey saísse dali. Mas, aos poucos, sua sensação de urgência foi sumindo. Bocejou, sentiu a revista deslizar para o chão ao seu lado. Ele a deixou ali, e depois largou o giz de cera também. Um gosto amargo subiu no fundo da garganta, mas não o incomodava mais. Ele se viu bocejando repetidas vezes, embora não estivesse particularmente com sono. Isso também não incomodava. Após um tempo, deve ter cochilado. Quando abriu os olhos, a TV mostrava cenas muito iluminadas de um belo casal jovem brincando extasiado na arrebentação.

"*Se arrisque*", uma voz o instigou. "*Viva o momento. Lindo sol...*"

Confirmando com a cabeça e bocejando, Cole se levantou. Arrastou a cadeira mais perto da televisão, posicionando-se entre duas mulheres que olhavam para a tela com a mandíbula caída.

"*... praias deslumbrantes. Viva o sonho. As Ilhas de Florida Keys!*"

Abruptamente, a cena do casal se divertindo cortou para uma imagem estática dos Irmãos Marx. Uma voz diferente anunciou: "Voltaremos a *Os Quatros Batutas* logo após essas mensagens."

"Ei! Esse filme é muito bom." Jeffrey se aproximou de Cole por trás, cutucando-o ao se colocar na cadeira ao lado dele. "Fecha com chave de ouro. CHAVE de ouro."

Cole se virou para ele, atordoado, enquanto Jeffrey fazia caretas e dava sorrisos largos. "Pegou, Jimbo? *Com CHAVE de ouro!*"

Jeffrey estendeu o punho cerrado para Cole e abriu por um instante, para que Cole visse rapidamente o que ele tinha na mão: uma chave.

"Hã?" Cole balançou a cabeça, grogue, depois voltou a olhar para a TV, onde um urso enorme seguia decidido no meio de uma floresta de sequoias.

"*Se o seu futuro é pessimista*", narrava uma voz monótona, "*considere as mudanças que dominam o mundo...*"

Cole olhava para a tela e concordava, obediente.

"Uhuuu, eles te drogaram mesmo, mano", disse Jeffrey, assobiando. "Dose pesada! Mas escuta... tenta se recompor! Foco! Foco!"

"*... e quando tiver considerado, pense nas oportunidades que elas te apresentam...*"

Cole voltou o olhar sonolento para Jeffrey. "O *plano*", sussurrou Jeffrey, aflito. "Lembra? Eu fiz a *minha* parte!"

"Quê?"

"Não o *quê*, filho... *quando!*"

Cole estreitou os olhos. Quando?

Com um olhar para trás, Jeffrey enfiou a chave na mão de Cole. "Agora!"

Cole balançou a cabeça. "Eu não..."

"*Mas lembre-se*", alertou a TV, "*para investir com prudência, você precisa de um parceiro...*"

"ISSO!", gritou Jeffrey, ficando de pé com um pulo. "AGORA! COMPRE JÁ! AÇÕES E TÍTULOS! CHEGA DE NEGÓCIOS SUJOS! COMPRE *AGORA*!"

Cole ficou olhando perplexo enquanto Jeffrey dançava feito doido diante dele, as mãos se remexendo loucamente, o cabelo caindo no rosto.

"SIM!" cantou Jeffrey. "SIM, SIM, SIM! MELHORE SEU PORTIFÓLIO *AGORA*!"

Vozes vinham do outro lado da sala. Cole olhou e viu Billings vindo na direção de Jeffrey, o rosto ameaçador e raivoso. Atrás dele, outro auxiliar digitava números em um pager.

"COMPRE! VENDA! *APROVEITE A OPORTUNIDADE!*", gritou Jeffrey, os olhos azuis brilhando enquanto dava piruetas na frente de Cole. "AJA AGORA! *NÃO DEMORE!*" Foi dançando até onde a mesma mulher de olhos embotados mexia em peças de quebra-cabeça sobre a mesa de jogos. "ESSA CHANCE NÃO

VAI SE REPETIR!" Com risadas de alegria, Jeffrey passou a mão de uma ponta a outra da mesa, fazendo o quebra-cabeça voar em mil partes. A mulher ficou olhando para o chão, sem acreditar, depois ergueu o rosto assustado para Jeffrey. Extasiado, ele saiu girando. Quando Billings partiu para cima dele, ele agarrou outro paciente e empurrou para cima do auxiliar.

"NÃO PERCA ESSA OFERTA ÚNICA..."

"Estou ficando tonta!" Uma mulher corpulenta lamuriou quando Jeffrey passou saltando. "Manda ele *parar.*"

"Quinhentos dólares!", um velho gritou de repente no ouvido de Cole. "Tenho quinhentos dólares! Estou *assegurado!*"

Jeffrey parou por um momento. "OPORTUNIDADE!", gritou ele, olhando diretamente para Cole. "DEFINITIVAMENTE! UMA *JANELA* DE OPORTUNIDADE! *ABRINDO* AGORA! AGORA É A HORA DE TODOS OS BONS HOMENS *APROVEITAREM O MOMENTO!*"

Cole balançou a cabeça. O gosto no fundo da garganta era suficiente para lhe dar ânsia de vômito. As palavras de Jeffrey eram como um xarope denso pingando devagar na sua consciência. Foi só quando ele ouviu a porta da sala de convivência abrir e viu mais dois auxiliares robustos entrarem correndo atrás de Jeffrey que ele finalmente se deu conta de que Jeffrey estava lhe *mandando uma mensagem.*

"SIM! SIM! MASTERCARD! VISA! A *CHAVE* PARA A FELICIDADE!"

Um dos auxiliares se deteve, ostentando um chaveiro pesado, e rapidamente trancou a porta antes de voltar a atenção para o paciente desvairado.

"APROVEITE O MOMENTO!", gritou Jeffrey, passando por Billings e o outro auxiliar aos saltos. Mesmo do outro lado da sala, Cole conseguia ver seus olhos azuis brilhando loucamente enquanto ele acenava com as mãos. "FIQUE RICO! AGORA É A HORA! *APROVEITE!*"

"Aproveite", repetiu Cole. Olhou para a chave na sua mão e ergueu a cabeça a tempo de ver Billings tropeçar em uma cadeira ao tentar dar o bote em Jeffrey.

"Maldito, Jeffrey, pare de se fazer de bobo!", Billings arfava.

Cole hesitou. Olhou de relance para a porta, tentando fazer seus olhos focarem. Sua mão apertou a chave em sua palma quando os auxiliares finalmente agarraram Jeffrey e o levaram ao chão.

"ÚLTIMA CHANCE! ÚLTIMA CHANCE! Ei... *ai*!"

Antes que pudesse pensar melhor, Cole cambaleou até a porta. Debilmente, cravou a chave nela, tentando em vão encontrar a fechadura. Olhou nervoso para trás, para onde os auxiliares se amontoavam em cima de Jeffrey. De repente, a chave entrou.

"Droga", sussurrou, rouco. A chave não queria virar.

"Ei."

Cole levou um susto, virou e viu um homem idoso de pijama de flanela observando com olhos claros e lacrimejantes. "Flórida, esse sim seria um bom lugar", disse o homem em tom sonhador. "As Florida Keys ficam lindas nessa época do ano."

Enervado, Cole tentou desesperadamente virar a chave de novo.

Virou.

"Cuidado", disse o velho enquanto Cole saía de fininho para o corredor ecoante. "J. Edgar Hoover não está morto *de verdade.*"

Em outra parte do hospital municipal, Kathryn Railly seguia para o seu consultório. Enquanto andava, folheava a pilha de mensagens da manhã: atualizações farmacêuticas, mensagens urgentes de pais e cônjuges querendo saber de pacientes, aviso de mudança no horário para membros do spa. Quando virou uma esquina, a cabeça do dr. Casey apareceu, saindo do consultório dele, balançando uma página arrancada de uma revista.

"Kathryn! Espera aí..." Ela pausou até Casey vir andar ao seu lado. "Isso estava na minha caixa, mas tenho uma leve desconfiança de que não era pra mim."

Kathryn olhou para a página de revista rasgada na mão dele, franzindo o cenho à medida que ele foi lendo com ênfases exageradas.

"Você é a mulier mais bunita que eu já vi. Você vivi em um mundo bunito. Mas você não sabe. Você tem liberdadi, luss do sol, ar pra respirar."

Os olhos suaves dela se estreitaram, e ela deu um triste sorriso para ele. "Cole. James Cole, certo?"

Casey estendeu a mão para silenciá-la, ajustando os óculos para continuar. "Eu faria cualquer coisa pra ficar ela, mas tenho que ir. Porfavor me ajude."

O sorriso de Kathryn desapareceu. "Coitado dele..."

Baques secos de passos fizeram os dois se virarem a tempo de ver o dr. Goodin virar a esquina correndo.

"Ei, Kathryn!", gritou ele, ofegante. "James Cole é um dos seus, certo? Bom, ele fugiu! A última vez que viram, ele estava no nono."

Kathryn e Casey ficaram olhando, perplexos, depois saíram atrás dele.

Um segurança encurralou Cole perto da Radiologia, de onde ele estava saindo de costas de trás da câmara de tomografia. Foram precisos três guardas e quatro auxiliares para dominá-lo, mas não sem luta. Quando conseguiram prender Cole a uma maca, tiveram que chamar reforço de segurança e uma ambulância.

"Por favor... vocês têm que entender, é um engano, ok?", implorou ele.

"Cala a boca", ordenou Billings.

Kathryn respirou com firmeza quando viu a maca sendo levada para a sala de isolamento. O olho direito de Billings estava muito inchado, e um dos seguranças limpava o sangue de um talho feio no rosto. Na maca, Cole se debatia em vão para tirar as cintas. Seu rosto estava vermelho e manchado, as pupilas dilatadas. Ela estava chocada com o tanto de urgência que ele ainda conseguia transmitir com suas palavras embQoladas... ele tomara Halcion suficiente para tranquilizar alguém com o dobro do seu tamanho.

"Dra. Railly?" A voz de Billings cortou o devaneio dela. Ela deu um passo para o lado para deixá-los entrar com Cole na sala.

"Sim", respondeu. Ela bateu de leve na seringa, checando mais uma vez se tinha bolhas de ar, depois se virou para Cole. Ele olhou fixamente para ela com olhos loucos arregalados, e veio à mente dela uma noite no verão anterior em que atropelara um guaxinim por acidente. O animal olhara para ela desse jeito, mal compreendendo e entorpecido de dor, os dentes à mostra em uma careta ensanguentada.

"Chega de remédios. Por favor...", sussurrou Cole.

Railly engoliu em seco, forçando-se a olhar para a mão dele e não para os olhos. "É só algo para te acalmar", disse ela, pressionando a agulha contra a pele do braço. "Tenho que fazer isso, James. Você está muito confuso."

Antes que um dos guardas a questionasse, ela se virou e fugiu, tentando não se lembrar de, um ano antes, ter ouvido o guaxinim grunhindo e se debatendo no canto da estrada enquanto ela ia embora.

Ela fez as rondas do plantão, depois voltou para o consultório. Na mesa, um recado para se encontrar com o dr. Fletcher na sala de reuniões.

"Merda", murmurou ela, esfregando as têmporas, que latejavam. Engoliu alguns ibuprofenos, que logo encontraram uma boca cheia de água Evian morna, e correu de volta ao corredor.

Na sala de reuniões, o dr. Fletcher estava sentado entre Goodin e Casey. Os três pareciam tensos, Goodin à beira de uma raiva desaforada. Kathryn sentiu que estava ficando com calor, lembrando-se das idas à sala do diretor no ensino médio.

"Kathryn, sente-se."

Fletcher acenou na direção da cadeira na frente dele. Kathryn olhou para a cadeira, então rapidamente puxou uma outra para a mesa e se sentou. O olho de Fletcher tremeu quando ele foi pegar o lápis na mesa e exclamou: "Quatro anos! Trabalhamos juntos há *quatro anos*, Kathryn, nunca te vi assim antes".

Kathryn abriu a boca, e Fletcher apontou o lápis para ela.

"Agora, por favor, Kathryn, pare de ser tão defensiva. Isto não é um interrogatório."

"Eu não achei que estava sendo defensiva. Eu só estava..."

O lápis desceu com força na beira da mesa de reuniões. "*Ele deveria estar imobilizado*. Foi uma avaliação ruim da sua parte, pura e simples. Por que não assume logo?"

Kathryn começou a responder no mesmo tom, mas pensou melhor. Em vez disso, ficou olhando para a mesa por um longo momento.

"Ok, foi uma avaliação ruim", concluiu. Uma visão não desejada surgiu diante dela: o vulto de Cole, impotente, preso à maca com cintas de lona e metal. "Mas eu tinha uma sensação estranhíssima em relação a ele, eu já vi ele em algum lugar e..."

"Ele já mandou dois policiais pro hospital," interrompeu Fletcher, raivoso. "E agora temos um auxiliar com o braço quebrado e um segurança com fratura craniana!"

"Eu disse que errei na avaliação! O que mais você quer que eu diga?"

Fletcher se reclinou na cadeira. "Está vendo o que eu quero dizer? Você está sendo defensiva." Ele se virou para o dr. Casey. "Ela não está sendo defensiva, Bob?"

Antes que Casey pudesse responder, houve uma batida vacilante à porta. Kathryn se virou e viu Billings segurando um saco de gelo no rosto, dizendo: "Hã, dr. Fletcher? Temos outro... contratempo."

"*Meu Deus*", praguejou Fletcher, batendo a mão na mesa. Desta vez o lápis se partiu em dois. "O que foi *dessa vez?*"

Billings afastou o gelo do rosto e se contraiu. "Acho melhor o senhor ver por si mesmo, doutor."

Eles seguiram para o corredor atrás de Fletcher, Billings cuidadosamente evitando os olhos de Kathryn ao levá-los até a área de isolamento.

Em frente à entrada da cela acolchoada, uma pequena multidão estava reunida, alguns seguranças e uma enfermeira. Fletcher passou empurrando as pessoas, deu um empurrão na porta e olhou dentro.

"Onde ele está?"

Atrás dele, Billings balançou a cabeça.

"Ele... ele sumiu, doutor."

"Ele estava totalmente imobilizado?" Fletcher ergueu a voz perigosamente. Kathryn se preparou para o que estava vindo. "E a porta estava trancada?"

Billings fez que sim. "Sim, senhor. Eu mesmo tranquei."

"E ele estava completamente sedado?"

Kathryn encarou o olhar acusador dele e respondeu: "Ele estava *completamente* sedado!".

Fletcher socou o interior acolchoado da porta. "Você está querendo me dizer", explodiu, "que um paciente *completamente* sedado, *completamente* imobilizado escapou por um respiradouro, pôs a grade de volta e está se retorcendo pelo sistema de ventilação *neste exato momento?*"

Todos os olhos se fixaram no que Fletcher apontava: um respiradouro a uns dois metros e meio do chão e coberto com uma grade pesada de aço inoxidável. Era tudo nos cinco metros quadrados.

"É isso que está querendo me dizer?" repetiu Fletcher, fulminando Billings. O auxiliar deu de ombros com desconforto, o olhar ainda no respiradouro.

"Hm, sim, dr. Fletcher", confirmou ele, enquanto mais funcionários da segurança vinham correndo pelo corredor para se juntarem a eles. "Acho que é exatamente isso que estou dizendo ao senhor."

O vidro que compõe a janela de observação é grosso e está entranhado em poeira e gordura, cheio de manchas das impressões deixadas por milhares de crianças que apertaram o rosto contra a superfície fria. Lá fora, um 747 sobe pelo ar de modo limpo, o solo tremeluzindo no calor de seus motores.

"Voo 784 para São Francisco, embarque autorizado no Portão 38. Voo 784..."

Atrás dele, há vozes, os primeiros gritos hesitantes de uma multidão se formando. Ele se vira, tentando soltar a mão do pai, e vê um homem loiro de rabo de cavalo passar acelerado. A pequena multidão se dispersa à medida que os viajantes se atiram para se protegerem, por um instante ele tem o vislumbre de uma mulher parada, as mãos dela levadas à boca ao gritar.

"Nããããããão!"

Ele franze a testa. Há algo familiar nela... os olhos azul-claro, o jeito determinado e, no entanto, gracioso da boca, o ângulo em que a cabeça se inclina. A imagem de uma outra mulher lhe vem. Uma mulher de cabelos escuros e olhar piedoso, uma médica... qual era o nome dela? Uma médica...

Porém, a mulher no aeroporto é muito loira e usa uma maquiagem pesada: os lábios cheios, um talho brilhante de vermelho, a pele clara sombreada pelo rímel. Os olhos azuis estão arregalados, a boca aberta, mas se movendo de um modo estranho enquanto ela berra com uma voz sobrenatural...

"A Associação pela Liberdade dos Animais, embarque autorizado na Segunda Avenida. Sede Secreta, Portão Dezesseis. Exército dos Doze Macacos..."

"Cole, seu imbecil! Acorda!"

Seus olhos se abriram com esforço enquanto o tom monótono e digitalizado de um sistema de som continuava a falar com a mesma entonação sem energia...

"...dos Doze Macacos. São eles que vão fazer."

"Cole!"

Cole estava caído em uma cadeira. Tentou se endireitar, mas não conseguiu, estava fraco demais; só pôde estreitar os olhos e pestanejar de novo, focando na fonte sonora: um gravador de fita cassete sobre a mesa. Atrás do aparelho, havia uma fileira de rostos carrancudos. Eram os cientistas do campo prisional ou será que eram médicos? Ele fechou os olhos por um momento, lutando contra uma onda de dor e náusea.

"... não posso fazer nada mais. Tenho que ir agora. Tenha um feliz Natal."

Ele abriu os olhos. A voz parou de modo abrupto quando a fita saiu do carretel, batendo ruidosa na sala silenciosa demais.

"E?" Era o astrofísico de ar solene, com o cabelo grisalho elegante e um brinco de ouro.

Cole engoliu em seco, a boca ressecada e arenosa. "Hã, quê?", balbuciou, rouco.

"Ele perdeu a cabeça de tanto remédio!" Soltou um dos outros cientistas. "Está completamente avoado."

O astrofísico o ignorou.

"Cole", perguntou ele, apontando para o gravador, "você gravou ou não gravou essa mensagem?"

Cole forçou a vista com dor, tentando enxergar melhor o gravador. "Hã, essa mensagem... eu?"

"É a reconstrução de uma gravação deteriorada", explicou um dos outros cientistas com uma compostura forçada. "Um sinal fraco no nosso número. Temos que juntar os pedaços, palavra por palavra, como quebra-cabeças."

"Acabamos de reconstruir essa", interrompeu o astrofísico. "Você fez ou não fez essa ligação?"

A raiva finalmente conseguiu atravessar o atordoamento de Cole. "Eu não consegui ligar! Vocês me mandaram para o ano errado! Era 1990!"

"1990!"

Os cientistas se voltaram uns para os outros, sussurrando freneticamente. E então: "Você tem certeza disso?", perguntou um deles. Antes que Cole pudesse responder, o microbiologista interveio, seus óculos pretos cintilando na sala mal iluminada.

"O que fez com o tempo que te demos, Cole?", perguntou com uma voz agourenta. "Desperdiçou com drogas? Mulheres?

Cole disse com a voz embargada: "Eles me forçaram a usar drogas".

"Te forçaram!" O microbiologista olhou para os outros, descrente. "Por que alguém te forçaria a usar drogas?"

"Eu tive problemas." Falou Cole devagar, tentando juntar as peças assim como sua plateia ansiosa. "Fui preso. Mas ainda consegui um espécime pra vocês, uma aranha. Mas não tinha onde pôr, então comi. Era o ano errado mesmo, então acho que não faz diferença."

Sua voz falhou. Os cientistas olharam incrédulos para ele, depois se viraram e mais uma vez começaram a sussurrar entre eles. Cole lutava para manter os olhos abertos. O esforço para falar o deixou exausto. A cabeça doía, e a mandíbula... ele tinha sido agredido? Não conseguia se lembrar, não *queria* se lembrar.

Sua cabeça balançou para a frente. A visão enuviou de modo que o rosto à sua frente — o do microbiologista — embaçou, de repente os olhos cintilantes do homem na sala de reuniões assumiram contornos mais nítidos. Aquele com o lápis: dr. Fletcher. Cole inspirou forte, se forçou a olhar fixamente até os contornos do rosto do homem suavizarem e ele poder ver de novo — não era o dr. Fletcher, mas o microbiologista, com um lápis tremendo entre os dedos. Em um breve grito, Cole tombou para a frente, e a sala ficou escura.

Ele não fazia ideia de quanto tempo dormira, se é que dormira mesmo. Houve um tempo em que Cole acreditava haver uma grande lacuna entre o estado desperto e o sono, entre a vida e os sonhos, entre o que lembrava como real e o que sabia serem fragmentos daquele outro mundo, o crepuscular.

Mas agora tudo isso mudara. Como o rosto do microbiologista, suas percepções derretiam e eram então reformuladas por quaisquer sinais visuais ou auditórios estranhos captados pela sua mente. Prisioneiros que passavam por lavagem cerebral se sentiam assim, adictos e esquizofrênicos...

Quais desses ele era?

"*Cole!*"

Ele acordou com um sobressalto. Ao seu redor, estava tudo escuro, exceto por onde um slide estava sendo projetado em uma tela rasgada.

"E isso, Cole?", a voz trovejou. "Você viu isso quando voltou?"

Cole estreitou os olhos. O slide mostrava grafite em estêncil em tinta vermelha opaca, um círculo em torno de doze macacos dançando.

"Hã, n... não, senhor" gaguejou Cole. "Eu..."

Click. Outro slide apareceu. Manifestantes, jovens skinheads e mulheres bravas balançando cartazes e faixas com slogans pintados com spray.

CARNE = MORTE!

LEITE SIGNIFICA SANGUE!

CHEGA DE CRUELDADE!

Atrás dos cartazes mostrando macacos-prego fazendo careta e gatos cegos, policiais com equipamentos para conter tumultos confrontavam a multidão.

"E essas pessoas?", a voz do astrofísico estava baixa. "Você viu alguma dessas pessoas?"

Click. Um close do mesmo slide, enquadrando o rosto muito ampliado e desfocado de um homem segurando uma foto rasgada de um macaco dissecado. O rosto do homem estava tão contorcido quanto o do animal, sua raiva espelhando a angústia do macaco. Cole ficou boquiaberto diante do slide, incrédulo. Apesar do cabelo longo e dos óculos, o homem lembrava um Jeffrey Goines um pouco mais velho.

"Hein?" O astrofísico puxou o brinco, insistindo para Cole continuar. "Ele? Você viu esse homem?"

Cole fez que sim. "Hm, acho que sim. No hospital psiquiátrico."

"Você estava em uma instituição psiquiátrica?" O slide desapareceu com um clarão. Cole protegeu os olhos, e o microbiologista ficou na frente da tela. "Você foi enviado para fazer observações muito importantes!"

"Você poderia ter feito uma contribuição verdadeira." O astrofísico balançou a cabeça, decepcionado. "Ajudado a reaver o planeta."

"Além de reduzir a sua pena", acrescentou um dos outros cientistas em um tom sombrio.

"A pergunta é, Cole", disse o microbiologista, puxando uma cadeira ao lado dele. "*Você quer outra chance?*"

Atrás dele, um motor a jato guincha, seu lamento quase encoberto por gritos confusos, o som de uma miríade de passos correndo. Quando ele ergue a cabeça, o menino vê a mulher loira fugindo pelo saguão com seu cabelo brilhante batendo nas costas. Alguém esbarra nele, e ele abre a boca para gritar.

"Quem é?", pergunta uma voz rouca com urgência.

Cole acordou pestanejando.

"Eu disse *quem é?*" A mesma voz, agora petulante, quase zombando dele. Cole esfregou os olhos, os dedos cheios de sujeira, e ficou olhando sonolento para a penumbra. Uma cela minúscula, com as mesmas paredes vazias de cimento, o mesmo teto alto da sala de isolamento no hospital municipal. Não havia ninguém ali dentro além dele.

"Ei, Bob...qual o seu nome?"

Cole apoiou os cotovelos no colchonete e se ergueu, procurando em vão a origem da voz. Isso era parte do sonho? Balançou a cabeça, tentando se forçar ao estado totalmente desperto. A cabeça parecia entorpecida, a boca estava em carne viva e com gosto de bile.

"Aí, Bob! Que que foi, o gato comeu a sua..."

De repente, os olhos de Cole focaram em um respiradouro da largura da sua mão, no alto da parede. A voz estaria vindo dali? "Onde você está?" perguntou com a voz embargada.

A voz riu com um júbilo maldoso.

"Você sabe falar! Que que cê fez, Bobby Boy? Se voluntariou?"

Cole olhou com os olhos apertados para o respiradouro. "Meu nome não é Bob", disse por fim.

"Beleza, Bob. Pra onde te mandaram?"

Cole umedeceu os lábios, sentiu gosto de sangue seco. "Onde você está?", perguntou.

Um momento de silêncio. Então: "Outra cela... talvez".

Cole se contraiu e se esticou, se esforçando para ver alguma coisa atrás da tela de aço do respiradouro — um rosto, uma sombra, mãos, qualquer coisa. "Como assim, 'talvez'? O que isso quer dizer?"

"'Talvez' significa que *talvez* eu esteja na cela ao lado, mais um voluntário como você. Ou *talvez* eu esteja no escritório central te espiando para todos aqueles otários da ciência. Ou, ei..."

A voz assumiu um tom mais agourento. "*Talvez* eu nem esteja aqui. *Talvez* eu esteja só na sua cabeça. Não tem como confirmar nada, certo? Ha ha. Pra onde te enviaram?"

Cole se debruçou em silêncio no colchonete.

"Não vai falar, né, Bob? Tudo bem. Posso cuidar disso."

"1990."

"Noventa!" exclamou a voz com um deleite exagerado. "Uuuh! Como foi? Boas drogas? Muita bucetinha? Ei, Bob, cê fez o trabalho? Achou a informação quente? Exército dos Doze Macacos? Onde o vírus tava antes da mutação?"

"Era pra ser 1996."

A voz de uma risadinha. "A ciência não é exatamente uma ciência exata com esses palhaços, mas estão melhorando. Ei, cê tem sorte de não ter ido parar no Egito Antigo!"

Um chacoalhar de chaves na porta atrás de Cole. Ele se virou, com dor, quando a voz sussurrou: "Shhh! Estão vindo!".

A porta se abriu com um rangido e dois guardas entraram, puxando uma maca antiga. Cole se deixou ser preso a ela sem protestar. Enquanto o levavam para o corredor, seus olhos permaneceram fixos no respiradouro da parede, a grade de aço com uma boca repuxada em uma careta.

Levaram apenas minutos para chegarem ao destino, uma câmara sombria, iluminada por uma única lâmpada fluorescente tremeluzindo. As paredes da sala eram de concreto rachado, entremeado de bolor. Veios de água sangravam pelo chão. Cole ouvia um leve ruído molhado das rodas da maca deslizando por poças cheirando a mofo.

"Bom, Cole. Sem erros desta vez." Vários pares de mãos enluvadas apertaram as alças que o prendiam. "Fique alerta. Mantenha os olhos abertos."

Cole reconheceu os tons solenes do astrofísico grisalho, mas no escuro só via rostos pálidos, uma fileira de corpos vestidos de branco se movendo com eficiência em meio ao lodo.

"Bem pensado sobre a aranha, Cole!" A voz suave da zoóloga soou em seu ouvido enquanto a maca seguia rangendo. Ela passou a mão no braço dele, deixou sua mão pousar por um instante na testa dele. "Tente fazer algo assim de novo. Aqui, agora..."

No canto da sala, ele só conseguiu distinguir uma forma enorme e arredondada, um tubo imenso, levemente brilhante feito de algum tipo de material transparente. O coração de Cole começou a bater mais forte. Ele tinha visto isso antes, onde tinha visto isso? No sonho, no aeroporto? Ou, não... um clarão quando ele momentaneamente viu uma sala no hospital municipal de onde fugiu antes de Billings lhe dar o bote. O rosto perplexo de um técnico, uma placa na porta que dizia SOMENTE EQUIPE DE TOMOGRAFIA AUTORIZADA. Enquanto ele olhava com um horror crescente, o tubo começou a escurecer, como um copo cheio de líquido cobalto.

"Só relaxe agora. Não resista." A zoóloga saiu sutilmente. Em seu lugar, estava o microbiologista, os óculos escuros cintilando na luz azulada. "Temos que saber o que está aí para podermos consertar."

Então, ele sumiu também. Acima de Cole, havia apenas a bocarra aberta do tubo brilhante, um borrão de rostos ansiosos. A maca soltou um último guincho lamurioso ao ser empurrada para a abertura. A porta do tubo se fechou com um clangor.

De repente, uma escuridão inesperada. Escuridão *de verdade,* a noite escura e sem ar de um caixão vedado. Cole fechou os olhos e abriu: não havia diferença. Nenhum brilho azul instável, nem mesmo aquelas cores fantasmas que vêm entre o despertar e o sonho. Começou a se mexer, desesperadamente, mudando o peso de um lado ao outro para fazer a maca chocalhar. Grunhiu de medo, abriu a boca para gritar, mas pensou: "*Ar! Não tem ar!*". Antes que ele pudesse sequer arfar, um som lhe veio — o *envolveu* — um zunido mecânico, baixo, como um enxame de abelhas elétricas. O zunido ficou mais alto, e ainda mais alto, até ele sentir os ossos vibrarem. Um relâmpago rasgou a escuridão — uma, duas vezes — terminando em um estroboscópico ofuscante que pulsava no ritmo de um estrondo ensurdecedor. Cole não sabia mais dizer se estava escutando aquele som terrível ou se tinha de fato ficado surdo e estava meramente sentindo o som em seu corpo espancado.

Só que então, milagrosamente, o som diminuiu, tão devagar que alguns instantes se passaram até Cole registrar que o trovão suavizara para um rosnado, o rosnado para um zumbido, o zumbido para um ruído staccato. Seus ouvidos zuniam e havia um micro gemido que de alguma forma resultou em vozes, embora ele não conseguisse distinguir nenhuma palavra, somente gritos de frenesi, um berro. Tão abruptamente quanto começara, o estroboscópico cessou. As cintas esfolavam seus braços, o peito pareceu que ia explodir quando ele se esforçou para se erguer na maca. Ele gritou quando a fivela de metal perfurou sua carne, a voz engolida por uma explosão repentina.

"*Aaaghhh!*"

Ao seu redor, a escuridão foi estilhaçada, caiu sobre ele em uma chuva de pedras e terra. Com um grito, Cole caiu para trás, as mãos se chocando contra algo que bateu no chão ao seu lado com um baque surdo. Ele olhou para cima e viu o céu cinza. Na sua frente, via uma parede de terra cravejada de raízes partidas e pedaços de metal. Uma chuva suave e inconsolável tamborilava no seu rosto voltado para cima. Quando ele abriu a boca, a chuva correu para dentro, trazendo junto o gosto frio da poeira.

"*Non! C'est mon bras...!*"

Cole ficou olhando sem compreender quando, primeiro, um vulto passou esbarrando nele, depois outro. Os rostos estavam cobertos por máscaras grotescas. Tubos corrugados iam até a boca. Sem pensar, Cole apalpou o próprio rosto, mas não encontrou nenhuma máscara, só fuligem e sangue. Uma rajada de vento fez a chuva entrar na vala. Mais uma explosão fez uma espuma de terra voar pela abertura da vala. Houve um tiroteio em resposta. Cole estremeceu e pela primeira vez olhou para baixo.

Estava nu. Chocado, passou a mão pelo peito, levou ao rosto sujo de lama e o que parecia ser um pedaço de tecido molhado. Quando estendeu os dedos, viu preso entre eles os restos flácidos de outro dedo. Uma ponta de osso aparecendo, como um dente.

"*Arrête!*"

Cole se virou, tentando freneticamente lançar para longe o pedaço de osso arrancado de sua mão.

"*Qui est...?*"

Um homem de uniforme pardo estava na sua frente, gritando. Cole ficou olhando para ele de boca aberta: o corte arcaico das roupas, as grevas imundas amarradas na perna. O fuzil que ele segurava de modo ameaçador tinha uma baioneta na ponta.

"Onde está a sua máscara? E as roupas... e a sua *arma*, seu idiota!" O homem gritava com ele em francês.

Cole se afastou dele, os dentes batendo. "O quê? *O quê?*"

"Sai da frente!", continuou o homem.

Cole caiu para trás, meio agachado, enquanto vários homens passaram por ele, carregando uma maca de mão cheia de pedras. Pedaços longos de lona rasgados e ensanguentados pendiam dela. Só quando o fedor de carne queimada invadiu as narinas de Cole, ele percebeu que a lona manchada de sangue era, na verdade, os restos do braço de um homem, e as pedras deformadas, a massa do crânio e peito esmagados.

"Meu Deus..."

"Capitão!", gritou o homem em francês. Cole se curvou para a frente quando a baioneta o atingiu nas costelas. "Um chucrute! Temos um chucrute!"

"Não entendo!" arfava Cole, apertando o estômago. "Onde eu estou? Quem..."

"Como chegou aqui, soldado?" Uma voz falou em alemão. Outro homem veio atravessando a lama, de óculos e menor que o primeiro, usando o que era sem dúvida um uniforme de oficial. "Qual a sua patente? Onde estão suas roupas?"

Cole balançou a cabeça. "Eu... eu não estou entendendo."

"Alemão! Fale alemão! O que está fazendo aqui?"

Cole começou a tremer descontroladamente. Sua visão embaçou, o ruído de fundo de tiros e vozes ininteligíveis se juntou em um único som, um guincho agudo que poderia ter sido uma sirene ou a própria voz de Cole. Ele se sentiu tonto e nauseado, mas não se importava mais, tinha ido além do medo ou do espanto ou da tortura para algum outro lugar. Os olhos estavam abertos, mas não via nada. O sargento o socou de novo, mas não doeu — como poderia doer? Os limites da consciência estavam se afastando da sua mente feito papel queimando, em alguns momentos não sobraria nada além de um homem de olhar vazio. Em uma trincheira ou em uma cela, preso a macas ou cambaleando pelo saguão de um aeroporto — como poderia importar? Até mesmo aquele guincho estridente estava sumindo, mas Cole sentiu apenas um alívio embotado, seria só mais um instante até ele ir embora...

"*Tenho que achar eles! Tenho que achar eles! Por favor, você tem que me ajudar!*"

A voz foi como um caco de vidro rasgando seu estado de fuga.

"*Por favor!*"

Inglês, mas inglês com sotaque... inglês *norte-americano.* O sargento deu outro soco nele, e dessa vez Cole se encolheu, apertando os olhos e focando de repente em outra maca passando por ele.

"Por favor, você tem que ouvir, eu tenho que..."

Na maca, um jovem arrebentado. O sangue cobria o seu rosto, braços e peito, que escorria em uma linha fina dos cantos da lona para o chão molhado. Em seu rosto escurecido, os olhos se reviravam selvagemente. Olhando para ele, Cole sentiu um horror mais intenso que qualquer um que viera antes.

"Jose!", gritou ele. Era o garoto da cela ao lado. "*Jose!*"

O menino se virou. "Cole!" O rosto contorcido de angústia. "Meu Deus, Cole, onde nós estamos?"

Sua mão se estendeu debilmente para a de Cole. Antes que pudesse segurá-la, um homem se lançou atrás dele. Houve um clarão, o odor rançoso de salitre quando o fotógrafo se agachou na trincheira, a câmera desajeitada focada em Jose.

"Não..." gritou Cole, devastado. Sem parar, o fotógrafo apertou a câmera contra o peito e seguiu correndo. Tiros ecoaram. Cole se assustou, agarrou a sua perna esquerda e caiu.

Apertando os dentes, tentou se levantar, fazendo uma careta de dor. Um assobio no alto terminou em um baque surdo que fez mais terra chover para dentro da vala. Houve gritos abafados, comandos que ele não podia entender. Nas laterais da trincheira, descia uma fumaça densa amarela. Um fedor tóxico invadiu as narinas de Cole e ele tossiu, cobrindo a boca e olhando em volta freneticamente. A trincheira ficou cheia de soldados com máscaras antigás, como formigas em um formigueiro violado. Tossindo, Cole ajoelhou com a perna boa e cobriu os olhos lacrimejantes, buscando alguma saída. Seu olhar caiu sobre uma forma dobrada ao seu lado: o capitão, o peito dividido de modo tão impecável como o de um frango. Do seu rosto, pendia uma máscara. Com um grito, Cole se atirou para frente, os dedos tentando agarrar a máscara, mas antes que conseguisse, outra explosão se alastrou pela trincheira. A última coisa que Cole viu foi o próprio rosto, refletido nos óculos estilhaçados do capitão.

Em uma noite agradável de fim de outono, algumas folhas marrons ainda estavam presas aos carvalhos em frente ao Breitrose Hall. Esquilos mexiam em algumas nozes, e no céu aveludado uma coruja voava, soltando um grito pesaroso. Pregados na fachada gótica do prédio, estavam cartazes que anunciavam uma banda local, fichas de arquivo com apelos urgentes de estudantes querendo carona para o feriado de Ação de Graças, uma lista desatualizada de filmes no campus. Alguns alunos passavam preguiçosos na frente da escadaria, pausando sob um semáforo para ler o cartaz mais recentes ali:

AULAS DE ALEXANDER, INVERNO DE 1996

JON ELSE:
A Agonia Nuclear
DR. ALEXANDER MIKSZTAL:
Ética Biológica
MICHELLE DEPRIEU:
Chernobyl: Acidente ou Psicose em Massa?
DRS. HELEN & HOWARD STEERING:...

No alto do cartaz, tinham colado uma faixa, escrita à mão:

HOJE!! 19 DE NOVEMBRO
DR. KATHRYN RAILLY
Loucura e Visões Apocalíticas

Lá dentro, o auditório estava quase cheio. Uma voz de mulher ecoava oca pelo espaço cavernoso, pontuada vez ou outra por tosse e farfalhar de papel. Sobre uma tela gigante na frente da sala, pairava a imagem projetada do rosto de um homem, um desenho rudimentar, porém eficaz, nos traços nítidos de uma xilogravura medieval. Seus olhos eram enormes e loucos, boquiaberto como se em agonia mortal.

"'E uma das quatro bestas confiou aos sete anjos sete frascos dourados cheios da ira de Deus, que vive para todo sempre.'"

A mulher que falava ao púlpito ergueu a cabeça. Alta e de estrutura delicada, o cabelo escuro preso em um coque arrumado, ela era a epítome da elegância acadêmica, marcante, porém contida: óculos grandes no estilo tartaruga, *tailleur* preto chique que não mostrava muito as pernas, apenas uma fresta da pele, cor de porcelana. A voz combinava com ela, refinada, mas poderosa. Ela fez uma pausa, dando à plateia um momento para saborear suas palavras, depois continuou.

"Revelações. No século XII, de acordo com relatos de oficiais locais da época, *este* homem..."

Seu ponteiro indicou o louco desvairado na tela.

"... apareceu de repente na vila de Wyle, perto de Stonehenge, em Wiltshire, Inglaterra, em abril de 1162. Usando palavras pouco conhecidas e falando com um sotaque estranho, o homem fez prognósticos calamitosos sobre uma peste que ele previa acabar com a humanidade dali a aproximadamente oitocentos anos."

O slide mudou para um que mostrava as ruínas de Stonehenge, banhadas por um luar que lhes dava um brilho inquietante. Mais murmúrios da plateia, desta vez pontuados por algumas bufadas de impaciência.

"Dra. Railly," começou a falar uma voz no fundo do auditório, em tom de repreensão, mas a mulher ao púlpito continuou sem perder o ritmo.

"Perturbado e histérico", ela seguiu, "o homem estuprou uma jovem da vila, foi detido, mas depois escapou misteriosamente e não se ouviu mais falar dele. Agora..."

Ela olhou para o auditório escuro, o foco de luz no seu rosto, fazendo-a parecer um anjo sombrio. "Obviamente, esse cenário de peste/juízo final é consideravelmente mais comovente quando a realidade o sustenta com uma doença virulenta, seja a peste bubônica, a varíola ou a Aids. E agora temos horrores tecnológicos também, tais como a guerra química, que mostrou sua cara pela primeira vez nos ataques mortais do gás de mostarda da Primeira Guerra Mundial."

Na tela atrás dela, uma série de slides mostrou imagens de soldados com máscaras de gás, uma bomba não explodida, o ricto esquelético de um menino nas últimas agonias da morte por gás. "*Dulce et decorum est pro patria mori*", Railly comenta em um tom seco. "Durante um desses ataques nas trincheiras francesas em outubro de 1917, temos um relato *deste* soldado..."

Seu ponteiro tocou a tela. Uma fotografia em tom sépia mostrou um homem de cabelo escuro, suas feições quase totalmente obscurecidas pelo sangue, sendo carregado em uma maca por soldados exaustos. A mão ferida do homem estava estendida, sua expressão quase insuportavelmente pungente, o rosto de alguém que encontrou o desejo do seu coração só para vê-lo sendo arrancado de suas mãos.

"Durante um ataque, ele foi ferido por um estilhaço de bomba e hospitalizado, aparentemente em estado de histeria. Os médicos descobriram que ele havia perdido toda a compreensão do francês. Mas falava inglês fluentemente, ainda que em um dialeto regional que eles não reconheciam. O homem, embora não afetado fisicamente pelo gás, estava histérico. Afirmava ter vindo do futuro, que procurava um germe puro que acabaria eliminando a humanidade da face da terra, a partir do ano de... 1996!"

Risinhos nervosos na plateia. Railly bateu na tela com impaciência quando outra fotografia entrou em foco. Esta revelava a imagem abatida, apreensiva do mesmo jovem, olhando com olhar desolado de uma cama estreita de um hospital militar.

"Embora ferido, o jovem soldado desapareceu do hospital, sem dúvida tentando realizar sua missão de alertar os outros, substituindo a aflição universalmente conhecida da guerra por uma aflição autoinfligida que chamamos de Complexo de Cassandra."

No auditório, dois ouvintes concordaram extasiados, depois se entreolharam brevemente com um sorriso — Marilou Martin e Wayne Chang, amigos de Railly da época da universidade. A alguns assentos dali, outra pessoa estava tendo dificuldade em ser convencido pela teoria de Railly.

"Brincando enquanto Roma pega fogo", murmurou um homem com um tom obscuro. Marilou se virou, franzindo o cenho, e viu um homem vestido de preto e cabelos ruivos na altura do ombro, digitando ferozmente em um laptop entre olhares furiosos lançados à dra. Railly.

"Como podem lembrar", continuou Railly um tanto sem fôlego, "na lenda grega, Cassandra foi condenada a *saber* o futuro, mas a *não levar crédito* quando contasse aos outros. Daí, a aflição de uma previsão combinada com a impotência de não poder fazer nada a respeito."

A palestra seguiu nessa linha por mais uma hora. Enfim, uma imagem final preencheu a tela: o rosto do homem desvairado da xilogravura, sobreposta ao do soldado apreensivo e ao rosto raivoso do vocalista de uma banda alternativa popular por suas letras apocalípticas.

"Obrigada", disse Railly, de repente tímida. Baixou a cabeça e se virou do púlpito, depois saiu do auditório às pressas.

Em uma recepção no segundo andar de Breitrose, membros do departamento de psiquiatria da universidade haviam montado uma mesa com patês e vegetais crus e alguns frios com aparência de passados. Railly pegou uma cenoura e um copo de água com gás e se sentou a uma mesa de biblioteca na frente da sala. Livros empilhados tinham a mesma sobrecapa em tons ominosos de laranja e carmesim, revestida pela mesma gravura medieval em preto e branco do homem de expressão selvagem.

A SÍNDROME DO JUÍZO FINAL:
VISÕES APOCALÍPTICAS DOS PACIENTES PSIQUIÁTRICOS
DRA. KATHRYN RAILLY

Momentos depois, os primeiros membros entusiasmados da plateia começaram a entrar. Algumas almas esmorecidas se congregaram em torno dos aperitivos, mas a maioria formou uma fila em linha reta até Railly, retirando cópias do livro e empurrando na cara dela.

"Que meditação maravilhosa sobre um tópico tão complexo", começou uma mulher de ares acadêmicos, quando foi empurrada para o lado por um homem ruivo e magrelo de preto.

"Dra. Railly", anunciou ele em voz alta. Na etiqueta dele estava rabiscado Dr. Peters com caneta permanente preta. Sua voz passou arranhando asperamente entre as outras pessoas quando proclamou, "*eu* acho que você manchou a reputação dos seus 'alarmistas'. Certamente, existem dados muito *reais* e muito *convincentes* de que o *planeta* não pode *sobreviver* aos excessos da raça humana: proliferação de dispositivos atômicos, hábitos de melhoramento genético incontroláveis, a violação do meio ambiente, a poluição da terra, do mar e do ar."

Ele pausou para tomar fôlego, e as pessoas começaram a se esgueirar na direção dos frios. Alguns alunos da pós mais resistentes permaneceram para escutar, concordando ou balançando a cabeça à medida que o homem seguia falando.

"*Neste* contexto, não fica óbvio que o 'Galinho Chicken Little' representa a visão *sã*, e o lema do Homo sapiens, '*Vamos fazer compras!*' é o grito do verdadeiro *lunático?*"

Tendo lançado sua pequena bomba, o dr. Peters deu a Kathryn Railly um sorriso tenso e cheio de si. Antes que ela pudesse responder, um professor idoso e desgrenhado se aproximou empurrando-o.

"Dra. Railly! Por favor!" O velho largou um manuscrito esfarrapado na mesa, na frente dela. "Será que você tem conhecimento dos meus estudos, que indicam que certos ciclos da lua impactam na incidência de previsões apocalípticas conforme observado em prontos-socorros urbanos..."

Kathryn balançou a cabeça, indefesa. "Hm, não. Na verdade..."

"De fato", o professor seguiu tagarelando, "maternidades na Escandinávia mapearam um aumento alarmante no número de..."

Os olhos de Kathryn Railly ficaram vidrados, mesmo quando ela continuava assentindo e murmurando educadamente.

"... sem mencionar a ligação entre o uso abusivo de drogas e as erupções solares, que tem sido ostensivamente *ignorada* pelos..."

"Kathryn..."

Alguém tocou o seu ombro. Kathryn se virou, suspirando aliviada quando viu Marilou e Wayne ao seu lado.

"Você estava *ótima*", disse Marilou. Lançou um olhar cruel para a mesa da recepção, onde o dr. Peters devorava uma couve-flor crua. "Muito, muito bem."

Kathryn apertou a mão dela. "Você está indo?" perguntou, tentando não deixar a decepção transparecer na voz.

Marilou pareceu pesarosa. "Nossa reserva é para 21h30. Está ficando tarde.

Outra mão segurou o outro ombro de Railly. "Dra. Railly!" O idoso gritou. "Por favor... isso é muito importante!"

Wayne Chang fez uma careta. "Tem certeza que vai ficar bem?", virando o polegar para o professor apoplético.

Kathryn riu e olhou para o relógio. "Vão vocês. Eu chego lá em vinte minutos."

"Ok", concordou Wayne, segurando o braço de Marilou. "Vamos cuidar para que a champanhe esteja boa e gelada."

Kathryn viu os amigos saírem, enquanto o professor seguia tagarelando. "Dra. Railly, eu simplesmente não consigo entender sua exclusão da lua em relação à demência apocalítica..."

Com um suspiro, Kathryn se virou para ele. "Deixei acônito e alho de fora também", disse ela, depois tentou encobrir sua exasperação acrescentando, "mas eu ficaria feliz em ler o seu trabalho."

O professor abriu um sorriso. "Ora, obrigado", disse ele. Endireitando-se, estendeu a mão deformada e pegou uma cópia do livro dela. "Talvez então você possa autografar este para mim? De colega para colega?"

Kathryn sorriu. "É claro", disse ela com simpatia e pegou sua caneta.

Meia hora depois, ela saiu. Alguns membros do departamento de psiquiatria a acompanharam até a saída e acenaram enquanto entravam em seus carros. Kathryn puxou o casaco apertado em torno de si, desejando ter levado um cachecol. O início fresco da noite tinha se tornado muito frio. Em pouco mais de um mês seria Natal. Uma lua cheia brilhava no céu, lançando sombras barrocas nos torrões e arcos ornados de Breitrose Hall. Kathryn se apressou para atravessar o estacionamento até o seu Cherokee, um dos últimos carros ainda ali. Seus passos ecoaram alto contra o concreto, e ela ergueu a cabeça quando um Volvo passou roncando.

"Parabéns!" Alguém gritou. Kathryn acenou rapidamente, enquanto atrás dela as últimas luzes amarelas de Breitrose Hall se apagaram. Mais alguns passos e ela chegou ao carro. Pôs a mão na bolsa para pegar as chaves, torcendo para que Marilou e Wayne tivessem mesmo pedido champanhe — não se sentia exultante assim desde que terminara sua tese. Destravou a porta do carro, jogou a bolsa no banco do passageiro, e estava se abaixando para entrar quando uma sombra se fez sobre ela.

"Olá...?", começou ela, hesitante.

Alguém a agarrou em uma chave de braço, puxando-a tão bruscamente que ela só conseguiu se engasgar.

"Entra!", ordenou uma voz rouca. Kathryn se contorceu para ver a silhueta de um homem grande contra o céu iluminado pela lua. Incapaz de gritar, ela o chutou, ofegante, enquanto ele a forçava a ficar no banco da frente.

"Eu to armado."

Ela congelou. O homem fechou a porta com força, depois abriu a de trás e entrou abaixado. Pelo retrovisor, ela só viu olhos pretos penetrantes olhando fixamente para ela no escuro.

"Pode... pode ficar com a minha bolsa." Falar doía, mas ela tentou desesperadamente não deixar a voz tremer. "Tenho muito dinheiro e cartões..."

"Liga o carro."

Virando-se no assento, ela jogou as chaves nele. "Toma!", disse ela, desesperada. "Pode ficar com as chaves. Pode..."

Ele foi para cima dela, agarrando seu cabelo e puxando a cabeça dela para trás com tanta força que ela sentiu os tendões pularem.

"Liga o carro!", repetiu ele em um tom feroz em seu ouvido. "*Agora!*"

No momento seguinte, o motor despertou com um ronco. Ela tirou o carro da vaga e seguiu para a saída, as mãos tremendo no volante. No retrovisor, ela pôde ter vislumbres dos olhos do homem refletindo a luz à medida que passavam por um poste de luz após o outro.

"Não quero te machucar", disse ele suavemente, a voz mais calma agora. "Mas vou. Já machuquei pessoas antes, quando... *esquerda! Vira pra esquerda!*"

Ela jogou o volante para a esquerda, se curvando para a frente e rezando para que ele não a agarrasse de novo. Quando ela olhou para trás, ela o viu abrindo um mapa surrado. O rosto dele se perdeu na escuridão, mas vez ou outra ela vislumbrava roupas esfarrapadas enquanto ele tentava ler o mapa no brilho intermitente das luzes dos postes.

Após alguns minutos passados em silêncio, Kathryn respirou fundo, então perguntou: "Onde... aonde estamos indo?".

"Filadélfia", disse o homem, suscinto.

"Filadélfia!" Kathryn lançou um rápido olhar chocado para ele. "Mas... mas é mais de cem quilômetros!"

"Por isso eu não posso ir andando", disse o homem, sem nenhum sinal de ironia. "Vira aqui... acho."

Ela obedeceu, observando-o pelo espelho enquanto ele tentava ler. Quando ela voltou a olhar para a rua, seu coração deu um pulo. Passando na escuridão, havia um carro da polícia. Kathryn hesitou, depois com um breve olhar no retrovisor, ligou a luz do interior do carro.

"Isso vai te ajudar", disse ela, a voz falhando.

Um punho cortou o ar, esmagando a luz. Cacos de plástico caíram nos ombros de Kathryn enquanto ela mordia o lábio, segurando as lágrimas enquanto o carro da polícia passava. No banco atrás dela, o homem se abaixou, escondendo o rosto até o carro sumir. Quando ele se levantou de novo, Kathryn falou, sem se preocupar com a voz trêmula.

"Se você me forçar a ir com você, é sequestro. É um crime sério. Se me liberar, pode simplesmente pegar o carro e..."

"Eu não sei dirigir!", gritou o homem. "Fomos pro subterrâneo quando eu tinha seis anos, eu te contei isso. Quando chegar na esquina, vira..."

Ela enfiou o pé no freio, se virou e pela primeira vez olhou bem para ele.

"Cole! James Cole! Você escapou de uma sala trancada seis anos atrás!"

Um carro parou atrás deles e buzinou com raiva.

"Em 1990", disse Cole com rispidez. "Seis anos pra *você.* Anda logo", acrescentou ele, olhando ansioso para o carro atrás deles. "Vira à direta ali."

Ela virou na rampa de acesso para a rodovia. Olhando para trás, viu Cole se recostar no assento, exausto. Seu rosto estava manchado de terra, o cabelo raspado emplastrado de lama. Kathryn hesitou, medindo as palavras, depois disse: "Não acredito que isso seja uma coincidência, sr. Cole. Você esteve... me *seguindo?*".

Ele ergueu a cabeça. O rosto preencheu o espelho minúsculo. "Você disse que me ajudaria", falou, exausto. "Eu sei que não foi isso que você quis dizer, mas... eu estou desesperado. Não tenho dinheiro, estou com uma perna manca. Tô dormindo na rua." Ele pausou, se encolhendo, e lançou uma careta pesarosa. "Desculpa por isso."

O coração de Kathryn desacelerou. Uma espécie de inquietação de pesadelo tomou conta dela, metade desespero, metade raiva. "Você *tem* me seguido, não tem?"

Cole balançou a cabeça. "Não. Eu vi isso..."

Ele buscou em seu bolso, tirou um papel amassado... o folheto da palestra dela. "... em uma vitrine." O orgulho se inflou na sua voz. "Eu sei ler, lembra?"

Kathryn achava espaços para o carro no trânsito da rodovia. "Sim, eu lembro." Ela mordeu o lábio, então perguntou: "Por que você quer ir pra Filadélfia?".

Cole pegou a bolsa dela, puxou para o banco de trás ao lado dele e começou a tirar os conteúdos. "Eu chequei a informação de Baltimore; não era nada. É Filadélfia, é lá que eles estão. Os que fizeram... os Doze Macacos."

Ele se inclinou para o banco da frente. "Tem comida? Ei!" Ele apontou com empolgação para o painel. "Isso é um rádio?"

Kathryn ligou o rádio. Pelo alto-falante, ouviram arrebentação batendo e gaivotas gritando, um barítono transbordante.

"Essa é uma mensagem pessoal para você. Você está esgotado? Desesperado para fugir?"

Cole se enrijeceu, escutando com atenção.

"As Ilhas de Florida Keys estão esperando por você..."

Cole franziu o cenho enquanto o som de ondas na arrebentação se misturava aos gritos de aves marítimas dentro do carro. Observando-o, Kathryn sentiu uma pontada de pena se misturando com inquietação. Havia algo estranhamente infantil nesse homem de peito largo com a cabeça raspada e olhos roxos. Neste exato momento, ele parecia perdido e totalmente confuso.

"Eu nunca vi o oceano!" Ele soltou. Seus olhos suplicantes fixos no rádio, como se esperasse que a voz discutisse com ele. "Nunca!"

Kathryn tentou não sorrir. "É uma propaganda, sr. Cole", explicou, com um tom suave. "Entende isso, não? Não é uma mensagem especial para você, na verdade."

Cole afundou de volta no banco. "Você costumava me chamar de James", murmurou.

"Prefere assim?" As mãos de Kathryn apertaram o volante. "James, você não tem uma arma de verdade, tem?"

Do lado de fora, passavam filas infinitas em postos de gasolina, centros comerciais e condomínios. A propaganda acabou, e as melodias iniciais de "Blueberry Hill" saíram dos alto-falantes. Cole não disse nada. Quando Kathryn checou no retrovisor, o viu arrebatado, boca entreaberta e olhos arregalados.

"*I found my thri—ill...*", gemeu a voz de Fats Waller. Cole se inclinou com ímpeto para o banco da frente, até o botão do volume.

"Eu vou pôr mais alto!", gritou. "Eu *amo* música do século XX! Ouvir música e *respirar ar fresco!*"

Kathryn assistiu a ele, incrédula, deslizar para o banco de trás e bateu no controle da janela. Uma corrente de ar frio encheu o carro, mas Cole apenas sorria, encantado, pondo a cabeça para fora da janela com a boca aberta.

"*Ar!*", ganiu. "*Ar fresco!*"

À frente, uma placa surgia da lateral da rodovia.

FILADÉLFIA—I-95 NORTE

Kathryn mordiscou o lábio de novo e olhou para Cole, ainda se deleitando com o ar frio da noite. *E AGORA?*, pensou ela.

"*... on Blueberry Hi—ill...*"

A música parou abruptamente. Cole pôs a cabeça para dentro rápido, dando um olhar acusador para Kathryn.

"*Acaba de chegar a notícia de Fresno, Califórnia*", anunciou um locutor em tons sombrios. "*Equipes de emergência estão se juntando em um milharal onde amigos de Ricky Neuman, nove anos, dizem tê-lo visto desaparecer bem diante de seus olhos...*"

A expressão de Cole foi ficando apreensiva.

"O pequeno Neuman parece ter pisado em um poço abandonado e está preso em algum lugar no cano estreito de 45 metros, possivelmente vivo,

possivelmente com ferimentos graves. Amigos dizem que ouviram gritos fracos dele, mas desde então não houve nenhum contato com..."

Cole balançou a cabeça. "'Nunca dê alarme falso!'"

Kathryn franziu o cenho, baixando o volume do rádio. "O quê?"

"Meu pai me falou", disse Cole, empertigado. "'Nunca dê alarme falso.' Senão as pessoas não vão acreditar em você se... se alguma coisa acontecer de verdade."

Kathryn passou com o Cherokee por um ônibus decorado com cartazes fazendo propaganda de Atlantic City. "Se alguma coisa acontecer de verdade", repetiu, pensativa. "Como o quê, James?"

"Algo ruim." Cole bocejou, passando a mão pela testa. "Não tem mais música? Não quero ouvir essas coisas."

Kathryn apertou o botão "SCAN", olhou no retrovisor e viu Cole bocejar de novo. Sem querer, ela sentiu mais uma pontada de pena dele — algo que ela tentava não sentir pela maioria de seus pacientes, especialmente desde a advertência de Fletcher na avaliação dela seis anos atrás. Uma coisa era fazer uma demonstração de empatia com as pessoas perturbadas que ela via todos os dias, outra bem diferente era lutar contra ataques de emoções irracionais assim.

Mas realmente havia alguma coisa nele, pensou. Para começar, os últimos seis anos pareciam ter passado por ele feito água. Apesar de alguns hematomas e da expressão extenuada, o rosto estava tão liso quanto na primeira vez que ela o viu, e os olhos — *esses olhos!* — os olhos dele tinham uma inocência ferida...

"Algo... algo aconteceu com você quando era criança?", perguntou ela, sondando. "Algo tão *ruim...*"

O rádio parou em uma estação, e Cole ficou ereto no assento. "Ahh, essa!", gritou. Automaticamente, Kathryn aumentou o volume.

"*Since I met you baby, my whole life has changed...*"

Com um olhar de êxtase, Cole pôs a cabeça para fora da janela de novo. Kathryn se permitiu um pequeno sorriso quando o viu lutando contra mais um bocejo, seu rosto com um grande sorriso maluco.

"É, eu até que gosto dessa também", murmurou, mas Cole não ouviu.

"*... 'cause since I met you baby, all I need is you...*"

Carros passavam por um hotel de beira de estrada banhado de neon cor-de-rosa. Eles estavam no interior agora. Acima deles, o céu estava repleto de estrelas. No horizonte a oeste, a lua se posicionava como um beijo enquanto o Cherokee seguia veloz, o rádio fazendo promessas que não podia cumprir enquanto Kathryn dirigia e Cole se pendurava feliz pela janela de trás, os olhos cansados reluzindo, o coração perdido mais feliz do que nunca.

Na manhã seguinte, Marilou Martin aguardava na frente do prédio de Kathryn Railly, aconchegando-se em sua parca acolchoada e periodicamente passando um lenço de papel nos olhos. Ela deu um grito involuntário quando um carro da polícia parou.

"Ai, meu Deus, obrigada por virem..."

O policial acenou com a cabeça, lábios tensionados, enquanto Marilou os seguia para dentro do prédio. O zelador os encontrou, um homem de rosto cinzento que abriu o apartamento de Kathryn e em seguida voltou apressado para o térreo sem dar uma palavra. Marilou entrou correndo para a sala, abaixando-se para acolher em seus braços uma gata miando.

"Ah, Carla", murmurou. "Tadinha de você."

A gata choramingava com um tom melancólico enquanto Marilou ia até a secretária eletrônica de Kathryn. Os policiais seguiram-na, passando a vista pela sala com desconfiança. A gata saltou do colo de Marilou e seguiu até a cozinha, dando gritos famintos. Marilou apertou o botão do telefone e ficou olhando para ele com uma expressão triste enquanto uma única mensagem tocava.

"Dra. Railly, aqui é Wikke, da Admissão Psiquiátrica. Veio um cara aqui hoje à tarde procurando a senhora. Ele parecia *muito* agitado. Tentamos fazer com que ele ficasse, mas ele se recusou, e eu fiquei pensando, eu *conheço* esse cara. Aí, tem uns minutos só que me veio... É o *Cole! James Cole.* Lembra dele? O paranoico que fez o Houdini lá em 1990. Bom, ele está de volta e está biruta e está procurando você. Achei que deveria saber."

Click. Os policiais se entreolharam. Marilou se virou para eles, a cara branca.

"É como eu disse." A voz dela falhou. "Eu e meu marido fomos ao restaurante, mas ela não apareceu. Ela nunca simplesmente não apareceria... não sem ligar ou..."

Um dos policiais interrompeu. "Você por acaso sabe a marca do carro dela?", perguntou, pegando um caderno.

"Humm... Cherokee. Noventa e um... não, Cherokee 1992. Prata." Seus olhos foram para a gata, apertando penosamente o pote de comida vazio. "E essa gata está morrendo de fome! Ela *nunca* se esqueceria da gata..."

Os policiais fizeram que sim com a cabeça. Um deles segurou o braço dela e se virou para a porta. "Se importaria de vir conosco para a delegacia por alguns minutos? Eu gostaria de pegar um depoimento."

Marilou olhou para ele, atordoada, então concordou. "Deixa eu ligar pro meu marido antes", respondeu ela, se engasgando nas lágrimas, e pegou o telefone.

Na frente do menino, o saguão do aeroporto está vazio agora, exceto pelo vulto cambaleante do homem loiro. A mão está esticada na frente da sua camisa havaiana chamativa; sangue brota entre os dedos, lança algumas gotas flutuando como pétalas no chão. Enquanto o menino observa, a mulher loira passa correndo de repente pelo saguão, a boca aberta enquanto segue na direção do homem. O menino balança a cabeça, confuso, mas também animado como sabe que não deveria estar.

Porque ela se parece com alguém, exceto pelo cabelo cor de mel e pela boca vivamente pintada — mas ainda assim ele a conhece, a viu em algum lugar. A boca está aberta, e ele consegue ouvi-la agora; ele reconhece a voz quando ela passa correndo por ele na direção do homem ensanguentado.

"Minha máquina do tempo está totalmente pronta para o experimento. Só preciso de alguém... de alguém..."

Ele acordou, ofegando ao se sentar. Estava em uma cama grande, ainda feita de qualquer jeito com uma colcha de chenile gasta, ornada com um logo desbotado: HOTEL RODOVIAS & ATALHOS. Na frente dele, uma tela de televisão com chuviscos mostrava um homem encarquilhado, careca e de bigode branco, apontando para um buraco com a legenda TÚNEL DO TEMPO.

"*...alguém... Ah, o pica-pau!*"

Cole olhava absorto enquanto o Pica-Pau caminhava pela tela.

"*Uh-huu! Pica-pau!*"

"Por favor, me desamarre."

Cole assistiu à TV mais um pouco, finalmente virou-se.

"Por favor", repetiu Kathryn Railly, exausta.

O casaco dela havia sido virado ao contrário sobre os braços, as mangas amarradas atrás dela. Seus olhos suaves tinham sombras profundas, o cabelo amarrado e caindo nos ombros. Parecia ter chorado. "Estou muito desconfortável."

Cole ficou olhando para ela. Sentiu uma leve ardência entre as espátulas e um arrepio. Após um momento, ele disse: "Você estava no meu sonho agora mesmo. Seu cabelo...".

Ela recuou quando ele levou as mãos ao rosto dela, mas ele só tirou uma mecha da sua testa. "Estava diferente. Mas tenho certeza que era você."

Railly acenou com a cabeça, uma vez, depois suspirou. "Sonhamos com o que é importante na nossa vida. E parece que eu me tornei bastante importante na sua."

A mão de Cole se demorou na testa dela. Por um momento, ela achou que ele ia libertá-la, mas se virou e ficou parado, se contraindo, e foi mancando até o banheiro, pisando entre embalagens vazias de fast food.

Kathryn resistiu a uma onda de desespero. "Sobre o que era o sonho?", perguntou a ele, erguendo a voz.

À porta do banheiro, ele parou e olhou para ela. Mais uma vez, ela se sentiu presa nos olhos dele, aquele mesmo olhar inocente, infantil. "Sobre um aeroporto", respondeu ele. Ergueu a mão e a moveu devagar na sua frente, como um avião. "Antes de tudo acontecer. É o mesmo sonho que eu tenho sempre. Sou sempre uma criança pequena."

Kathryn fez que sim, se ajeitando para conseguir se erguer na cama. "E eu estava no sonho?", perguntou ela, tentando evitar que um tom não profissional de verdadeira curiosidade se revelasse. "O que eu fiz?"

Cole olhou para o teto, refletindo. "Você estava muito chateada." Por um instante, o olhar dele encontrou o dela. "Você *sempre* está chateada no sonho, mas eu nunca sabia que era você antes."

Kathryn soltou um gemido exasperado. "*Não* era eu antes, James! Se tornou eu *agora*, por causa do... do que aconteceu. Por favor, me desamarre", implorou.

Cole balançou a cabeça. "Não", disse, em um tom vago, entrando no banheiro, mas deixando a porta aberta. "Eu acho que era sempre você. É muito estranho."

"Você está vermelho", Kathryn ergueu a voz — a psiquiatra substituindo a mulher amarrada e com medo, notando a coloração enferma do rosto machucado de Cole, como seus olhos estavam com um brilho anormal. "Sua perna está machucada. E você estava gemendo. Acho que você está com febre."

Cole reapareceu, esfregando o rosto com uma toalha. Sem olhar na direção de Kathryn, jogou a toalha no chão, depois retirou a carteira dela de onde estava em uma mesa de cabaceira.

"O que vai fazer?", perguntou Kathryn. Cole tirou algumas notas, largou a carteira e seguiu para a porta.

"Volto em um minuto."

"Não! Não me deixa aqui assim!" Kathryn se debateu inutilmente na cama quando a porta se fechou atrás dele. Lágrimas derramavam dos olhos dela quando o jornal da hora do almoço começou. Um âncora, na TV, olhando para ela com preocupação imparcial.

"*... e em Fresno, Califórnia, as equipes continuam tentando resgatar Ricky Neuman, nove anos...*"

"Droga", resmungou Kathryn, se erguendo e caindo.

"*... jogando bola com outras quatro crianças, ele literalmente desapareceu da face da terra. Mais perto, em Baltimore, Kathryn Railly, psiquiatra reconhecida e autora do recém-lançado livro sobre insanidade, desapareceu misteriosamente ontem à noite após uma palestra na universidade.*"

Kathryn congelou. Encarando-a na tela, estava uma foto de cadastro de James Cole de seis anos atrás. A câmera o prendera com olhos arregalados e vazios, a boca levemente aberta mostrando uma curva branca. Kathryn se sentiu gelar, tentando pensar onde vira uma expressão como essa antes... em um livro, uma vez, algo que leu na faculdade.

"*Ex-paciente psiquiátrico, James Cole, está sendo procurado para ser questionado quanto ao desaparecimento da dra. Railly.*"

Ela se lembrou de repente, um raio de gelo desceu a sua espinha: *Helter Skelter.* Uma foto de tribunal de Charles Manson, com o mesmo olhar penetrante, intenso, porém vazio, a mesma curva sutil da boca que poderia ter sido uma careta ou uma expressão de desdém — ou pior, um sorriso.

"... autoridades alertam que Cole tem um histórico de violência."

Um breve som a fez soltar um grito alto. Ergueu a cabeça e viu Cole emoldurado no vão da porta, os braços carregados de sacos de batata chips e latas de refrigerante.

"Bom", disse ele suavemente, olhando para o rosto assombrado preenchendo a tela da TV, "acho que está na hora de fazer o checkout."

As estradas empoeiradas e os campos da área rural de Maryland iam passando pelo Cherokee, que quicava por uma estrada de terra após a outra. No banco do motorista, estava Kathryn, rosto de pedra, lutando contra a exaustão e esperando que Cole não notasse. Ela retirou uma mecha de cabelo que estava caída sobre os olhos e deu uma olhada nele, no banco ao lado. "Só porque estamos em estradas de terra, você acha que a polícia não vai nos encontrar?"

Cole não ergueu a cabeça. Seu dedo acompanhava uma linha azul no mapa puído. "Temos que encontrar, hm, a Rota 121A", falou distraidamente.

Kathryn fez uma careta quando uma pedra voou e zuniu no para-brisa. "Só porque você não vê tantos carros da polícia patrulhando não significa que não vão nos pegar. Mais cedo ou mais tarde..."

Cole ergueu a cabeça, um raio de luz da manhã incandescendo seus olhos. "Você ainda não entendeu, né?", disse ele em um tom suave. "Não existe *mais tarde.*"

Ele procurou pelo rádio e o ligou. Notas estridentes de guitarra encheram o carro. "Eu amo música." Sua expressão era reverente quando abaixou o mapa e pôs a mão ao lado do banco, puxando um maço de papéis puídos.

Kathryn lançou um olhar rápido para a bagunça de papéis. "O que é tudo isso?"

"Minhas anotações. Observações. Pistas."

"Pista? Que tipo de pista?"

Cole alisou um pedaço de jornal coberto de rabiscos. "Um exército secreto", respondeu. "O Exército dos Doze Macacos. Eu te falei deles. Eles espalham o vírus. Eu tenho que encontrar eles. É a minha tarefa."

Certo, pensou Kathryn, passando com o carro devagar por uma vala esburacada. *E eu sou a Madre Teresa.* "O que você vai fazer", perguntou com cautela, "quando encontrar esse... exército secreto?"

O rosto de Cole se torceu de frustração. Nas suas mãos, o jornal puído rasgou ao longo de muitas dobras. "Nada! Não posso *fazer* nada. Só tenho que *localizar* eles, porque eles estão com o vírus no estado puro, antes da mutação." Sua voz adquiriu o tom grandioso de uma criança recitando uma fala decorada que aprendeu a amar. "Quando eu *localizar* o vírus, eles vão mandar um cientista pra cá. O *cientista* vai estudar o vírus, e quando ele voltar pro presente, ele e todos os *outros* cientistas vão criar uma *cura.* Aí, todos nós no presente, que sobrevivemos, vamos poder voltar pra superfície da terra."

Um tanto sem fôlego, Cole olhou para Kathryn, os olhos brilhando. Ela olhava com uma expressão sombria pela janela, o rosto rígido de descrença. Toda aquela esperança agitada se esvaiu do olhar de Cole. Com raiva, ele se virou e olhou bravo pela janela, no momento em que uma caminhonete descia rapidamente por uma longa entrada para carros ao lado deles. O pai dirigindo, a mãe ao lado, o rosto iluminado com o batom de domingo. No banco de trás, três crianças com casacos de flanela combinando chegaram perto da janela e acenaram para Cole. Ele acenou também, desanimado, então se virou para Kathryn.

"Você não vai achar que sou louco no mês que vem. As pessoas vão começar a morrer. No começo, vão dizer que é uma febre estranha. Depois, vão começar a se contagiar. Vão entender, sim."

Ele se recostou no assento, olhando carrancudo para o rádio. Sua expressão congelou quando os acordes vibrantes de guitarra se dissiparam no silêncio repentino que pressagiava um anúncio urgente.

"*Interrompemos esse programa com um boletim especial. Ao menos cinquenta policiais de três jurisdições, aparentemente incluindo pessoal da unidade tática especial, foram mobilizados para controlar uma multidão crescente de mais de setecentos curiosos em Fresno, Califórnia, onde operações do resgate de Ricky Neuman continuam.*"

Cole soltou a respiração em um longo assobio grave. Kathryn diminuiu muito a velocidade do carro e olhou para ele, sobrancelhas erguidas. Ele deu de ombros com um ar encabulado.

"Achei que fosse sobre a gente." Ele começou a juntar as sobras dos papéis que formavam as suas pistas. "Achei que talvez eles tivessem encontrado a gente e me prendido ou algo assim." Kathryn só ficou olhando para ele, até ele finalmente olhar explicitamente para a rua estreita à frente deles.

"Só uma piada", murmurou ele.

"Até agora, equipes de resgate, incluindo especialistas em sondas da Marinha, foram incapazes de determinar a localização do garoto no poço de quarenta e cinco metros. Mas um engenheiro de som, que baixou um microfone ultrassensível para dentro dos tubos estreitos, afirma ter escutado sons de respiração vindo de cerca de vinte metros da superfície."

Com um olhar de desgosto, Cole apertou um botão, buscando até encontrar mais música. Kathryn o observou com reserva. O Cherokee chacoalhava por uma estrada esburacada, passando por campos marrons, repletos de pedras, onde vacas pastavam preguiçosamente na grama queimada pela geada.

"Isso te incomoda, James?", perguntou ela por fim. "Pensar nesse garotinho no poço?"

Cole balançou a cabeça. Olhou para as vacas, sua expressão indecifrável. "Quando eu era criança, eu me identificava com esse garoto, lá embaixo sozinho nesse cano. Quarenta metros abaixo, não sabe se vão salvar ele..."

Kathryn segurou o impulso de dar um tapa nele. "Como assim, 'quando você era criança'?"

Cole suspirou. "Deixa pra lá. Não é real. É uma farsa. Uma pegadinha. Ele está escondido em um celeiro... *Ei!*"

Ele gritou tão alto que Kathryn fez o carro desviar rápido para a direita, quase caindo em uma vala.

"Vira à esquerda aqui! *Esquerda!*"

Apertando os dentes, Kathryn trouxe o carro de volta para a estrada com cuidado e depois virou à esquerda. Em alguns minutos, eles estavam em uma rodovia de novo. Uma hora depois, ela saiu da interestadual e entrou no perímetro urbano da Filadélfia. Ao longe, os pináculos da cidade cintilavam na luz clara de uma manhã de inverno sem neve. Apesar do frio, Cole estava com a janela aberta, com o olhar feroz de um Rottweiler forçando para ser solto.

"Ok", proferiu ele, nervoso. Revirou rapidamente as páginas até encontrar um pequeno mapa da cidade, de uma locadora de carros. Ele tentou se localizar, gritando orientações para Kathryn e apontando, primeiro para um beco industrial, depois outro, até estarem circulando por uma parte desolada da cidade. Uma fila de desabrigados cansados se recostava em um longo prédio de pedra, garrafas vazias rolando a seus pés. Sacos de papel e copos de isopor subiram erráticos com o vento gelado. Kathryn franziu o nariz, a janela aberta de Cole deixava entrar o odor rançoso de urina, o cheiro desagradável da química de madeira compensada queimada. Cartazes rasgados batiam contra fachadas de lojas abandonadas e placas de trânsito enferrujadas. Em uma esquina, um homem de olhar apavorado, usando os restos puídos de um roupão atoalhado, ostentava uma edição de bolso da Bíblia.

"EM TEMPOS DE GRANDE PESTE E HORRORES TECNOLÓGICOS, AH, SIM, AH, SIM! HÁ PRESSÁGIOS E DIVINAÇÕES!"

O Cherokee desacelerou até quase parar enquanto Kathryn olhava fixamente pela janela de Cole, a atenção presa na figura macilenta. Com o rosto maltratado, o cabelo emaranhado e os olhos selvagens, ele era um sósia do homem na gravura que decorava a capa do livro dela. Atrás dele, uma mulher esquelética agachou-se na calçada e urinou.

"E UMA DAS QUATRO BESTAS DEU AOS SETE ANJOS FRASCOS DOURADOS CHEIOS DA IRA DE DEUS, QUE VIVE PARA TODO SEMPRE! *REVELAÇÕES*!" Balançando para a frente e para trás, o homem gritou a última palavra com um tom triunfal, braços erguidos para o céu azul distante.

"Algum lugar por aqui", murmurou Cole, trazendo Kathryn de volta à terra. "Acho que se a gente só..."

Screeeech!

Ela pisou com tudo no freio, o coração acelerado. Na frente do carro, estava um velho com as mãos na frente do rosto, como que se defendendo de um golpe. Aos seus pés, um saco de lixo meio vazio virou, derramando suas garrafas e latas vazias.

"Jesus, eu quase atropelei ele", Kathryn ofegou. "Coitado."

Ela fez algumas respirações longas e regulares, tentando se acalmar enquanto o catador juntava seus recicláveis e arrastava o saco em segurança.

"Coitado!", exclamou Cole, ressentido. "Ele tem o sol; tem ar fresco. Ele ainda poderia ficar muito mais pobre."

Atrás dele, alguém buzinou. Kathryn olhou pelo retrovisor e viu uma BMW preta ultrapassando o Cherokee. Quase imediatamente, a BMW freou, o motorista furioso se debruçando para fora da janela e gritando.

"*Sai da rua, babaca!*"

O velho se inclinou, o rosto puro sofrimento quando catou a última garrafa e a BMW passou com o motor roncando. O ressentimento de Cole se transformou em raiva.

"Vocês todos!" Protestou, batendo o mapa no painel do carro. "Vocês vivem no Éden e nem percebem. Vocês nem veem o céu. Vocês não..."

A voz dele mudou quando deixou a mão pender para fora da janela. "Vocês não sentem a *luz do sol.* Não provam a água fresca nem sentem o cheiro do ar." À medida que o Cherokee seguia aos poucos novamente, sua voz ficou reverente. "Vocês têm *alimentos cultivados no sol de verdade.* Vai tudo acabar e... ESPERA! *PARA!* AQUI... *BEM AQUI!*"

O Cherokee deu uma guinada para cima do meio-fio. Fez um ruído seco até parar, e Cole pulou do banco, seguindo na direção de um muro coberto de pichações e grafites. "*Vem!*", gritou ele sem olhar para trás. Kathryn não se moveu, a não ser para estender o braço e fechar a porta de Cole. Sua mão tocou o câmbio, o pedal do acelerador vibrava sob seu pé, mas ainda assim ela permanecia ali, os olhos fixos adiante.

Em trinta segundos, eu posso não estar mais aqui, pensou. *Em cinco segundos. Deve ter uma delegacia em algum lugar por aqui ou um orelhão. Eu só tenho que discar 911 e tudo isso vai acabar...*

Ela se virou e olhou para ele, disse a si mesma que era para poder dar uma boa descrição final para a polícia. *Homem branco caucasiano, trinta e tantos anos, usando roupa cáqui de prisão que só acentuava sua estrutura musculosa, o ar de determinação da boca e aquele par de olhos assombrados...*

Ele parou diante da parede de um prédio caindo aos pedaços, indiferente ao lixo amontoado em volta dos tornozelos. As mãos estendidas, passou os dedos abertos sobre tijolos imundos, mofados, descascando pedaços rasgados de cartazes mais antigos e espiando por baixo com uma concentração caricatural. Mais parecia um arqueólogo obstinado na base de um templo em ruínas, buscando o hieroglifo perdido que provaria que todas as suas teorias loucas eram verdadeiras. O pé de Kathryn bateu no acelerador. O motor rosnou impaciente, mas ainda assim ela não conseguiu ir embora.

A busca frenética de Cole desacelerou. Suas mãos se moviam com mais cuidado, puxando um cartaz dos tijolos, depois outro. Kathryn viu de relance um grafite vermelho, não chegava a ser o trabalho de um artista grafiteiro, mas um estêncil pintado com spray, a tinta salpicada de sujeira e pedaços de papel. Automaticamente, como se estivesse sonâmbula, ela virou a chave na ignição e desligou o motor, saiu do carro e andou em silêncio para ir ficar ao lado dele.

"Eu estava certo." Sua voz tremia de emoção. Ele não se virou para olhar para ela. "*Eu estava certo!* Eles estão *aqui!*"

Kathryn ficou olhando, primeiro para a parede, depois para Cole. Seu coração se inundava de pena.

Meu Deus, ele é completamente insano. Ela estendeu a mão para tocá-lo no ombro em um gesto suave, mas antes que pudesse fazê-lo, ele se virou.

"Olha!", gritou ele, exaltado. Seu dedo golpeando o tijolo imundo. "Os Doze Macacos!"

Kathryn respirou. "Eu vejo tinta vermelha, James. Algumas marcas."

"Marcas? *Marcas?*" A voz dele ficou estridente. Ele rasgou mais posters, jogando-os para o lado e olhando mais freneticamente abaixo deles. "Você acha que são só *marcas?*"

"James... por favor, eu quero te *ajudar...*"

De repente, ele se virou rapidamente, agarrando-a pelo pulso. Kathryn tentou puxar o braço, mas ele a puxou para si, perto o suficiente para que ela pudesse ver seus olhos vermelhos, arregalados agora e muito brilhantes, como um louco de anfetamina saindo de três dias de uso.

"Não... não foge. Não faz nenhuma *loucura*", balbuciou ele. "Eu vou... eu vou machucar alguém."

Kathryn falou com uma calma deliberada, aliviada por ele não poder sentir seu coração acelerar. "Eu não vou fazer nenhuma loucura, James. Mas *nada* disso é o que você pensa que é..."

De trás deles, veio um pequeno farfalhar. "Você não pode se esconder deles, Bob", uma voz grave arranhou o ar.

Cole girou, largando a mão de Kathryn.

"Não, senhor, Velho Bob... nem *tente!*"

Um desabrigado estava parado ali, vestindo uma capa de chuva bege manchada, quase preta de mofo e sujeira. Cole ficou olhando para ele, horrorizado.

Essa voz! A voz da cela dele, sussurrando no mesmo tom conspiratório que o homem maltrapilho, apontou um dedo em advertência para ele.

"Eles ouvem tudo", sussurrou o desabrigado. Seus olhos remelentos cintilavam malevolamente. "Eles põem aquele aparelho de rastreamento em você. Conseguem te encontrar em qualquer lugar. A qualquer hora. *Ha!*" Ele deu uma pequena risada que descambou para um ataque de tosse. Cole observou, chocado, enquanto essa aparição urbana se inclinou para perto dele.

A tosse foi diminuindo enquanto o desabrigado batia atrás da mandíbula. "No dente, Bob, certo?" Ele abriu um enorme sorriso triunfante. "Mas eu enganei eles, meu velho..."

Ele abriu bem a boca, um buraco ulcerado. "*Sem dente!*"

Com um último olhar malicioso, o desabrigado se virou e se foi com seu andar bambo. Cole e Kathryn ficaram olhando. De repente, Cole pegou Kathryn e a puxou para um beco ao lado.

"O que você está *fazendo?*" Kathryn protestou, a bolsa batendo contra o corpo.

"Eles estão de olho em mim", afirmou Cole em voz baixa. Ela olhou para ele, que estava obviamente abalado pelo encontro com o morador de rua.

"*Quem* você acha que está de olho em você, James?"

Ele a puxou para mais perto dele, os dois afundando em um mar de sacolas plásticas, vidro quebrado e papel ressecado.

"O homem da voz!", sussurrou Cole. "*Eles!* As pessoas do presente. Pra quê?" Ele acrescentou em um tom magoado. "Eu estou fazendo o que eu tenho que fazer. Eles não precisam me espionar. Eles..."

Ele se interrompeu. Kathryn caiu para a frente, conseguindo desviar de um monte de garrafas de cerveja quebradas. A bolsa foi parar na sua frente. Ela pegou a bolsa e, quando se endireitou, viu Cole olhando rigidamente para a parede de tijolos. Nela, estava desenhado outro grafite vermelho: a imagem de estêncil de um círculo com a figura de doze macacos dançando.

"*Eles estão aqui!*" A voz de Cole estava exultante. Puxando Kathryn atrás de si, correu para dentro do beco, percorrendo as paredes com os olhos. Ela não teve escolha senão seguir, dando um grito quando um pedaço de metal retorcido cortou a sua perna e observando Cole passar os olhos pelas paredes ansiosamente, pelos grafites. Havia muitos — a maioria de obscenidades, algumas débeis tentativas de conscientização. LIBERTEM N'BERO MAM! SIM PARA SARAVEJO! Kathryn olhou para trás, nervosa. A entrada do beco parecia muito distante, uma boca minúscula na escuridão fétida. Ela soltou um pequeno grito quando Cole deu um puxão nela, para que entrasse em um local escuro e ameaçador. Assim que entraram, duas mulheres alheias estavam debruçadas em um parapeito apodrecido, fumavam cachimbos de crack.

"James, *não.*" Com toda sua força, Kathryn ficou firme e resistiu ao movimento dele. "Não deveríamos estar aqui..."

Ignorando-a, ele a puxou pela porta. Algo correu para as sombras. Sob os pés dela, o chão era esponjoso, coberto de roupas em decomposição. Ela quase teve ânsia de vômito com o cheiro fortíssimo de água pútrida e o fedor ardente de crack. Cole irrompia como um homem possuído, finalmente parando em um corredor escuro. Na frente dele, uma parede de gesso quebrada apresentava mais um estêncil dos doze macacos dançando, este aparentemente pintado com um pincel. A tinta vermelha havia secado em longas linhas escorridas abaixo do círculo e manchas no soalho, formando uma trilha. Kathryn olhou para o chão, então ergueu a cabeça devagar. Seus olhos se arregalaram.

"James", sussurrou, rouca.

A menos de cinco metros, dois vultos chutavam uma terceira figura obscura curvada no chão. Ao som da voz de Kathryn, um deles olhou e, sem falar nada, cutucou o parceiro. Os dois enxergaram primeiro Kathryn, depois Cole. Trocaram um olhar, e sem fazer barulho foram em sua direção.

"James!", repetiu Kathryn, em pânico. "*Nós realmente temos que voltar.* Esses homens..."

Tarde demais. "Ei, camarada", disse o homem mais alto. Assustado, Cole ficou olhando sem reação para o homem, enquanto o outro deu o bote na bolsa de Kathryn e a arrancou dela.

"Não!" Ela gritou.

Com um grunhido, Cole tentou pegar de volta, mas...

Plaft! Alguma coisa bateu no rosto dele. Kathryn gritou de novo, mais desesperada desta vez. Atordoado, Cole pôs a mão no rosto, viu o sangue manchando seus dedos. Antes que pudesse reagir, algo frio e duro bateu na outra face. Olhando do canto do olho, Cole viu uma pistola com brilho de papel alumínio, tão reluzente e com cara de barata que parecia um brinquedo de criança.

Segurando um grito, Kathryn se virou para correr. Deu apenas dois passos até o segundo homem a derrubar bruscamente no chão.

"Fica mais um pouco, vadia", falou ele sorrindo. Acima dela, ele começou a abrir o zíper da calça. Kathryn olhou ao redor desesperada, viu Cole cair de joelhos.

"Por favor!" Ele choramingou, apertando pateticamente pedaços de papel mofado. "Por favor, não me machuque!"

O homem olhou para ele de cima para baixo. Se aproximou de Cole e o chutou com desdém. Afastou o pé para um segundo chute, quando Cole investiu contra ele de repente, envolvendo as panturrilhas dele com os braços. Com um único movimento fluido, ergueu o homem do chão.

A pistola disparou, seu eco quase abafando o grunhido enfurecido de Cole. Ele cambaleou para a frente e golpeou o homem contra uma parede de tijolo. Houve um estalo como o de pedra batendo em pedra quando a cabeça do homem se chocou contra a parede, depois tombou para o peito. O homem desabou e não se moveu mais, a pistola caiu da mão mole.

"Hm, outra hora, moça." O segundo homem puxou o zíper às pressas. Antes que pudesse correr, Cole estava em cima dele, os punhos dando um soco atrás do outro, selvagemente. O homem cambaleou para trás, ensanguentado e desnorteado. Kathryn assistiu à cena perplexa. O punho de Cole esmagou a mandíbula do homem uma última vez. Cole voltou ao primeiro agressor, viu que ele estava debilmente tentando pegar a pistola.

Sem uma palavra, Cole o chutou com violência na mandíbula. Kathryn cobriu a boca quando a cabeça do homem chicoteou para trás.

"Meu Deus", sussurrou ela. Ouviu um leve *pop*, como se tivessem pisado em um graveto seco. O homem desabou contra a parede. Ela olhou furtivamente para trás e viu o segundo homem correndo a esmo pelo corredor, um braço balançando inútil ao lado do corpo. Quando ela ergueu a cabeça, Cole estava parado acima dela na escuridão azulada. Ele não parecia mais meramente insano ou mesmo perigoso. Com o rosto ensanguentado, o olhar sombrio fixo nela e a pistola barata firme na mão imensa, ele parecia definitivamente letal.

"Está machucada?", perguntou, enfiando a arma no bolso. Dava a impressão de que sentia dor ao falar.

Kathryn se levantou com dificuldade. "Hm, não. Sim..." Ela olhou de relance para a saia rasgada, o sangue marcando os punhos da blusa. "Quer dizer, só uns arranhões..."

Ele não estava escutando. Estava curvado sobre o corpo inerte, vasculhando os bolsos do homem. Tirou uma carteira, depois um punhado de balas, jogou um chaveiro para o lado e enfiou outros itens em seu bolso.

"Ele está... vivo?" Kathryn sussurrou.

Cole olhou para ela com olhos frios. "Vem." Ele ficou de pé, puxou-a de repente atrás dele. Kathryn olhou para trás e pela primeira vez viu os olhos do outro homem, arregalados, com uma fina camada de poeira.

"Jesus! James, você *matou* ele..."

O olhar gelado de Cole não a deixou por um segundo. "Fiz um favor pra ele. Agora vem."

Ele a puxou pelo corredor, passando por mais um círculo vermelho-vivo com os macacos toscos sorrindo. À frente deles, dava para ver uma luz tênue em meio à treva, dando um brilho sanguíneo à trilha de tinta vermelha respingada que se estendia diante deles.

"Você não tinha uma arma antes, tinha?", perguntou Kathryn, a voz sem vida.

"Agora eu tenho", respondeu Cole e a arrastou na direção da luz.

Lá fora, o sol de inverno brilhava tênue e cintilante sobre mais um quarteirão desolado da cidade. Cole segurava firme a mão de Kathryn; ela corria ofegante atrás dele, enquanto ele tinha a cabeça baixa, seguindo as gotas de tinta vermelha espalhadas. Os poucos habitantes do quarteirão os ignoravam, moradores de rua e uma mulher de olhos fundos que gritava xingamentos e batia a cabeça em um poste de luz. Cole seguia a passos largos, e Kathryn se esforçava para acompanhar, até eles finalmente virarem uma esquina e pararem de repente diante da visão do mesmo evangelista esbravejante, agora sobre uma pilha de blocos de concreto quebrados e berrando rouco para o céu pálido.

"'E o sétimo anjo virou seu frasco no ar; e lá veio...' *Você! Você!*"

Com um grito agudo inumano, o homem se enrijeceu, depois apontou para Cole. "*VOCÊ É UM DE NÓS!*"

Kathryn estremeceu, mas Cole só focava na trilha obscura de tinta, agora quase escondida sob a pátina pesada de fuligem e lixo que cobria a calçada. Ainda estava lá, fraca mas perceptível, e Cole andava rápido, cabeça baixa, a mão livre batendo distraída ao lado do corpo.

Subitamente, ele parou. Kathryn encostou nele, exausta.

"Agora, o quê..."

Eles estavam em frente ao que um dia fora um açougue, uma fachada de madeira com ripas soltas e vitrines rachadas, agora cobertas de cartazes extravagantes de direitos dos animais. No alto do prédio, uma placa desbotada ainda mantinha a legenda:

IACONO

CARNES FINAS & AVES

FAZEMOS KOSHER

Uma placa mais nova, pintada à mão com a mesma tinta vermelho berrante da trilha agora meio apagada, dizia ASSOCIAÇÃO PELA LIBERDADE DOS ANIMAIS. A porta da frente era de vidro plano pesado, quebrado e consertado desajeitadamente com fita adesiva. Lá dentro, havia três pessoas sentadas em cadeiras dobráveis em um espaço sujo e entulhado.

Suas vozes passavam pelo vidro quebrado, discutindo enquanto eles ordenavam papéis de um amontoado no chão.

"Sabe, Fale, teria sido, tipo, muito mais fácil se a gente simplesmente pusesse o Kinko pra fazer isso", lamentava uma jovem, com cabelo escorrido, longo, tingido de preto, um aro no nariz e batom arroxeado. "Porque aí..."

Ao seu lado, um garoto pálido feito um defunto revirou os olhos. "Ai, tá *bom*, Bee", retrucou ele, imitando a voz nasal dela. "Mas a gente tipo não tem *nada de dinheiro.*" Na cadeira ao lado dele, um jovem musculoso e alto de cabeça raspada e tatuagem de lagarto concordou com ar sério.

"É. E não só isso..."

Ainda segurando o pulso de Kathryn, Cole deu um empurrão na porta e entrou. Ele foi cercado pelo som de chuva. Nas paredes de azulejos rachados havia cartazes mostrando gatos e chimpanzés ensanguentados, seus olhos arregalados e vidrados de medo. O chão estava coberto de folhetos e flyers que retratavam mais atrocidades. Enquanto Cole e Kathryn passavam por caixas de papelão e livros, os três ativistas olhavam surpresos. Na parede atrás deles, havia um cartaz enorme proclamando: OS ANIMAIS TAMBÉM TÊM ALMA. Cole olhou ao redor, franzindo o cenho, enquanto o som da chuva ficava mais alto, depois se assustou quando um trovão aterrorizante fez a pequena sala tremer. Uma ave tropical gritou. Cole puxou Kathryn para mais perto dele, olhando para trás, irrequieto.

"Hm, podemos ajudar?" Fale pestanejou rapidamente, como uma criatura não acostumada com a luz.

Cole hesitou, confuso. O som da chuva diminuiu, substituído pelo estrondo dos passos de um elefante.

"Está tudo bem, James", murmurou Kathryn. "É só uma gravação." Ela apontou para um aparelho de som abaixo de uma placa anunciando A VERDADEIRA MÚSICA DO MUNDO.

Cole fez que sim com a cabeça, engolindo em seco, nervoso, e voltou a atenção para os três ativistas. "Eu, hm, estou procurando o, hm, o Exército dos Doze Macacos."

Fale olhou para Bee, depois para o rapaz de cabeça raspada, com uma expressão significativa. "Hum, Teddy?", perguntou ele, erguendo as sobrancelhas.

Macacos começaram a gritar na gravação quando o skinhead se levantou. Ele era enorme, mais alto que Cole, os braços poderosos flexionando na camiseta sem manga. "A gente não sabe nada de nenhum 'Exército dos Doze Macacos', então por que você e sua amiga não desaparecem, ok?" Ele deu um sorriso ameaçador, gesticulando para a porta.

Um leão rugiu quando Cole recuou, puxando Kathryn atrás dele. "Eu só preciso de algumas informações."

Teddy balançou a cabeça, um pequeno gorila de plástico balançando em uma orelha. "Você não me escutou? A gente não vai..."

Ele congelou quando Cole apontou a pistola para ele. Kathryn balançou a cabeça e gritou. "James, não! Não machuque eles..."

Ela se virou para os ativistas, a mão de Cole ainda segurando a dela com força. "Por favor, eu sou psiquiatra. Apenas façam tudo o que ele disser para fazerem", implorou. "Ele está... transtornado. Perturbado. Por favor! Ele é perigoso... apenas colaborem."

Um tigre rosnou, macacos soltaram gritos selvagens enquanto Teddy recuava. Atrás dele, Fale enfiava as mãos nos bolsos furiosamente. "O que você quer... dinheiro? Só temos algumas..."

Cole balançou a cabeça, de repente confiante de novo. "Eu disse o que eu quero." Ele soltou a mão de Kathryn e mostrou a pistola para ela de um modo ameaçador. "Tranca a porta!"

Kathryn respirou. "James, por que nós não..."

"Tranca *agora!*"

Ela correu para a porta. A garota Bee se virou para Fale e resmungou. "Eu *te falei* que aquele merda do Goines ia meter a gente em uma dessas."

Fale pareceu que ia dar um tapa nela. "Cala a boca!"

"*Goines?*" Cole os encarou fixamente.

"*Jeffrey* Goines?", repetiu Kathryn, espantada.

Cole apontou a arma primeiro para Teddy, depois para os outros ativistas. "Ok", falou um pouco sem fôlego. "Temos umas coisas pra conversar. Vai..." Ele fez um gesto para a porta no fundo da loja. "Vamos."

A porta dava para um frigorífico abandonado. Cole remexeu caixas e latas de lixo até encontrar cabos de conexão, então ordenou que Kathryn amarrasse os três no meio do recinto.

"Está bem", anunciou Cole, mantendo a arma apontada para Teddy. "Agora me falem dos Doze Macacos."

Eles contaram, os três interrompendo uns aos outros, ficando em silêncio momentâneo quando Cole pedia para repetir alguma coisa.

"... aí, Jeffrey vira tipo uma... *grande estrela...*" Fale explicava ansioso. "A mídia toda em cima dele porque ele tá fazendo protestos contra o próprio pai, um virologista famoso que ganhou o Nobel. Você deve ter visto tudo na televisão."

Sem olhar para ele, Cole disse:

"Não. Eu não vejo televisão". Ele continuou vasculhando uma pilha de papéis perto da porta, enquanto Kathryn assistia a tudo, impotente. De repente, ele franziu o cenho, pegando uma fotografia e olhando para ela com atenção. Era a imagem de um homem de aparência distinta sendo escoltado por uma turba de ativistas enfurecidos, por uma falange da tropa de choque. A legenda dizia: "Dr. Leland Goines".

"O slide", murmurou ele. Então, virando-se para Fale "Esse é ele? Dr. Goines?"

Fale fez que sim. "É ele."

No chão, ao lado dele, Bee se retorceu, desanimada. "O que você vai fazer com a gente?"

Cole a ignorou, analisando a foto. "Me fala mais do Jeffrey", pediu com uma voz grave.

Fale olhou de relance para seus colegas e deu de ombros, sem esperanças. "Jeffrey começou a ficar entediado com as coisas que a gente faz... protestos, panfletagem, escrita de manifesto, essas coisas. Ele disse que a gente era..." Fale fez uma pausa enquanto Teddy o observava, soturno. "... um bando de imbecis liberais ineficazes. *Ele* queria fazer ações de guerrilha para 'educar' o público."

Aos poucos, Cole deixou a foto de Leland Goines, pegou um recorte de revista mostrando senadores em cima de suas mesas enquanto cascavéis deslizavam soltas pelo senado. Ele mostrou a foto para Fale com uma expressão questionadora.

"É." Fale fez que sim, abrindo um sorriso de leve. "Isso foi quando ele soltou cem cobras no Senado."

"Mas a gente não curtia esse tipo de coisa", Teddy deixou escapar. "É contraproducente, falamos pra ele."

Fale concordou. "Então, ele e outros onze saíram do grupo e formaram um... 'exército' clandestino."

"O Exército dos Doze Macacos", completou Cole.

Pela primeira vez, Bee participou. "Eles começaram a planejar uma 'Caçada Humana'."

"Eles compraram armas de choque, redes e armadilhas de urso", seguiu Teddy. "Eles iam pra Wall Street pegar advogados e banqueiros."

"Mas não fizeram isso", afirmou Bee. "Não fizeram nada disso."

Teddy balançou a cabeça. "É. Como sempre, o figurão pôs os amigos no bolso!"

Cole fixou o olhar enfurecido em Fale. "O que isso significa?"

"Ele vai pra TV", explicou Fale rapidamente, "dá uma coletiva de imprensa, diz ao mundo todo que acabou de perceber que os experimentos do pai são vitais pra humanidade e que o uso de animais é absolutamente necessário e que ele, Jeffrey Goines, a partir de então, ia supervisionar pessoalmente os laboratórios pra se certificar de que nenhum animalzinho ia sofrer." Fale terminou e olhou para Cole, seu rosto pálido branco-parede. "Podemos... você acha que poderia soltar a gente agora?"

Cole virou de costas, se abaixou diante de uma caixa de papelão e começou a jogar papéis para fora. Após um momento, ele mostrou uma agenda rotativa. "O que é isso?"

Os três ativistas trocaram olhares preocupados. "Hm, é um Rolodex", respondeu Teddy. "Sabe, pra organizar cartões de visita, né?"

Cole virou os cartões, parou e espiou um. "Jeffrey Goines", leu em voz alta. Levantou-se e foi até os ativistas amarrados no chão. "Quem de vocês tem carro?"

Silêncio.

"Eu disse: quem de..."

"Eu!", interrompeu Fale. Ele se contorceu para o lado, baixando a cabeça para indicar o bolso da calça jeans. "Chaves aqui... um Jaguar vel..."

Cole pegou as chaves. Sem olhar para trás, seguiu a passos largos até onde Kathryn estava agachada em um canto e agarrou seu braço. "Vem."

"Onde você vai?" Bee choramingou. "Você não pode *deixar* a gente aqui..."

Kathryn lançou um último olhar piedoso para ela. *Pior que pode,* pensou, e seguiu Cole para fora.

Eles encontraram o carro de Fale, um Jaguar surrado, coberto de adesivos e slogans pintados — EU FREIO PARA ANIMAIS, LIBERTE OS ANIMAIS! VOCÊ DEIXARIA UM VISON USAR A SUA PELE? Cole empurrou Kathryn para dentro, depois foi para o assento ao lado. Ela pôs a chave na ignição. Houve um ruído áspero, e o carro deu um tranco e partiu.

Ela dirigia pelo trânsito do meio-dia, olhando soturnamente pelo para-brisa. O rádio tocava música country melancólica, algumas baladas pesarosas. Finalmente, com uma voz tensa, ela disse: "O dr. Goines não vai ser alguém que você pode simplesmente chegar e interromper, James. Ele é muito conhecido, tem sido o alvo de manifestantes pelos direitos dos animais, vai ter seguranças, portões, alarmes. É... isso é loucura!".

Cole não disse nada, só olhava o mapa no colo, mexendo a cabeça no ritmo da música. Seu rosto estava febril, marcado pelo suor. Ao lado do mapa, o Rolodex se abriu em um cartão muito usado: JEFFREY GOINES C/O DR. LELAND GOINES, 27 OUTERBRIDGE ROAD.

"E aqueles garotos", continuou Kathryn, retomando a energia. "Eles podem *morrer* naquele frigorífico!"

Cole olhou de relance pela janela, para os carros passando: famílias voltando da igreja, caminhoneiros, dois rapazes em uma moto, uma van cheia de crianças rindo.

"Tudo o que vejo são pessoas mortas", assegurou ele, os olhos vazios. "Por toda parte. O que são três a mais?"

Kathryn se controlou para não gritar com ele, apertando as mãos no volante. *Se recomponha, Railly,* ela pensou. Ela parou no sinal vermelho, viu uma garota atravessar a rua empurrando um carrinho de bebê. Quando o sinal ficou verde, o Jaguar seguiu com um tranco de novo. Ela decidiu mudar de tática.

"Você conhece o filho dele, Jeffrey, não?", perguntou. "Quando vocês estavam no Hospital Municipal há seis anos. Jeffrey Goines foi paciente lá por umas semanas."

Cole continuou lendo o mapa devagar. "O cara era... era totalmente biruta."

"E ele te contou que o pai dele era virologista."

O dedo de Cole seguia uma linha preta com as palavras OUTERBRIDGE ROAD. "Não", respondeu ele, balançando a cabeça. "Ele me disse que o pai dele era *Deus*."

Abruptamente, o som metálico de um banjo deu lugar a um boletim de notícias.

"*Acaba de chegar. A polícia confirma que a proeminente psiquiatra e autora, a dra. Kathryn Railly, foi sequestrada por um perigoso paciente psiquiátrico, James...*"

Em silêncio, Cole trocou de estação. Se remexendo de modo desconfortável no assento, ele checou o mapa rodoviário com as placas que passavam fugazes. Kathryn o viu fazer uma careta de dor quando ele mudou a posição da perna. Pela primeira vez, ela notou uma mancha escura abaixo do joelho.

"O que houve com a sua perna?"

Cole encolheu os ombros. "Levei um tiro."

"Um tiro!" Ela olhou para ele, notou como estava corado, o verniz de suor no rosto, braços, pescoço. "Quem atirou em você?"

"Era um tipo de guerra." Por um momento, ela achou que ele ia elaborar, mas em vez disso, disse "Deixa pra lá. Você não ia acreditar em mim... ei! O que você tá fazendo?"

O carro virou para a pista da direita enquanto ela dava a seta. Logo à frente, havia um posto de gasolina, ao lado de uma loja de conveniência. "Não precisamos de gasolina!" Cole gritou, se inclinando para checar o medidor do painel.

"Achei que você não soubesse dirigir."

"Eu disse que eu não tinha *idade* pra dirigir", advertiu Cole. Ele pôs a mão no volante. "Eu não disse que eu era burro."

Kathryn pisou no freio quando eles se aproximaram da loja Sundry ao lado do posto de gasolina. "Olha, James. Isso não pode continuar. Você não está bem. Está queimando de febre. E eu sou médica... preciso de suprimentos."

O Jaguar ficou em ponto morto, e ela se virou para olhar para ele, o olhar implorando para que confiasse nela. "Por favor, James?", sussurrou.

Ele também olhou para ela: aqueles olhos pálidos que não sabiam o que era sono havia dois dias já, o cabelo longo caindo frouxo sobre a testa macia. Ele soltou o volante devagar e se recostou no assento.

"Tá bom", murmurou, fechando os olhos por um momento. "Tá bom."

No fim da tarde, eles estavam na mata a cerca de sessenta quilômetros ao norte. A luz fraca do sol atravessava os galhos sem folhas dos carvalhos. O ar tinha o cheiro doce das folhas caídas, pinhas amassadas, e o odor limpo e leve da água corrente. No alto, uma revoada de gansos selvagens seguia para o sul, seus gritos pairando no ar muito depois de não serem mais vistos.

Ao lado do carro, Cole estava apoiado em uma rocha de granito, olhando para o céu. Estava apenas com uma camisa de flanela puída e cueca samba-canção, a calça pendurada na porta aberta do Jaguar ao lado de uma sacola plástica com gaze e esparadrapo. Kathryn inclinou-se diante dele, ajustando um curativo na sua coxa. O toque dela era certeiro, mas suave, e ele se lembrou que ela disse que era médica, médica de verdade.

"Pronto. Você não deve pôr o peso nessa perna." Kathryn ergueu-se. Segurou a bala para que ele inspecionasse, depois enrolou na gaze e enfiou no bolso. Cole olhou para ela de relance, depois voltou a olhar para o céu.

"Eu adoro ver o sol." Ele estreitou os olhos, desfrutando do calor tênue que tocava seu rosto a despeito do frio da tarde. Então, com um suspiro, se inclinou para a frente. Puxou a calça da porta do carro, vestiu com dificuldade e quase caiu.

"Espera... deixa eu ajudar."

Kathryn pôs um braço ao redor dele, trazendo-o para ela enquanto dava puxões na calça sobre as pernas dele. Cole se inclinou mais perto dela, fechando os olhos.

"Você é tão cheirosa", murmurou ele.

Ela parou e olhou para o rosto dele. Seus olhos se abriram e ela se viu olhando dentro deles, vendo o reflexo dos galhos, céu, um sol minúsculo, o próprio rosto dela. Sua boca secou, e ela se sentiu corar quando ele estendeu a mão e tocou seu rosto, passando a mão em uma mecha de cabelo castanho.

"Você... você tem que se entregar, você sabe", disse ela, a voz falhando.

Cole estreitou os olhos, que ficaram duros, toda a maravilha refletida desaparecendo à medida que ele apertava os dentes.

"James, por favor", continuou implorando. "Se você puder só..."

Ela parou de repente, em choque, enquanto a mão dele se fechava em torno do seu pulso tão forte que ela ofegou.

"Eu peço desculpa" disse ele. Sua voz estava totalmente desprovida de afeto quando ele se virou e a empurrou de volta para o carro. "Mas eu tenho que fazer isso. Eu tenho uma missão."

Momentos depois, o Jaguar acordou engasgando mais uma vez e se esgueirou para fora da clareira, de volta à estrada.

Era noite quando encontraram a Outerbridge Road. Passaram por fazendas de gado leiteiro e milharais ociosos, algumas casas de fazenda com luzes amarelas ardendo na noite de começo de inverno. Finalmente, chegaram a um muro de pedra alto cujos portões indicavam NÚMERO 27. Bem afastada da estrada, uma mansão no estilo American Craftsman toda iluminada podia ser vista em meio a gramados elevados e bordos desfolhados. A entrada para carros e a estrada estavam cercadas de carros luxuosos. Cole pôde ver vários seguranças uniformizados andando pela entrada, com walkie-talkies, e acenando para convidados.

"Segue em frente", ordenou, tenso, e o Jaguar seguiu.

Eles continuaram por cerca de um quilômetro. Então, de repente: "Aqui...", indicou Cole. "Pra esquerda."

Kathryn balançou a cabeça. "Esquerda? Não tem nada além de..."

"*Vira.*"

Na lateral da estrada havia uma pequena clareira que se estendia mata adentro. Um brilho fraco de luar tocava as sombras delgadas de álamos e sumagres. Com um gemido, o Jaguar rodou do asfalto para o chão esburacado, foi se arrastando até Cole dizer: "Para. Bem aqui".

Kathryn girou a ignição. "Olha, você realmente não pode..."

Mas ele já estava fora do carro, mancando ao correr para a porta dela. Ele abriu com força e puxou Kathryn para fora, pegando as chaves do Jaguar.

"O que você está *fazendo*?!"

Em silêncio, ele a arrastou para trás do Jaguar e abriu o porta-malas.

"Não... James, *não*!"

Ainda em silêncio, ele a pegou e empurrou para dentro, e fechou o porta-malas com força. Os gritos abafados dela o seguiam quando ele começou a se afastar da clareira mancando.

"*James!*"

Ele parou, ofegante, e olhou para trás. Então, apertando e soltando os punhos, voltou devagar e decidido para o carro.

Um pouco depois, ele voltou pela estrada. Após ter percorrido cerca de cem metros, ele pulou o muro e atravessou o bosque, andando furtivamente pelas sombras até ver, abaixo, a entrada de carros circular da mansão. Havia mais carros estacionados ali, e dois homens corpulentos de terno preto patrulhavam vigilantes, parando vez ou outra para fumar um cigarro. Cole esperou até estarem no outro extremo do terreno, então correu desajeitado, meio agachado, saindo do abrigo das árvores desfolhadas, fazendo uma careta quando a perna ferida bateu em uma pedra. Um minuto depois, estava rolando sob um Mercedes vermelho, o coração martelando dentro dele e a respiração vindo em arfadas pesadas.

"Encontraram ele?"

Cole se esparramou debaixo do carro. Cascalhos se fincaram em seu peito e braços, se alojando dolorosamente em torno do curativo de Kathryn Railly. A poucos metros dali, perto o suficiente para poder detê-lo se quisesse, um dos homens parou. Cole ficou vendo os sapatos pretos brilhantes chutando os cascalhos ociosamente, depois esmagarem um cigarro incandescente até apagar.

"Encontraram quem?" Um segundo par de pés se juntou ao primeiro.

"Aquele garoto. Que estava no cano."

Risada sarcástica do segundo homem. "Acredita que estão baixando um macaco ali com uma câmera infravermelha em miniatura e um sanduíche de carne assada embrulhado em papel alumínio?"

O outro homem gargalhou. "Você tá inventando isso!"

"Não tô de sacanagem." Cole soltou a respiração quando as vozes começaram a se afastar e os pés sumiram nas sombras do outro lado da passagem de carros. "Cara, a vida é estranha! Um macaco e um sanduíche."

Sem emitir nenhum som, Cole rolou para fora da Mercedes, para debaixo do carro da frente. Seus olhos permaneceram fixos no pequeno oblongo brilhante que era a entrada lateral da mansão. Ele não viu a sua pistola, caída no cascalho debaixo da Mercedes vermelha atrás dele.

Dentro da casa, Jeffrey Goines estava sentado na sala de jantar formal, com um largo sorriso, escutando o discurso do pai. À sua volta, havia cerca de quarenta convidados, elegantes com seus trajes black tie e vestidos longos, o mar de preto quebrado aqui e ali por tecidos lantejoulados e a faixa carmim de um cinturão. Jeffrey seguiu bebericando o champanhe e encarava com desejo a sobremesa intocada diante da mulher ao seu lado. A esposa-troféu anoréxica de algum capitão de indústria, aspirante a modelo que devia pesar 45 quilos, contando o varal de diamantes em volta do pescoço. Ele se divertia com a ideia de simplesmente *pegar* o prato dela — era um pecado, na verdade, desperdiçar profiteroles de chocolate assim, sem mencionar o pavê de framboesa sublime de Raoul.

Uma onda de risadas trouxe a atenção dele de volta à cabeceira da mesa onde Leland Goines estava de pé. Tratava-se mesmo uma figura imponente com seu smoking, mais de 1,80 m de altura e ombros largos, cabelos grisalhos e olhos azul-gelo. Leland esperou até as risadas diminuírem, então prosseguiu com sua voz grave e sonora.

"Pudera eu desfrutar desse jantar opulento e dessa companhia excelente e estimulante apenas, sem nenhum senso de propósito", proferiu, fazendo um gesto grandioso para a mesa. "Mas, ai de mim, carrego o fardo de perceber que, com todo esse excesso de atenção pública e essa cacofonia de elogios, vem uma grande responsabilidade. De fato, sinto praticamente um palanque crescer sob mim toda vez que fico de pé por mais de alguns segundos."

Mais risadas dos convidados, que entenderam a referência. Jeffrey mostrou os dentes em um sorriso falso.

"Ah, ha", exclamou ele e habilmente pescou um profiterole do prato da vizinha.

"Os perigos da ciência são uma velha ameaça", continuou o dr. Goines, "desde Prometeu roubando o fogo dos deuses até a era da Guerra Fria do terror do dr. Strangelove."

De uma porta, no outro lado da sala, entrou um homem carrancudo de terno preto. Seu olhar firme atravessou a mesa longa, registrando as fileiras de rostos absortos. Depois de um minuto, ele avistou o objeto de sua busca.

"Sr. Goines", uma voz baixa veio de trás de Jeffrey.

Jeffrey engoliu seu chocolate às pressas, tocando a boca com um guardanapo ao virar o pescoço para ver quem o chamava.

"Sim?"

O homem vestido de preto se curvou para sussurrar no ouvido de Jeffrey. À cabeceira da mesa, Leland Goines se preparou para prosseguir, a voz se erguendo e descendo em um fervor evangélico.

"Mas nunca antes... nem mesmo em Los Álamos, quando os cientistas fizeram apostas na possibilidade de que sua primeira bomba atômica acabaria com o Novo México... nunca antes a ciência nos deu tanta razão para temer o poder que temos nas mãos."

Agora, foi a vez de Jeffrey fechar a cara, olhando com descrença o homem de pé ao seu lado. "*Do que* você está falando?", disse em voz alta. "Que amigo? Não estou esperando ninguém."

Cabeças se viraram para ver o que era a perturbação. O dr. Goines franziu o cenho, irritado por ter sido interrompido. Ergueu a mão e seguiu, ainda mais alto do que antes.

"A engenharia genética atual, assim como o meu próprio trabalho com vírus, nos presenteou com poderes tão terríveis quanto qualquer..."

Com um olhar pesaroso para a mulher ao seu lado, Jeffrey se levantou da cadeira. "Isso é ridículo", resmungou. Sua cadeira rangeu escandalosa, e ele derrubou uma colher de sobremesa. "Meu pai está fazendo um *discurso importantíssimo.*"

Ele seguiu o homem até um corredor pouco iluminado que ia dar na biblioteca. "Além disso", continuou Jeffrey, indignado, "vocês, do Serviço Secreto, eu achei que o *trabalho* de vocês fosse filtrar as pessoas."

O agente olhava para a frente com uma expressão resoluta.

"Normalmente, se a gente pega um cara chegando de fininho assim sem identidade, a gente prende o filho da puta, perdoe o palavreado. Mas esse disse que conhece *você*...", o agente deu um meio-sorriso malicioso, "... e como você parece ter tido alguns, hm... *parceiros*... hm, pouco comuns, a gente certamente não queria prender um dos seus, hm, *camaradas mais chegados.*"

Chegaram à biblioteca. As pesadas portas de magno estavam abertas, ostentando um arranjo de lírios orientais da altura de uma pessoa, em tons reluzentes de laranja, carmim e amarelo. Apenas algumas luzes ambiente estavam acesas, iluminando uma galeria de pequenos quatros iluministas, um mostruário de vidro com livros raros. Em uma poltrona Bergère de couro perto da lareira, estava James Cole, olhando para o chão. Seus braços e camisa estavam manchados de terra e graxa. Atrás dele, outro agente de terno preto estava de guarda. Jeffrey entrou na sala mexendo na gravata borboleta distraidamente. Deu um olhar apressado para Cole, depois se virou para sair.

"Nunca vi na vida", constatou ele, prendendo um bocejo, e lançou um olhar de despedida para os dois agentes. "Agora eu vou voltar e ouvir o discurso muito eloquente do meu pai sobre os perigos da ciência *enquanto vocês torturam esse intruso até a morte...* ou qualquer coisa que vocês costumam fazer", terminou, saindo pela porta.

Cole ergueu a cabeça. "Eu vim para falar de uns macacos."

Jeffrey congelou. Por um momento, ficou em silêncio. Então:

"Desculpe... o que você disse?".

"Macacos", repetiu Cole. Ele se levantou. "São doze."

Jeffrey franziu o cenho, analisando Cole. De repente, com um grito, correu pela sala e o abraçou.

"Arnold! *Arnold.*"

Cole olhou para ele, espantado. Os dois agentes do Serviço Secreto fizeram o mesmo. Jeffrey se afastou, as mãos ainda nos braços de Cole, e o observou com mais atenção. "Meu Deus, Arnie, o que aconteceu com você? Você está um lixo!"

Um dos agentes encarou Cole com olhar duvidoso. "Você *conhece* esse homem?"

Jeffrey olhou para ele, nervoso. "É claro que eu conheço ele. O que você acha... Que eu ajo assim com *estranhos?*" Ele olhou de volta para Cole. "Meu Deus, Arnie, é black tie! Poxa, eu disse 'dá uma passada lá', mas, tipo, é a festança do papai! VIPs, senadores, Serviço Secreto... essa coisa toda."

Ele jogou o braço sobre o ombro de Cole, quase desequilibrando--o, e começou a levá-lo até a porta. Os dois agentes se encararam com olhos apertados.

"Arnie?", repetiu um deles.

Jeffrey lhe deu um sorriso charmoso. "Arnold Pettibone. Velho Arnie Pettibone", informou com carinho, dando um soco no braço de Cole. "Já foi meu melhor amigo. Ainda é", e beliscou a bochecha de Cole. "Quanto você emagreceu, Arnie... quinze quilos? Não à toa não te reconheço. Tá com fome?"

Com um enorme sorriso, Jeffrey o levou para o corredor. Cole foi mancando ao seu lado, apoiando a mão na parede de vez em quando para se manter reto e deixando um rastro de manchas escuras. "Temos toda *espécie* de comida", tagarelou Jeffrey, animado. "Muita vaca morta, carneiro morto, porco morto. Um banquete *matador* esse nosso de hoje!"

Os agentes do Serviço Secreto observaram os dois seguindo pelo corredor, um Cole desgrenhado se apoiando em um Jeffrey de smoking novo.

"Essas pessoas... todas elas... são gente muito esquisita!"

O outro agente concordou, sem ligar muito. "Vou pedir uma descrição desse tal de 'Pettibone'. Você fica de olho nele. Não deixa ele matar ninguém com um garfo."

No fim do corredor, convidados vinham aos montes do salão de jantar. Cole olhava para eles com pânico crescente, mas Jeffrey acenava alegremente.

"Ei, bom te ver! Cê tá ótimo! Oii. É, quanto tempo..."

Ele manobrou Cole agilmente pela multidão rumo a uma escadaria grandiosa, ampla, que circulava pelos três andares da mansão. Atrás deles, movendo-se com grande cautela em meio à massa elegante, um agente do Serviço Secreto observava os dois com desconfiança.

"... é, foi uma delícia! Valeu, querida!" Jeffrey meneou os dedos para uma convidada que partia, e então voltou seu olhar de dez mil megawatts para Cole. "Hospital Municipal, certo?", sussurrou animado. "1990. A 'Fuga Imaculada'... Certo?"

Cole balançou a cabeça. "Me escuta. Eu não posso *fazer* nada em relação ao que você vai fazer. Não posso *mudar* nada. Não posso te *impedir.* Só quero informações."

Jeffrey concordou entusiasmado. "*Precisamos conversar*", afirmou ele com uma voz subitamente toda conspiratória. "Vem. Lá em cima..."

Um convidado que passava os encarou com curiosidade enquanto Jeffrey conduzia Cole escadaria acima. Jeffrey parou, erguendo os braços e acenando com um triunfante V de vitória.

"Sou uma nova pessoa!", gritou ele. "Estou completamente ajustado! Sente o smoking..." e puxou as lapelas com orgulho. "De *estilista.*" O convidado correu para outro lado, e Jeffrey baixou a cabeça ao lado da cabeça de Cole.

"Quem dedurou?", sussurrou ele. "Bruhns? Weller?

O olhar ardente de Cole era tão intenso quanto o de Jeffrey. "Eu só preciso ter acesso ao vírus puro, só isso!", revelou desesperado. "Para o futuro!"

Jeffrey parou, ficou surpreso. Estreitou os olhos, observando a expressão desvairada, as roupas rasgadas e a perna ferida de Cole.

"Venha, me siga", concluiu ele. "Você não parece muito bem."

Cole deixou Jeffrey levá-lo, mas lançava olhares frequentes para trás, para onde a multidão estava se diluindo. Perto da porta da sala de jantar, estavam os dois agentes do Serviço Secreto, olhando fixamente para Cole, sem disfarçar o interesse. Ele respirou fundo e se voltou para Jeffrey.

"Eu preciso saber onde está e o que é exatamente."

Jeffrey fez que sim, animado. "Saquei! É o seu antigo plano, certo?"

"Plano?" A testa de Cole se enrugou. "Do que você está falando?'

"Lembra? A gente estava na sala de convivência, vendo TV, e você estava todo triste por causa da profanação do planeta. E você me falou: 'Não seria ótimo se tivesse um germe ou um vírus que pudesse eliminar a humanidade e deixar as plantas e os animais do jeito que são'? Você se lembra disso, não?"

Cole franziu o cenho, passou a mão em uma gota de suor deslizando pelo rosto. "Você... você está tentando me confundir."

Jeffrey subiu os degraus mais rápido, erguendo a voz. "E foi quando eu te contei que meu pai era um virologista famoso, e você disse 'Ei, ele poderia *criar* um germe, e a gente poderia roubar!'."

Cole o agarrou, de modo que Jeffrey bateu com um baque no corrimão. "A coisa sofre mutação!" Ele afirmou por entre dentes cerrados.

"A gente vive debaixo da terra! O mundo pertence aos cachorros e gatos. *Nós somos* como toupeiras ou minhocas. A gente só quer estudar o original..."

O ombro de Cole foi imobilizado com um golpe duro que o fez girar.

"Ok, vamos com calma. Sabemos quem você é, sr. Cole."

O segundo agente apareceu ao lado do primeiro. "Vamos pra algum lugar resolver isso na conversa, ok? Apenas venha com a gente..."

De olhos arregalados, Jeffrey se afastou deles. "Vocês estão certos! Totalmente certos! Ele é um doido, totalmente insano. Delirante. Paranoico." Sua voz falhou ao se erguer perigosamente. "O PROCESSO MENTAL DELE TÁ TODO FUDIDO, A BANDEJA DE DADOS TÁ ENTUPIDA..."

Os dois agentes guincharam Cole entre eles como um animal capturado. Eles o carregaram para o andar inferior, Jeffrey gritando logo atrás, de modo que os convidados restantes paravam e olhavam, pasmos, para a pequena cena na escadaria grandiosa.

"VOCÊ SABE O QUE É 'O EXÉRCITO DOS DOZE MACACOS'? É UM BANDO DE MALUCOS NATUREBAS QUE TÊM UMA LOJA NO CENTRO! BENFEITORES DO MUNDO DA LUA QUE FICAM SALVANDO FLORESTAS TROPICAIS! NÃO TENHO MAIS NADA A VER COM AQUELES PALHAÇOS! DEIXEI DE SER O GAROTO RICO FEITO DE TROUXA POR BIRUTAS INEFICAZES! A SUA *TRAMA GRANDIOSA* JÁ ERA!"

Cole se contorceu entre seus captores e olhou para trás, onde Jeffrey estava parado, sem um fio de cabelo fora do lugar, o smoking novo reluzindo, os olhos azuis radiantes. Parecia completamente confiante, sua expressão de desdém revelando tudo a Cole.

Ele é um doido, totalmente insano. Delirante. Paranoico...

Cole balançou a cabeça, a boca seca. *Não! Eu não sou louco, não posso ser...*

"Vamos com calma, sr. Goines, estamos cuidando dele", gritou um dos agentes para ele. "Está tudo..."

"MEU PAI TEM ALERTADO AS PESSOAS SOBRE OS PERIGOS DA EXPERIMENTAÇÃO COM VÍRUS E DNA HÁ ANOS! VOCÊ PROCESSOU ESSA INFORMAÇÃO PELA SUA INFRAESTRUTURA PARANOICA ATORDOADA E... EIS QUE! *EU SOU FRANKENSTEIN!* E 'O EXÉRCITO DOS DOZE MACACOS' SE TORNA UMA ESPÉCIE DE CABALA REVOLUCIONÁRIA SINISTRA! *ESSE HOMEM É TOTALMENTE ALOPRADO!* SABE DE ONDE ELE ACHA QUE VEIO?"

Sem aviso, Cole se abaixou, dando uma cotovelada em um dos agentes, fazendo-o voar. Se livrou do outro com uma torção e cambaleou enlouquecido escada abaixo, rumo à porta principal. Mas Cole só conseguiu distinguir o vulto de um terceiro agente, correndo na sua direção, saindo de um bolo de convidados confusos. Agarrando uma mesa de canto para se apoiar, Cole se impulsionou pelo meio de um grupo de visitantes atônitos, mancando ao atravessar com ímpeto uma passagem para a cozinha. Um agente o seguiu, abrindo caminho com cotoveladas entre convidados e abrindo a porta da cozinha com força para invadir o local.

"Um homem acabou de passar por aqui, mancando?"

Diversos empregados se encostaram na parede, balançando a cabeça. Um homem corpulento com chapéu de chef estava sentado, imperturbável, em uma cadeira de capitão, segurando um cálice de conhaque diante do nariz. Acima dele, em uma prateleira entre fileiras de livros de culinária e vinagres de ervas, uma pequena televisão emitia seu som alto. Mostrava um macaco pequenino, de olhos arregalados e tremendo de pavor, agarrado a um pequeno pacote enquanto descia por um tubo estreito.

"*...nos garante que não haverá nenhum efeito psicológico negativo para o macaco...*"

"Vocês viram alguém correndo por aqui?", repetiu o agente, gritando.

Em sua cadeira, o cozinheiro seguiu bebericando seu conhaque digestivo e balançou a cabeça persistentemente. "Não. E pra mim esse macaco vai comer ele mesmo a droga do sanduíche."

Os outros empregados o encararam. O agente balançou a cabeça, enquanto a imagem da TV mudou para foto de jornal em preto e branco de Kathryn Railly, sorrindo ao autografar uma pilha de livros.

"*Acaba de chegar: A polícia diz que o corpo de uma mulher encontrada estrangulada no Parque Knutson State poderia ser o da vítima de sequestro Kathryn Railly.*"

Com uma expressão de repugnância, o agente correu até a janela e a abriu com um empurrão.

Lá fora, outro agente rondava cautelosamente entre as fileiras de Mercedes, BMWs, Range Rovers e Porches. Ao som da janela abrindo, ele se virou com a pistola na mão, mas relaxou ao ver o colega espiando da mansão. Ergueu as mãos, palmas para cima, indicando que não tivera nenhum sinal de Cole.

Aliviado, o primeiro agente se retirou da janela. Virou para ver os funcionários absortos mais uma vez no noticiário das onze.

"*Hoje mais cedo, a polícia localizou o carro abandonado de Railly não muito longe do prédio onde três ativistas dos direitos dos animais foram encontrados amarrados e amordaçados.*"

"Algum sinal dele?"

O agente balançou a cabeça enquanto seu parceiro entrava na sala. "Nada."

O parceiro bateu com o punho na coxa. "Ele não pode simplesmente desaparecer!"

"Vai fundo, pô", murmurou o cozinheiro, servindo-se de mais dois centímetros de Rémy Martin. "Come esse sanduíche e tira o moleque daí."

Na escuridão, as árvores rangiam e sibilavam. Galhos desviados arranharam seu rosto enquanto ele corria, ofegante. Uma vez, ele quase caiu, mas retomou o equilíbrio agarrando-se a uma bétula fina que se partiu em duas quando ele se reergueu. Sua coxa queimava, uma dor lancinante que subia para a virilha até ele gemer.

Deus, espero que eu não tenha demorado demais, por favor, que não seja tarde demais.

No alto, a lua se libertou das árvores, brilhando sobre a lasca da estrada sinuosa e, de um lado, a pequena clareira onde um Jaguar solitário estava estacionado. Na distância, as luzes da mansão de Goines apareciam bruxuleantes através de uma cortina de arbustos. Ele ouviu vozes ao longe, o grito lamentoso de uma coruja-das-torres. Arfando, correu para a clareira, os pés batendo mais macios agora que o chão era de folhas batidas e terra.

Ao avistar o carro, ele desacelerou. Com a dor pungente na perna, o ardor no peito de correr, não pensou que alguma outra coisa pudesse machucá-lo, mas estava enganado. O Jaguar estava totalmente imóvel: nenhum grito abafado, nenhuma voz fraca, nada. Ele se aproximou do carro como se fosse uma bomba, as mãos apertadas com força ao lado do corpo, então parou e passou os dedos sobre o porta-malas, tateando onde fizera vários buracos com uma chave de roda. Finalmente, tirou a chave do bolso e, com dedos trêmulos, enfiou na fechadura.

A porta se abriu. O luar mostrou uma forma amassada, como um amontoado de roupas velhas enfiadas em um espaço estreito. De repente, o amontoado se moveu. Cole avistou um lampejo de joia, o relógio de pulso de Kathryn, o emaranhado espesso de cabelo escuro quando ela foi saindo do porta-malas, os olhos transbordando lágrimas de ira.

"Seu desgraçado! *Desgraçado total!*"

Ele se afastou quando ela foi para cima dele, entorpecida, balançando os braços loucamente. Ele escorregou e caiu no solo coberto de folhas. Com um berro, Kathryn começou a chutá-lo, gritando histericamente.

"Eu podia ter *morrido* lá dentro! Se algo tivesse acontecido com você, eu teria *morrido!*"

Ele olhou para cima, para ela, impotente, o lábio coberto de sangue. "Eu... eu... eu sinto muito", disse com fraqueza.

A perna de Kathryn balançou descontrolada, errando Cole e tirando o equilíbrio dela. Ela retomou o equilíbrio, com a respiração pesada, e olhou para baixo, para ele, com raiva, o cabelo embaraçado, um halo sombrio em torno do rosto furioso. Pela primeira vez, ela notou as roupas rasgadas e sujas dele, o sangue respingado no rosto e braços.

"O que você fez?", perguntou, rouca. Levou a mão à boca. "Você... matou alguém?"

"Não!", gritou Cole. Ele se levantou e ficou de pé com dificuldade. "Eu... eu acho que não." Ele ficou olhando para ela, o rosto era uma máscara retorcida de angústia e horror. "Quer dizer... talvez eu tenha matado milhões de pessoas! *Bilhões!*"

Kathryn esfregou a testa latejante e lançou um rápido olhar de gratidão para a lua. "O quê?", perguntou com mais calma.

"Me... me desculpe por ter te trancado." Cole continuou encarando-a com olhos enormes. "Eu voltei, fiz buracos no porta-malas pra você poder respirar." Os olhos dele ficaram desfocados, e ele balançou a cabeça, como se um inseto estivesse incomodando. "Eu achei... eu achei... Você acha que eu posso estar louco?"

Kathryn olhou para ele. Sentiu seu medo e raiva irem embora, o distanciamento profissional subindo como um escudo. Ela fez que sim com a cabeça, muito devagar.

"O que te fez pensar isso, James?", perguntou com uma voz tranquilizante.

Os punhos fechados de Cole tamborilavam nervosos ao lado do corpo. Ele ergueu o rosto e olhou inexpressivo para o céu enluarado. "Jeffrey Goines disse que foi minha a ideia do vírus. E, de repente, eu não tinha certeza. Falamos disso quando eu estava no hospital, e foi tudo... confuso. As drogas, essas coisas..."

De modo abrupto, ele olhou direto para ela, os punhos juntos diante do peito. "Você acha que talvez eu seja quem eliminou a raça humana? Foi *minha* ideia?"

Kathryn balançou a cabeça, sorrindo suavemente. Ela estava no controle de novo. "Ninguém vai eliminar a raça humana. Nem você, nem Jeffrey, nem outra pessoa. Você criou algo na sua mente, James... uma realidade substituta... para evitar algo que você não quer encarar."

James fez que sim. Não solicitada, a imagem do aeroporto veio para a sua mente, um vulto desfocado caindo no chão, algo terrível que ele viu, algo...

A imagem se foi. Cole pestanejou. "Eu sou... 'mentalmente divergente'", disse ele, se lembrando do termo usado por L. J. Washington. "Eu adoraria acreditar nisso."

Kathryn fez que sim. "É possível tratar isso, mas só se você quiser. Eu posso te ajudar, James", acrescentou em um tom gentil.

De algum lugar próximo, ecoou o som de vozes na mata, cachorros latindo. O olhar de Cole foi de imediato para onde a estrada podia ser vislumbrada na borda da clareira. "Estou precisando de ajuda mesmo. Eles estão atrás de mim! Me perseguindo!"

"Quem, James? Quem está atrás de você?"

Ele gesticulou na direção do barulho. "Eu acho... eu acho que algumas pessoas na festa eram... da polícia!"

"*Festa?*" Kathryn olhou para ele sem acreditar. "Você estava em uma..."

Ela passou a mão pelo cabelo, com uma careta. "Deixa pra lá. Se *for* a polícia vindo, é importante que você *se renda,* em vez de te pegarem fugindo. Ok?"

Cole fez que sim com a cabeça, escutando-a pela metade. De repente, ele se animou. "Seria ótimo se eu estivesse louco. Se eu estiver enganado sobre tudo, o mundo vai ficar bem. Eu nunca vou ter que viver debaixo da terra."

Um cão de guarda uivou de um modo inquietante por perto. Kathryn olhou de relance para a mata. A luz das lanternas passava pelas árvores sem folhas, e tocou uma pedra grande a apenas cerca de trinta metros deles. Ela respirou fundo. "Me dá a arma."

"A arma!" Cole abriu as mãos, olhou para ela desanimado. "Eu perdi."

O alívio invadiu Kathryn. "Tem certeza?"

Cole fez que sim. Inclinou a cabeça para trás, olhou para a lua reluzente, as estrelas espalhadas como punhados de neve pelo céu aveludado. "Estrelas! Ar!", sussurrou com um tom reverente. "Aqui eu consigo viver! Respirar!"

Por um momento, Kathryn o observou: um homem adulto, ex-presidiário psicótico com roupas rasgadas e manchadas de sangue, olhando para o céu como uma criança na noite de Natal. Uma sensação aguda de perda tomou conta dela, mas ela a empurrou para o lado.

É melhor assim, pensou ela. Tem *que ser melhor...*

Ela se dirigiu para a frente do carro. "Vou atrair a atenção deles, deixar eles verem onde estamos, ok, James?" Ela foi para o banco do motorista e buzinou... uma vez, duas vezes. Uma torrente de ganidos veio em reposta. "Eles vão te dizer para pôr as mãos em cima da cabeça", continuou rapidamente. "Faz o que eles mandarem. Você vai melhorar, James... eu sei que vai!"

Cole não disse nada. Ergueu os braços para o céu, no instante seguinte os deixou cair. Olhou para o solo aos seus pés, viu algo atravessando as folhas mortas. Desajeitadamente, tentando não pôr peso demais na perna ruim, abaixou-se, estendendo a mão hesitante até a lâmina pálida de uma folha que se projetava em meio aos gravetos e frutos de carvalho. A luz da lua escoou por entre as árvores para tocar uma croco, suas folhas miúdas se descolando e revelando o pequeno coração brilhante da flor. Com uma delicadeza dolorosa, Cole a tocou, cuja pressão fria e levemente úmida era como uma boca minúscula encontrando seus dedos. Com um gemido baixo, as mãos dele se fecharam em torno de folhas mortas, as levaram até o rosto e as esfregaram pelas bochechas. Ele inalou o odor doce, abriu os lábios para que pedaços de folha, terra e casca caíssem na boca, e engoliu, meio enlouquecido de alegria. Quando a buzina do Jaguar soou alta, ele olhou para o céu, a lua cheia, as estrelas e as árvores e toda a glória disto: a fascinação de tirar o fôlego, esse sonho para o qual ele despertou de alguma forma. Ele começou a chorar, as lágrimas rolando pelo rosto e se misturando aos fragmentos de árvore e folha.

"*Eu amo esse mundo!*"

Da mata, veio um grito repentino. Cole olhava para o céu, extasiado, quando Kathryn saiu do carro às pressas e foi na direção dele.

"Lembra, eu vou te ajudar", assegurou ela. "Vou ficar com você. Não vou deixar que eles..."

Ela parou no meio da frase, olhando em choque enquanto os policiais e cães ganindo corriam para dentro da clareira.

Cole sumiu. Onde ele estava, havia apenas um pequeno monte de folhas reviradas, e o dedo frágil de uma croco amarela se projetando da terra.

Ela foi mantida na delegacia a noite toda. Periodicamente, os rostos em torno dela mudavam, de detetives da polícia local a agentes do FBI a funcionários de expressão gentil que lhe trouxeram café e depois um suco de laranja de caixinha.

Agora, com a luz do sol do início da manhã entrando enviesada pelas janelas de malha de aço cinza e moscas mortas, uma Kathryn exausta se viu contando sua história pela quinta vez. Seu ouvinte era o tenente Halperin, um homem se aproximando da aposentadoria, cujo rosto mostrava sinais de não estar podendo esperar muito mais tempo.

"... Então eu disse algo a ele sobre cooperar, e ele disse que ia fazer isso, aí entrei no carro e comecei a buzinar. Quando eu saí, ele não estava lá."

Halperin deu um gole no café, balançando a cabeça positivamente. Atrás dele, outro policial entrou na sala e lhe entregou uma foto de 20x25cm.

"Você está com sorte", afirmou Halperin, os olhos pulando da foto para a mulher enlameada na sua frente. Ela penteara o cabelo e lavara o rosto, mas as roupas estavam amarrotadas e manchadas, o rosto extenuado pelo suplício. "Por um tempo, achamos que você fosse um corpo que acharam no sul do estado... mutilado."

Kathryn balançou a cabeça de modo resoluto. "Ele não faria algo assim. Ele..."

O tenente Halperin a interrompeu. "Esse é o homem que ele atacou?"

Ele entregou a foto a Kathryn. Ela olhou com atenção, uma foto em preto e branco granulada, mostrando um dos homens que os atacara na casa de crack na Filadélfia. Ele estava caído contra a parede do beco, a cabeça pendendo em um ângulo estranho sobre o ombro. Kathryn assentiu rapidamente e empurrou a foto de volta sobre a mesa.

"Eu gostaria de ser clara quanto a isso", ratificou ela. "*Esse* homem...", ela bateu o dedo na foto, "...e o outro, estavam... *espancando* a gente. James Cole não começou. Ele *me salvou.*"

Halperin se recostou na cadeira, suspirando. "Engraçado, doutora... talvez você possa me explicar, sendo psiquiatra. Por que as vítimas de sequestro quase sempre tentam nos falar sobre os caras que pegaram elas e tentam fazer a gente entender que esses desgraçados são *gentis?*"

"É uma reação normal a situações de ameaça à sobrevivência", explicou ela em um tom monótono. De repente, seus olhos brilharam, e ela olhou diretamente para Halperin. "Ele está doente, acha que vem do futuro. Tem vivido em um mundo de fantasia cuidadosamente construído, e esse mundo está começando a desintegrar. Ele precisa de *ajuda!*"

"Ajuda", repetiu Halperin. Seus dedos tamborilavam devagar na beira da mesa. Após um momento, ele balançou a cabeça, juntando suas anotações e a foto. "Bom, tenho certeza de que faremos tudo que pudermos para ajudar esse cara. Dra. Railly..."

Ele se levantou e gesticulou para a porta. "Tem um pouco mais de documentação para você terminar, e depois alguém vai te ajudar a tomar as providências para voltar pra casa."

"Obrigada," disse Kathryn com uma voz fraca, seu surto de animação já passando. "Muito obrigada."

E ela o seguiu porta afora.

Vozes encobrem o ronco de um jato, o eco demorado de um tiro. Perto dos pés do menino, duas cabeças loiras se inclinam juntas, seus cabelos brilhantes emaranhados, a mulher aninhando o homem ferido onde ele está estirado no saguão. Apesar do seu terror, o menino quer correr adiante, para se juntar a eles, mas alguém o segura, com a mão em seu seu ombro, uma voz lhe ordenando.

"*Acorda! Acorda!*"

Ele se retraiu quando uma segunda voz entrou. "Acho que demos demais."

"ACORDA, PRISIONEIRO!"

Ele acordou, piscando ao tentar focar nos rostos embaçados pairando acima dele.

"Vamos, Cole, coopera!"

"Desembucha! Você foi à casa de um virologista famoso..."

Com grande esforço, Cole balançou a cabeça. "Vocês... não existem!", concluiu, as palavras como pedras caindo da boca. "Vocês estão só... na minha mente..."

Acima dele, o borrão se fundiu em um único rosto: o microbiologista, seus óculos de sol, uma barra pesada acima da boca fina. "Fala logo, Cole", ordenou ele. "O que você fez em seguida?"

Cole fechou os olhos, forçou aqueles outros rostos a saírem da sua mente. Tentou, em seu lugar, trazer a imagem de um céu iluminado pela lua, a sombra de uma folha de croco sobre a palma da sua mão aberta, os olhos claros de Kathryn Railly e a testa franzida, determinada, enquanto ela puxava a gaze suavemente da perna dele.

"Cole!"

As imagens ficaram claras. Ele conseguia ouvir as folhas mortas farfalhando, o suspiro leve do vento nas árvores. Ele sorriu, sentindo o vento no couro cabeludo raspado, então gritou alto quando dedos frios apertaram seus ombros, tatearam o pescoço até encontrarem uma veia. Houve o golpe repentino de uma agulha, depois escuridão.

No apartamento de Kathryn, seus amigos Marilou e Wayne estavam aninhados no sofá, a atenção presa na TV. Um trecho de vídeo mostrava uma Kathryn frágil deixando a delegacia, o rosto branco cadavérico, o cabelo escondido por um cachecol.

"*Exausta, mas aparentemente ilesa após o suplício de trinta horas, a dra. Railly retornou a Baltimore hoje pela manhã sem fazer uma declaração pública.*"

Atrás deles, a porta do quarto se abriu. Wayne mexeu no controle remoto às pressas, baixando o volume quando Kathryn se aproximou de roupão de banho, sua gata aconchegada em seus braços. Wayne olhou para ela, cabisbaixo.

"Desculpa. Te acordamos?"

Kathryn balançou a cabeça. "Não, eu estou agitada demais pra dormir."

Marilou chegou para o lado para dar espaço para ela no sofá. "Tomou o sedativo?"

"Nossa, não. Eu odeio essas coisas. Bagunçam minha cabeça." Ela pegou o controle da mão de Wayne e aumentou o volume.

"*Além do sequestro da mulher de Baltimore, James Cole também está sendo procurado pela conexão com o assassinato brutal de Rodney Wiggins, ex-presidiário de...*"

Com um suspiro, Kathryn atravessou a sala e foi até a janela. Empurrou a cortina para o lado, olhou para baixo e viu um velho Ford surrado, estacionado do outro lado da rua. Dentro, estava um homem de óculos de sol, o rosto voltado para a janela dela: Detetive Dalva, DP de Baltimore.

"Esses malditos policiais", reclamou Kathryn a ninguém em particular. "Eu falei pra eles várias vezes, eles realmente esperam que ele venha aqui?" Ela se virou e seguiu para a pequena cozinha. Marilou a seguiu, ajudando a pegar as coisas para o chá.

"*E em Fresno, Califórnia...*"

Kathryn olhou de relance para a TV com tristeza. "Ele está morto, não está... aquele garotinho?"

Wayne revirou os olhos. "Ele está ótimo. Foi só uma pegadinha que ele e os amigos fizeram."

O olhar de choque de Kathryn permaneceu fixo na TV, onde um menininho encabulado estava saindo de um celeiro com a polícia.

"... e as autoridades até agora não se posicionaram sobre abrir um processo contra as famílias das crianças envolvidas na farsa."

"Kathryn! O que foi?" O rosto preocupado de Marilou espiava por cima do ombro da amiga. "Você está..."

Kathryn balançou a cabeça. Ela sentiu as mãos dormentes, o corpo todo parecia ter sido embebido em spray gelado. Ela balançava a cabeça, ainda olhando fixamente para a TV com um temor crescente. Em um esforço para manter a voz firme, respondeu.

"Um engano... acho que houve... um engano muito, muito grave."

Árvores, um céu mais azul do que qualquer outro que ele tinha visto. Uma maciez sobre o rosto que Cole primeiro acha que é neve, mas que é o cabelo de Kathryn Railly, a boca roçando a dele. Ele geme de prazer, sorri ao ouvir alguém cantando em voz baixa...

"I found my thri—ill
On Blueberry Hill..."

A voz fica mais alta, se transforma em diversas vozes, muitas vozes, agora cantando de um modo grosseiro.

"...on Blueberry Hill..."

Ele apalpa o próprio rosto, não encontra nada ali. A cantoria desafinada continua, mais alta e mais robusta. Quando abre os olhos, não havia céu, nem árvores, nem Kathryn. Só um círculo de cientistas compenetrados amontoados em torno da cama de Cole, cantando com força uma melodia que mal dava para se ouvir.

"Hã?" Cole balançou a cabeça.

Vendo que ele estava acordado, os cientistas interromperam a cantoria e aplaudiram de repente.

"Muito bem, James!"

"É isso aí! Mandou bem!"

"Parabéns!"

Cole sentou-se, confuso. A zoóloga de olhar gentil se inclinou para perto dele, passando a mão pela sua testa.

"Durante a sua 'entrevista', enquanto você estava sob influência, você nos contou que gostava de música!" Ela explicou feliz.

Cole se afastou dela e olhou ao redor. Estava em uma sala pequena e sem janela, sua cama frágil e estreita, a única mobília. As paredes brancas manchadas estavam adornadas com reproduções baratas de papelão de pinturas de paisagem do século XIX, árvores e colinas tingidas de tons sem vida de verde e marrom. Quando ele tentou erguer as mãos, percebeu que estavam presas à cama por laços frouxos de fitas brancas.

A zoóloga chegou mais perto, reagindo à descrença dele com um sorriso desarmador. "Aqui não é a prisão, James", disse ela em um tom suave. "Aqui é um hospital."

"Mas só até você recuperar seu equilíbrio", interrompeu o microbiologista, abrindo um grande sorriso sob os óculos pretos. "Você ainda está um pouquinho... desorientado."

"Estresse!", concordou o astrofísico. Ele empurrou um tufo de cabelo prateado da testa. "Viagem no tempo!"

O microbiologista concordou sabiamente. "Você aguentou muito bem, considerando isso."

"Um trabalho superior!", gritou a zoóloga. "Superior!" Ela se sentou na beira da cama de Cole, indiferente ao desânimo e ao incômodo dele. "Você conectou o Exército dos Doze Macacos a um virologista mundialmente famoso e ao filho dele..."

"Outros vão assumir agora", informou o microbiologista, importunamente. "Estaremos de volta na superfície em poucos meses."

Os outros interromperam animados.

"Vamos retomar o planeta."

"Estamos muito perto!"

"Por *sua* causa!"

O microbiologista deu um passo à frente, desenrolando um documento. "Pronto, James... o que você vinha esperando."

Cole olhou para o papel, desconfiado. "Um perdão absoluto!", gritou a zoóloga.

"Logo, logo você vai estar fora daqui", acrescentou o microbiologista, batendo a mão no ombro de Cole. "Mulheres vão querer te conhecer..."

Gritando, Cole se soltou dele. "Eu não quero suas mulheres! *Eu quero ficar bem!*"

Dois guardas que Cole não tinha visto até agora invadiram o pequeno círculo e o empurraram para a cama.

"É claro que você quer ficar bem, James", afirmou o microbiologista, observando com aprovação os guardas que apertavam as correias em torno dos pulsos de Cole. "E vai ficar... logo."

"VOCÊS NÃO EXISTEM!", gritou Cole. Chutou o microbiologista, fazendo o perdão voar. "*VOCÊS NÃO SÃO REAIS!* HA HA HA! AS PESSOAS NÃO VIAJAM NO TEMPO. VOCÊS NÃO ESTÃO AQUI! EU INVENTEI VOCÊS! VOCÊS NÃO PODEM ME ENGANAR! VOCÊS ESTÃO NA MINHA CABEÇA! EU SOU INSANO, E *VOCÊS SÃO A MINHA INSANIDADE!*"

Risos histéricos encheram a sala enquanto os cientistas se afastavam na direção da porta.

"VOCÊS NÃO PODEM ME ENGANAR!", gritou Cole com a voz esganiçada. "NÃO MAIS!"

"Acho que o sr. Cole está cansado", declarou o microbiologista enfaticamente para um dos guardas. "Acho que talvez a gente precise ajudá-lo a dormir de novo."

Acenando com a cabeça, o guarda ergueu uma seringa e começou a lutar com Cole até conseguir prendê-lo na cama.

"Pronto", murmurou o microbiologista, parado sozinho à porta. "Assim é melhor. Não o culpamos por ficar tão animado, James... perdões não são dados todo dia. Mas, agora, acho que o melhor para você seria descansar... descansar pelo máximo de tempo que puder."

Kathryn deixou o dr. Fletcher encurralado no consultório dele. O chefe da psiquiatria parecia claramente desconfortável em sua cadeira giratória. Ele retirou os óculos matizados, limpou com um lenço de papel, recolocou sobre o nariz, e no momento seguinte realizou o mesmo pequeno ritual de novo.

"Ele não só usou a palavra 'pegadinha', ele disse que o garoto estava escondido no celeiro", assegurou Kathryn intensamente.

Fletcher fez que sim com a cabeça, começou a bater com o lápis na mesa. "Ele te *sequestrou*, Kathryn", declarou ele, quando ela pausou para respirar. "Você o viu assassinar uma pessoa. Você sabia que a possibilidade de ele te matar também era real. Você estava sob estresse emocional."

"Pelo amor de Deus, Owen, *me escute*... ele sabia do garoto em Fresno, e ele diz que cinco bilhões de pessoas vão morrer!"

Fletcher suspirou. Segurou o lápis com as duas mãos, olhando fixamente para ela. Ele tinha visto pacientes assim antes, até um ou outro residente, mas nunca alguém da sua equipe. Certamente não alguém que, até recentemente, ele percebia como uma pessoa tão equilibrada como Kathryn Railly. Após um momento, ele se inclinou para a frente, estendendo as mãos, implorando.

"Kathryn, você *sabe* que não é possível ele saber disso. Você é uma pessoa racional. É uma psiquiatra formada. *Você* sabe a diferença entre o que é real e o que não é."

"E aquilo em que acreditamos é o que é aceito como verdade, não é, Owen?", explodiu Kathryn. "Psiquiatria... é a mais nova religião! E *nós* somos os sacerdotes... nós decidimos o que é certo e o que é errado. *Nós* decidimos quem é louco e quem não é."

Ela se virou e se dirigiu para a porta, parou e lançou um último olhar para Fletcher, sentado à frente de seus diplomas e prêmios e citações reluzindo na parede como muitas pequenas janelas. "Bom, quer saber, Owen?", desafiou ela com a voz baixa e trêmula. "Eu estou com problemas. Estou perdendo a fé."

O dr. Fletcher suspirou de novo quando a porta bateu atrás dela.

Sozinho em seu quarto, Cole se revirava na cama, tentando se livrar das amarras. Qualquer que tivesse sido a droga que deram a ele, já tinha passado o efeito e o deixado se sentindo assassino. Ele conseguia quase trazer um pulso preso para cima da grade da cama, onde uma dobradiça enferrujada se projetava feito um dente afiado. Se ele a alcançasse, talvez pudesse cerrar a cinta ao meio, e então...

"Você fodeu tudo mesmo, Bob!"

Cole ficou rígido. Olhou rapidamente pelo cômodo vazio, os tristes arremedos de arte nas paredes imundas, depois mexeu mais uma vez o braço contra a grade enferrujada da cama.

"Mas eu entendo que você não queira que apontem seus erros pra você" A voz rouca seguiu alegremente. "Me identifico com isso, velho Bob."

Contra a própria vontade, Cole hesitou e olhou ao redor de novo. O cômodo estava vazio.

"Ei, eu sei o que você tá pensando", voltou a voz rouca. "Você acha que eu não existo, a não ser na sua cabeça. Entendo esse ponto de vista. Mas ainda assim você poderia falar comigo, não? Levar uma conversa decente."

Cole arregalou os olhos. "Eu te vi!", gritou ele. "No mundo real! Você arrancou os dentes."

"Por que eu arrancaria meus dentes, Bob?" A voz o refreou. "Eles não gostam disso. É algo que não se faz. E você disse que me viu quando... em 1872?"

A voz falhou quando Cole gritou: "VAI SE FODER!".

"Gritar não vai trazer o que você quer. Você tem que ser esperto pra conseguir o que quer."

"Ah, é?", ironizou Cole, ofegante. "O que eu quero?"

"Você não sabe o que quer? Claro que sabe, Bob. Você sabe o que você quer."

"Me diz", gritou Cole. Ele balançou para trás e para frente na cama de metal. "Me diz o que eu quero."

Silêncio. Então, com um tom sugestivo, a voz respondeu.

"Ver o céu... e o oceano. Estar do lado de cima. Respirar ar puro. Estar com ela. Não é isso? Não é isso que você quer?"

Profundamente abalado, Cole prendeu a respiração por um longo tempo. Quando finalmente falou, mal conseguia escutar as próprias palavras.

"Mais... do que... tudo", sussurrou.

Nessa noite, Kathryn dormiu um sono intermitente, seus sonhos todos de luta e fuga, o horizonte cheio de nuvens queimando e o vulto de um homem musculoso, cabelo raspado e rosto ensanguentado, fugindo por uma paisagem arrasada. Quando o telefone tocou, ela se sentou com uma arfada, despertando de imediato.

"Alô?"

"Dra. Railly? Jim Halperin, DP da Filadélfia. Perdão ligar tão cedo, mas..."

Ela apertou o telefone com ansiedade. "Encontraram ele? Ele está bem?"

Uma pausa breve. Então: "*Pelo contrário,* doutora. Nenhum sinal do seu bom amigo, o sequestrador. Porém, a trama se adensa. Tenho um relatório na minha mesa que diz que a bala que você retirou da coxa do sr. Cole é uma antiguidade, e...".

Halperin parou. O coração de Kathryn começou a bater a uma velocidade perigosa. "... e todas as indicações são de que ela foi atirada em algum momento antes de 1920."

Kathryn se enrijeceu, olhando fixamente para a cama amarrotada.

"Então o que eu estava pensando, dra. Railly, era que tal eu dar um pulo aí e talvez a gente possa comer alguma coisa e talvez você queira revisar ou ampliar o seu depoimento... Alô? Alô? Dra. Railly?"

Kathryn afastou o telefone do rosto, ainda olhando-o horrorizada, depois o recolocou devagar na base. Ficou sentada por um minuto, tentando desacelerar o coração, então se levantou abruptamente e correu para o escritório. Foi até a estante com toda a sua pesquisa para *A Síndrome do Juízo Final* e começou a derrubar as pilhas cuidadosamente arrumadas de papéis e livros, jogando tudo no chão. Finalmente, encontrou o que estava procurando: um envelope de papel pardo abarrotado de fotos antigas. Com as mãos trêmulas, ela foi vasculhando, derramando negativos e fotos 20x25, até seus dedos se fecharem em uma impressão em tom sépia.

"*Não!*"

O silêncio da sala se quebrou quando ela segurou a foto, um instantâneo sem cortes de um homem latino, jovem, sendo carregado na maca pelas trincheiras na França da Primeira Guerra Mundial. Via-se, agachado, no canto da foto, sem capacete, sem máscara de gás, e só um pedaço do ombro à mostra, James Cole.

Na sala de reuniões dos cientistas, Cole encontrou seus mestres: o microbiologista de olhos escondidos, a zoóloga, mesmo agora, encarando-o com pena, as mãos entrelaçadas bem ajeitadas sobre o colo, o circunspeto astrofísico de cabelos grisalhos, mexendo nervosamente no brinco de ouro. Na outra ponta da mesa de reuniões, estavam os outros cientistas, silenciosos e soturnos. Cole estava de pé diante deles, de barba feita, olhos lúcidos, observando sem constrangimento a expressão carrancuda do microbiologista.

"A comida, o céu, certas, hm... tentações sexuais..." O microbiologista batia o lápis contra o dedo. "Você não se viciou, não é, Cole? Nesse mundo moribundo?"

Cole balançou a cabeça. A boca estava seca, já podia sentir o suor escorrendo pelo pescoço, mas a voz estava firme quando respondeu.

"Não, senhor! Só quero fazer a minha parte. Fazer com que a gente volte para cima, *no comando* do planeta. E eu tenho a experiência, sei quem são as pessoas..."

"Ele realmente *é* o mais qualificado", disse a zoóloga em um tom suave.

O microbiologista se reclinou na cadeira vacilante, inclinando a cabeça para os óculos pretos captarem a luz. "Mas todo esse... *comportamento.*"

O astrofísico concordou com a cabeça. "Você disse que não éramos reais, Cole." Ele soou um pouco magoado.

Cole jogou os ombros para trás. "Bom, senhor, eu acho que a mente humana não foi construída pra existir em duas... chame como quiser... dimensões diferentes. É estressante. Vocês mesmos disseram: a pessoa fica confusa. Você não sabe o que é real e o que não é."

Atrás dos óculos escuros, a expressão do microbiologista era inacessível. "Mas agora você sabe o que é real?"

"Sim, senhor."

"Não pode nos enganar, sabe disso. Não daria certo."

"Não, senhor. Quer dizer, sim, entendo isso. Quero ajudar."

Os três cientistas se entreolharam, depois olharam para Cole. Após um momento, o microbiologista se levantou e foi até a parede coberta de fotos desbotadas e recortes de jornal rasgados. No meio disso tudo, um mapa do mundo puído e cheio de marcas de dobras estava preso com tachinhas e fita adesiva.

"Vamos considerar mais uma vez nossas informações atuais", começou ele, usando o lápis como ponteiro para indicar diversos locais no mapa. "Se os sintomas foram detectados pela primeira vez na Filadélfia em 27 de dezembro de 1996, isso nos leva a entender que..." Ele se virou para Cole com uma atitude questionadora.

"Que ele foi solto na Filadélfia, provavelmente em 13 de dezembro de 1996."

O microbiologista se permitiu um aceno de cabeça de aprovação. "E apareceu, em sequência, depois disso em...?"

Cole lançou um olhar rápido para os outros que olhavam fixamente para ele na mesa longa, e respondeu com o tom diligente de um aluno modelo. "São Francisco, New Orleans, Rio de Janeiro, Roma, Kinshasa, Karachi, Bangkok, depois Pequim."

O microbiologista ergueu uma sobrancelha. "O que significa...?"

"Que o vírus foi levado da Filadélfia para São Francisco, depois para New Orleans, Rio de Janeiro, Roma, Kinshasa, Karachi, Bangkok, depois Pequim."

"E o seu único objetivo é...?"

"Descobrir onde o vírus está, para que um cientista qualificado possa viajar para o passado e estudar o vírus original."

"Para que...?"

Cole franziu a testa. "Hm, para que possam desenvolver uma vacina que vai, hm, permitir à humanidade recuperar a superfície da terra."

Murmúrios enquanto os cientistas se viravam uns para os outros, fazendo que sim com a cabeça enquanto avaliavam a performance de Cole. Ele se permitiu um pequeno suspiro de alívio, depois deixou que seus olhos passeassem pela miscelânea de pistas espalhadas pelas paredes: capas de revista, jornais, obituários, gráficos. Entre elas, estava uma foto 20x25 de um grafite em um muro, letras pintadas sem capricho que comunicavam uma mensagem urgente.

ATENÇÃO! A POLÍCIA ESTÁ VIGIANDO!
EXISTE UM VÍRUS? ESTA É A ORIGEM?
5.000.000.000 MORREM?

Seu olhar se demorou na foto, tentando perceber se a reconhecia, quando ouviu uma voz dizendo:

"Cole... sr. Cole..."

Ele se virou e viu o astrofísico grisalho, o rosto circunspeto marcado por um sorriso que se repetia no rosto dos outros cientistas que agora se amontoavam em torno dele.

"Isso foi muito bem realizado, Cole. *Muito* bem realizado."

Diante de uma parede de vidro do seu escritório, Leland Goines andava de um lado para o outro, zangado, o telefone sem fio no ouvido. A parede dava para um vasto laboratório esterilizado onde trabalhadores vestindo trajes brancos com capuz, como astronautas ou fantasmas surreais, se movimentavam às pressas entre cubas de aço inoxidável e freezers, espiando gaiolas e retirando tubos, frascos e bandejas. No escritório atrás dele, seu assistente, um homem de camiseta preta e calça jeans, o cabelo escorrido preso em um rabo de cavalo, folheava ociosamente a última edição da *Lancet*.

"Você tem motivos para acreditar que meu filho pode estar planejando fazer *o quê?*"

Goines esperou impaciente enquanto a mulher do outro lado da linha continuava falando: "Sim, eu *realmente* entendo, dr. Goines, eu *sei* que parece insano, mas..."

Goines fez um gesto de desdém e interrompeu. "Sinto muito, mas não me parece muito profissional, dra. Railly. Na verdade, é perturbador de tão antiprofissional! Eu não sei nada sobre 'exércitos de macacos', doutora. Absolutamente nada. Se meu filho já chegou a se envolver com..."

Ele fez uma pausa, depois continuou, bravo. "Bom, seria duplamente inapropriado discutir questões de segurança com você, dra. Railly, mas se for tranquilizá-la, nem meu filho nem outra pessoa não autorizada tem acesso a quaisquer organismos potencialmente perigosos neste laboratório. Obrigado pela preocupação."

Ele bateu o telefone na base e olhou de cara feia para o assistente do outro lado da sala. Ao ver a expressão de Goines, o homem ruivo jogou a revista de lado e se levantou.

"Dra. *Kathryn* Railly?", perguntou ele em um tom casual.

Goines fez que sim e ergueu as mãos, exasperado. "A psiquiatra que foi sequestrada por aquele homem que invadiu minha casa. Ela parece ter sido acometida de súbito por uma ideia das mais absurdas em relação a Jeffrey."

O assistente revirou os olhos. "Fui a uma palestra dela uma vez. Visões apocalípticas." Ele se espreguiçou e foi até um cabideiro, pegou um jaleco branco com DR. PETERS bordado no bolso. "Ela sucumbiu ao próprio 'Complexo de Cassandra'?"

Mas Leland Goines estava perdido em pensamentos diante da parede de vidro, olhando, abaixo, para os trabalhadores de trajes brancos de laboratório em sua cidade de vidro e aço. "Dada a natureza do nosso trabalho, todo cuidado que tivermos é pouco", concluiu. "Acho que deveríamos revisar nossos procedimentos de segurança, talvez fazer um aperfeiçoamento."

À porta, o dr. Peters parou, concordando obedientemente, e aguardou outras instruções. Como não houve, disse: "Claro. Vou notificar Hudson e Drake imediatamente".

"Obrigado", agradeceu dr. Goines, distraído. Por muito tempo depois que Peters saiu, ele permaneceu onde estava, o rosto impassivo ao observar seu reino abaixo.

Dentro do açougue abandonado de Iacono, cinco ativistas pelos direitos dos animais, nervosos, estavam agachados, imóveis entre caixas de papelão e pilhas de folhetos tombadas. Após alguns minutos, Fale respirou fundo, empurrou uma mexa de cabelo claro da frente do rosto pálido, depois correu até a vitrine da loja. Apertou o olho contra uma fenda entre dois cartazes e espiou o lado de fora.

"Quem é?", sussurrou Bee.

Fale balançou a cabeça, incrédulo. "É aquela mulher do sequestro... a que estava com o cara que amarrou a gente."

"O que ela tá fazendo?"

"Ela tá chamando a atenção pra gente, isso que ela tá fazendo!" Fale olhou bravo para trás. "Não sei o que você tá aprontando dessa vez, Goines, mas vai dar muita merda pra gente!"

Jeffrey Goines bocejou e se recostou, apoiando a cabeça em uma pilha de folhetos de CARNE É ASSASSINATO. "Quanta reclamação! E os walkie-talkies? Nós *tínhamos* walkie-talkies."

Fale e os outros se entreolharam sem entender.

"Quê?", perguntou Jeffrey. "Não *tínhamos?*"

Lá fora, Kathryn Railly batia inutilmente à porta. Mais adiante, na calçada cheia de lixo, alguns desabrigados assistiam, com interesse, ela andar de um lado para o outro, furiosa.

"Eu sei que vocês estão aí dentro!", esbravejou, chacoalhando a maçaneta pela centésima vez. "Eu vi vocês! Eu vi alguém se mexendo!"

"Experimentos secretos!", sussurrou alguém com uma voz rouca.

Kathryn se virou rapidamente, os punhos diante do peito em posição de defesa. Na sua frente estava o mesmo morador de rua que ela vira dias antes.

"É o que eles fazem!", explicou ele em um tom triunfal. "*Coisas estranhas secretas!*"

"Você! Eu conheço você!"

O mendigo passou por ela arrastando os pés, examinando as fotos de animais torturados na fachada do açougue. "Não só neles", disse, pensativo, pondo o dedo sarnento em um dos cartazes. "Faz nas pessoas também... lá nos abrigo. Eu *sei*", acrescentou em um adendo conspiratório. "Dá produto químico pra elas e tira foto delas."

Kathryn fez que sim rapidamente com a cabeça, concordando com ele. "Você viu James Cole? O homem que..."

"Eles tão vigiando você", sussurrou o mendigo. Seus olhos se moveram na direção da rua. "Tirando foto."

Kathryn seguiu o olhar dele. Do outro lado da rua, ao lado de uma lata de lixo transbordando, estava estacionado o familiar Ford velho com o detetive Dalva com a postura caída diante do volante, fingindo ler um jornal."

"A polícia. Eu sei." Kathryn afastou o cabelo dos olhos e deu um passo na direção do morador de rua. "Olha, eu preciso falar com James, mas ele tem que tomar cuidado em como entrar em contato comigo. Ele não pode ser pego. Está me entendendo?"

O homem, de aparência sofrida, a encarou com suspeita através de olhos com bordas vermelhas. "Hm, sim, claro. Quem é James?"

"Ele estava comigo, falou com você", respondeu Kathryn, a voz ficando mais agitada. "Algumas semanas atrás. Ele disse que você era do futuro... vigiando ele."

O homem sugou as bochechas, sobrancelhas erguidas, e começou a se afastar dela. "Hm, acho que não", refutou, nervoso. "Acho que talvez você entendeu errado..."

Nesse instante, dois garotos de cabeça raspada sobre skates viraram a esquina, seguindo pela calçada imunda com latas de spray. Kathryn observou, então sem dizer nada correu na direção deles. O mendigo virou e fugiu.

Na vitrine da sede da Liberdade para os Animais, um olho castanho intenso piscou, depois virou para o outro lado. "Pegaram os alicates?", perguntou Jeffrey, lendo uma lista.

"Vários. Estão na van", respondeu Teddy.

"Ei!" Bee acenou agitada para os outros irem até a vitrine. "Sabem o que ela está fazendo?"

Teddy e Fale correram para a vitrine e espiaram lá fora. A menos de um metro deles, estava Kathryn Railly, pintando a frente da loja com spray.

"O que tá escrito?", perguntou Teddy.

Jeffrey jogou a lista no chão e gritou. "POR QUE VOCÊS NÃO ESQUECEM MINHA MALDITA PSIQUIATRA E FOCAM NA TAREFA QUE TEMOS AGORA! *ISSO* SIM É IMPORTANTE!"

Fale se virou para ele. "*Sua* psiquiatra? Você disse *sua* psiquiatra?"

Jeffrey olhou para ele com uma expressão maléfica e pegou a lista de volta. "*Ex*-psiquiatra! Bom, e as lanternas? Quantas lanternas?"

Fale balançou a cabeça, apontando para a vitrine. "Essa mulher é... foi... sua psiquiatra? E agora ela está pichando o nosso prédio?"

Jeffrey deu de ombros. "Arrume o que fazer, Fale. Achar as porras das lanternas, por exemplo."

Na calçada, Kathryn disparava de um lado para o outro, agitando e balançando a lata de spray enquanto escrevia em letras grandes na fachada obstruída do açougue. Uma pequena multidão de pessoas em situação de rua se aproximava aos poucos por trás dela, o espanto deles espelhado pelo do detetive Dalva em seu velho Ford.

"Que porra é essa", murmurou ele. E pegou a prancheta, rabiscando algo em uma folha de papel sem tirar os olhos de Kathryn por um segundo. "Ela é doida *mesmo.*"

Um bêbado de cabelo branco oscilava ao lado de Kathryn, pronunciando cada letra em voz alta. Os dois moleques que tinham vendido a lata de spray a ela passaram zunindo em seus skates, tirando sarro. Ela não olhava para trás nem por um instante, só continuava, como uma mulher possuída, indiferente à tinta preta espirrando nas roupas e no rosto. E assim não viu o recém-chegado manquitolando em meio ao grupo de curiosos, um homem branco de ombros largos com roupas esfarrapadas e cabelo raspado, apertando os olhos como se a luz tênue do inverno lhe machucasse a vista. Quando estava a cerca de um metro de Kathryn, ele parou, protegendo a vista com as mãos, e a encarou com espanto.

"Kathryn!"

Ela se virou de repente, a multidão se dispersando como os respingos de tinta que espirravam sobre eles.

"James!"

Ele ficou olhando na direção dela, os braços abertos piedosamente. Mas antes que chegasse a ela, Kathryn olhou para trás dele, onde o detetive Dalva observava os dois com interesse renovado.

"James!", sussurrou ela com urgência, apontando o polegar para o carro surrado. "Ele é policial! Finge que não me conhece. Se ele vir você..."

"Não." Cole se virou e olhou diretamente para o carro. "Eu *quero* me entregar! Onde ele está?"

Ele pôs as mãos na cabeça e deu um olhar sério para Kathryn. "Não se preocupe... está tudo ok agora. Eu não estou mais louco! Quer dizer, eu *sou* louco, mentalmente divergente, na verdade, mas agora eu *sei* disso, e eu quero que você me ajude. Eu quero ficar bem."

Kathryn pegou as mãos dele, tentando desesperadamente puxá-las da cabeça, ao mesmo tempo tentando bloquear a visão que o detetive poderia ter de Cole.

"James! Abaixe as mãos e me *escute.* As coisas mudaram!" Ela olhou desesperada para o carro, viu Dalva pegar a prancheta e segurar uma fotografia. Comparou a imagem com Cole parado na calçada, depois pegou o microfone do rádio. Kathryn prendeu um grito, jogou a lata de spray para o lado e segurou Cole, tentando puxá-lo atrás dela.

"James, vem! Temos que sair daqui *já...*"

Mas Cole não se mexeu. O que ele fez foi olhar da lata de spray rolando na calçada para a parede em que Railly escrevera. Letras pretas tremidas cobriam compensado, vidro com fita adesiva e tijolo velho.

ATENÇÃO! A POLÍCIA ESTÁ VIGIANDO!
EXISTE UM VÍRUS? ESTA É A ORIGEM?
5.000.000.000 MORREM?

"Eu... eu já vi isso antes", sussurrou ele.

Kathryn balançou a cabeça. "James, confia em mim. Estamos terrivelmente encrencados. Temos que correr..."

Ela o arrastou pela calçada, passando por vários curiosos perplexos. Os olhos de Cole permaneceram fixos na parede, mas Kathryn seguiu como uma mulher enlouquecida, descabelada, tinta preta espirrada nas roupas. Quando viraram a esquina, o Ford saiu da sua vaga de repente. Fez uma curva em U, quase colidindo com uma van de entregas que passava, com um guincho de freada forte e buzinas altas.

Dentro do açougue, Fale estava atrás de Bee, de cenho franzido. "*O que* está acontecendo agora?", perguntou.

Bee balançou a cabeça, pasma. "Uau. Um cara em um Ford tá seguindo ela e um outro cara que não consigo ver."

De fora, vieram palavrões gritados e mais estrépitos de freios. Saindo da vitrine, Fale levantou as mãos, indignado.

"Ei, tá *tudo bem!*", gritou. "Deve ser só mais um sequestro envolvendo a *psiquiatra* do Jeffrey, perdão, eu quis dizer *ex*-psiquiatra..."

Os outros pararam o que estavam fazendo para olharem para ele, parado agora do meio da sala e apontando para Jeffrey. "Esse é o seu líder", gritou Fale, "um doido de pedra que contou à antiga *psiquiatra* todos os seus planos para sabe Deus que esquemas lunáticos irresponsáveis, e agora sabe-se lá o que ela pintou lá *na nossa parede?*"

Jeffrey foi até Fale e lhe deu um cutucão com o dedo no estômago: "Quem se importa com o que psiquiatras escrevem nas paredes?" Bee e Teddy se afastaram enquanto ele prosseguia. "Você acha que eu contei a ela sobre o Exército dos Doze Macacos? Impossível! Sabe por que, seu falso amigo dos animais, pusilânime e pateticamente ineficaz? Vou te dizer por que... porque quando eu tinha alguma coisa a ver com ela *seis anos atrás*, não havia nada disso... *Eu nem tinha pensado nisso ainda!*"

"Ah, é?", gritou Fale também, triunfante. "Então como é que ela sabe o que está acontecendo?"

Jeffrey jogou a cabeça para trás. Sua raiva de repente desaparecendo e dando lugar a um bom humor arrogante.

"Esta é a minha teoria", narrou ele com um tom condescendente. "Enquanto eu estava institucionalizado, meu cérebro foi estudado de forma exaustiva a pretexto de estudar saúde mental. Me interrogaram, tiraram raios-X, fizeram exames completos. Depois, tudo sobre mim foi colocado em um computador onde criaram um *modelo* da minha *mente.*"

Os outros observavam, hipnotizados, enquanto Jeffrey se engrandecia e fazia gestos empertigados. "*Daí*", continuou, "usando o modelo do computador, geraram todos os pensamentos que eu poderia ter tido nos próximos, digamos, dez anos, os quais eles então filtraram por uma matriz probabilística para determinar tudo que eu ia fazer nesse período."

Ele fez uma pausa, dando um sorriso condescendente para a plateia. "Como podem ver, ela *sabia* que eu ia liderar o Exército dos Doze Macacos nas páginas da história antes mesmo de me *ocorrer* a ideia. Ela sabe tudo que eu *vou* fazer antes mesmo de eu saber. Que tal?"

Ele sorriu presunçoso para um Fale boquiaberto, depois se curvou meticulosamente para catar um folheto extraviado. "Agora tenho que começar", terminou em um tom leve. "Fazer a minha parte. Vocês, chequem todas essas coisas e carreguem a van. Não esqueçam nada", disse ao se retirar, em uma voz monótona, desfilando até a porta dos fundos. "Estou caindo fora."

Fale, Teddy e Bee ficaram olhando-o sair, vendo a porta bater. Quando os passos de Jeffrey finalmente não foram mais ouvidos, Fale se virou para os outros, os olhos arregalados.

"Ele está gravemente louco, vocês sabem disso."

"Oh, dã", disse Bee. Ela lançou um olhar de repulsa para Fale, depois foi atrás de Jeffrey pela porta dos fundos.

A alguns quarteirões adiante, Kathryn Railly e James Cole estavam agachados em um amontoado de lixo, cabeças cobertas com restos de caixas de papelão. Atrás deles, assomava-se um prédio art nouveau que um dia foi lindo, a fachada ornamentada agora golpeada por pichações e janelas estilhaçadas. Na base do prédio, estendiam-se barracos esquálidos de papelão, homens, mulheres e crianças agrupados atrás de pedaços de compensado quebrado ou se aquecendo com uma pequena fogueira.

"Shh!", sussurrou Kathryn para Cole quando ele se moveu de leve por baixo da proteção deles, fazendo uma chuva de vidro esmigalhado cair sobre suas cabeças. A alguns metros dali, o Ford à paisana do detetive Dalva se arrastava pelo beco desolado. Do outro lado do para-brisa, ela podia ver os olhos de Dalva, perscrutando cuidadosamente cada lata de lixo enferrujada, cada rosto suspeito espiando-o de barracos. Após um tempo interminável, o carro saiu da visão, desaparecendo rumo ao próximo quarteirão exaurido da cidade. Arfando, Kathryn saiu engatinhando do lixo, ignorando os residentes dos barracos fazendo cara feia.

"James! Vem..."

Balançando a cabeça em confusão, Cole saiu engatinhando atrás dela. Tirou serragem do cabelo, depois disse: "Eu não estou entendendo o que a gente está fazendo, Kathryn".

Kathryn olhou ao redor, inquieta. "Estamos evitando a polícia até eu poder... falar com você."

Os olhos de Cole se iluminaram. "Quer dizer me tratar? Me curar?"

Quase imediatamente a esperança se esvaiu dele. Ficou olhando para o caminho de onde tinham vindo e disse em voz baixa. "Kathryn... aquelas palavras na parede lá atrás... Eu vi essas palavras antes. Eu... eu sonhei com elas. Quando eu estava doente."

Kathryn parou e ficou olhando para ele. "Eu... eu sei", concluiu ela. Sentiu um calafrio, puxou o casaco, pela primeira vez notando a camisa fina de algodão e a calça desbotada de Cole. Seu tom ficou suave. "James... você deve estar morrendo de frio. Olha..."

Ela olhou ao redor, os olhos indo parar em um hotel pobre e decadente do outro lado da rua. Letras de plástico quebradas diziam: O GLOBO – QUARTOS SEMANAIS, DIÁRIOS.

"Vem", disse ela, levando James pela mão e o guiando até a porta.

Lá dentro, um atendente ancião de mãos trêmulas e um olhar vidrado de abutre os encarou com desconfiança atrás de um balcão de fórmica rachado.

"Trinta e cinco contos a hora", avisou ele, ofegando.

Kathryn olhou para ele sem acreditar. "A *hora?*"

O atendente fez uma carranca. "Se quiser por quinze minutos, vá pra outro lugar."

Nesse momento, uma mulher de aparência atordoada desceu a escada com passos vacilantes, resplandecente com uma peruca de contas, sapatos plataforma e vestido de borracha. James a observou com curiosidade, mas Kathryn virou para o outro lado rapidamente e começou a contar notas.

"Aqui está, vinte, 25, 27." Ela mostrou a última nota de um dólar, olhando com frieza para o atendente. "Por uma hora. Fechado?"

O atendente olhou para as notas com olhos apertados e cautelosos, finalmente recolheu o dinheiro e se virou para pegar a chave.

"Uma hora, 'benzinho'." Ele olhou Kathryn de cima a baixo, notando suas roupas sujas, os pedaços de papel e serragem ainda presos ao cabelo. Ele fez uma careta. "Número 44. Quarto andar. Subindascada, fim do corredor. Elevador tá quebrado."

Quando Kathryn pegou a chave e se virou, Cole se debruçou no balcão de fórmica e sussurrou: "Ela não é 'benzinho'. É médica. Ela é a minha psiquiatra. Entendeu isso?". Cole deu um soco no balcão, depois seguiu Kathryn escada acima.

"Você que sabe o que te dá tesão, Jack", murmurou o atendente quando Cole estava seguramente longe para não ouvir. Ele aguardou até os dois desaparecerem. Depois, fazendo caretas e resmungando consigo mesmo, pegou um telefone surrado e discou um número.

"Tommy? É o Charlie do Globo. Escuta, sabe se Wallace tá com uma garota nova? Meio tipo novata? Um pouco estranha... realiza fantasias..."

Os quatro lances de escada eram estreitos e fétidos, com garrafas vazias de cerveja e bitucas de cigarro espalhadas. No corredor do quarto andar, duas mulheres de aparência cansada, de calcinha e sutiã, dividiam um cigarro e uma dose de alguma coisa cor de rosa. Quando Kathryn chegou ao quarto 44, enfiou a chave na fechadura, sentiu a porta de aglomerado estremecer ao virar a chave. Após um momento, a porta se abriu com um salto, e eles entraram.

O quarto não parecia ser melhor nem pior que os vizinhos: paredes cinza encardidas, com uma filigrana de traças e baratas esmagadas, cama de casal encaroçada, um cinzeiro que não tinha sido esvaziado. A água pingava desconsoladamente da torneira do banheiro e a privada vazava. Cole foi até a cama e se sentou, exausto. Fechou os olhos e começou a se recostar no travesseiro puído, já Kathryn começou de imediato a andar de um lado para o outro, parando de vez em quando para observá-lo com uma fascinação ofegante, como que ainda maravilhada de vê-lo ali.

"Ok, James... a última vez que eu te vi, você estava lá parado, olhando pra lua, estava comendo folhas... e depois?"

Cole pestanejou, esfregou o toco escuro de barba no queixo. "Eu achei... eu achei que estava na prisão de novo."

Kathryn parou, observando-o com olhos estreitos. "Assim do nada? Você estava na prisão?"

A testa de Cole se enrugou. "Não, na verdade não." Ele parecia estar com dor. "É... é na minha mente. Como você disse."

Kathryn balançou a cabeça, furiosa, e começou a andar de novo. "Não! *Você desapareceu!* Em um minuto estava lá, no minuto seguinte não estava mais. Você correu pela mata?"

"Não sei. Eu... eu não me lembro."

Kathryn andou até a parede e olhou por uma janela encardida para o beco abaixo. "O menino no poço." Ela se virou, os olhos claros praticamente incandescentes. "Como você sabia que era só uma pegadinha?"

Cole franziu o cenho. "Era? Eu não... *sabia.*"

"James, você disse que ele estava escondido no celeiro." Kathryn ergueu a voz, exasperada.

Cole mordeu o lábio, franziu o cenho e ficou olhando para o teto, compenetrado. "Acho que eu vi um programa de TV assim quando eu era criança. Onde um menino..."

"*Não era um programa de TV! Era real!*"

Cole se sentou, surpreso. Com suas roupas estragadas, cabelo embaraçado e expressão raivosa, Kathryn Railly parecia definitivamente demente. Ele ficou olhando para ela por um minuto.

"Bom, talvez esse menino tenha visto o mesmo programa e copiado", justificou ele finalmente, devagar e com muito cuidado. Foi para a beira da cama, a voz ficando mais alta com o entusiasmo. "Porque, escuta... você estava certa. Está tudo na minha cabeça. Eu tenho um transtorno mental, eu imagino todas essas coisas. Eu sei que não são reais. Eu consigo enganar elas, fazer elas fazerem o que eu quero..." Ele estalou os dedos, depois fez um gesto de desimportância. "Eu só mudei elas na minha cabeça e voltei aqui. Eu posso melhorar. Posso ficar aqui."

Ele olhou para ela com olhos muito abertos de ansiedade, se esforçando para ficar calmo, para ficar bem. Kathryn o encarou também, ficou parada de repente e pegou a bolsa. Tirou um envelope de papel pardo e entregou uma foto grande a Cole.

"O que isso significa pra você?"

Era uma foto sem cortes de um garoto latino na Primeira Guerra Mundial, em que Cole era uma sombra turva no canto da moldura. Cole ficou olhando desolado. A expressão mudou de esperança para confusão e, por fim, medo genuíno.

"Eu... eu tive um sonho com... com algo assim", concluiu, a voz falhando.

Kathryn pegou a foto de volta, fazendo que sim com a cabeça melancolicamente. "Você tinha uma bala da Primeira Guerra Mundial na perna, James. Como ela foi parar aí?"

Cole começou a balançar a cabeça, primeiro devagar, depois cada vez mais rápido. "Você disse que eu tinha delírios... que eu criei um mundo... você disse que podia explicar tudo."

Kathryn olhou para ele, pálida. "Bom, não posso. Quer dizer, eu estou tentando. Não consigo acreditar que tudo o que nós fazemos ou dizemos já aconteceu, que não podemos mudar o que vai acontecer... que eu sou uma das cinco bilhões de pessoas que vai morrer... em breve."

Cole se levantou, se aproximou dela. Os olhos dele estavam brilhantes de lágrimas quando ele abriu os braços, abarcando o chão arranhado, os lençóis manchados, o quadrado de chumbo da janela com o pedaço de céu cinza, e a própria Kathryn.

"Eu quero estar aqui", sussurrou ele. "Neste tempo. Com você. Eu quero me tornar... me tornar uma pessoa inteira. Eu quero que isto seja o presente. Eu quero que o futuro seja desconhecido."

Ele ergueu o rosto. Ela viu mais desespero do que jamais vira antes, desespero e uma necessidade quase desvairada de ter esperança, de acreditar em algo — de acreditar nela. Kathryn sentiu o coração se entesar dentro dela, o medo como um veneno jorrando pelo seu corpo todo. Sem pensar, ela apertou as mãos em punhos e olhou para o outro lado, qualquer coisa para não ver o rosto dele apelando a ela, implorando para salvá-lo.

O olhar dela parou no telefone.

"James", interpelou ela. Como uma sonâmbula, ela apontou para a mesa de cabeceira. "Você se lembra... seis anos atrás? Você tinha um número de telefone? Você tentou ligar e..."

Cole fez que sim com a cabeça, devagar. "Uma moça atendeu."

"Era o número errado em 1990", completou Kathryn. Ela olhava fixamente para o telefone barato de plástico, como se quisesse fazer com que ele tocasse. "Mas deveria ser o número *certo* agora. Você... você lembra? Do número?"

Bam! Um estrondo de estilhaço, e a porta se abriu. Um vulto indistinto meio caiu, meio se lançou para dentro do quarto — um homem alto de cabelo comprido e calça de couro rachado, os braços magros e musculosos cobertos de tatuagens de cadeia. Ficou parado no meio do quarto, com a respiração ofegante, olhando para Kathryn de cima a baixo com olhos gelados.

"Esse território é *meu,* puta!", avisou ele com expressão de desprezo, indo na direção dela de modo ameaçador.

Confuso, Cole se virou para Kathryn. "Isso é real? Ou é um dos meus delírios?"

Balançando a cabeça, Kathryn se afastou. "Isso é definitivamente real." Ela olhou para Wallace. "Com licença, acho que temos um pequeno mal-entendido aqui..."

O motoqueiro acertou Kathryn no rosto com força. Com um gemido, ela foi arremessada para a parede atrás de si, deslizando para o chão enquanto o motoqueiro girou para encarar Cole.

"Você é o quê... algum machão?" Com um sorriso de dentes à mostra, o motoqueiro ergueu a mão. Nela reluziu uma faca. "Quer bancar o herói? Vai tentar mexer comigo? Vem..."

Cole hesitou, depois levantou as mãos em um gesto apaziguador. Andou para trás, de frente para Wallace, até onde Railly estava encostada na parede. Ela olhava para ele incrédula e atordoada, cautelosamente tocando um olho já roxo e inchado como uma fruta amassada.

"Isso é que é um garoto esperto." O motoqueiro balançou a cabeça positivamente, fazendo um círculo no ar com a faca. Seu sorriso sumiu ao olhar para Railly. "Mas *você*, meu bem... se acha que pode passar por cima de mim e oferecer essa bundinha chique no meu pedaço, pode apostar a tua vida que tá tudo bem entendido até demais."

O homem foi para cima dela, a faca estendida. Kathryn deu um grito e estendeu a mão para Cole. Ele empurrou a mão dela e arrancou a sua bolsa, balançando-a até acertar a cara do motoqueiro. Enquanto o homem cambaleava para trás, Cole agarrou o seu braço e puxou para cima, depois para trás. Houve um som de estiramento, como de roupa pesada rasgando, depois um estalo brusco. O homem gritou, olhando horrorizado para uma borda de osso se projetando do cotovelo. Com um ruído ecoante, a faca caiu no chão.

"James", sussurrou Kathryn, os olhos arregalados.

Cole não disse nada. Em vez disso, pulou para cima do motoqueiro e o prendeu no chão, montando no seu peito, enquanto catava a faca e a apertava contra o pescoço dele.

A expressão de choque de Kathryn se transformou em horror. "James... *não!*"

Cole hesitou.

"Você... ouviu... ela", o motoqueiro arfou, os olhos protuberantes. "Não faz isso, cara."

Estremecendo, Kathryn ficou de pé. Passou a mão trêmula pelo rosto e olhou ao redor, finalmente focando em um nicho de aglomerado com uma porta empenada. Ela olhou para Cole.

"Põe ele no armário", ordenou ela. "Mas pega o dinheiro dele antes."

Cole olhou para ela espantado. "Você quer que eu *roube* ele?"

Kathryn engoliu seco e depois fez que sim. "Eu... eu... nós precisamos de dinheiro, James."

Ela se virou rápido quando uma sombra apareceu na parede. Por um instante, o batente da porta emoldurou um rosto branco flácido, a boca em um O perfeito. Então o rosto desapareceu, e gritos ecoaram no corredor.

"*Eles estão matando ele! Chamem a polícia!*"

Cole se moveu de leve para onde imobilizara o motoqueiro, ajustou a faca para que se aproximasse da jugular do homem. Os olhos do homem se reviravam loucamente. Então, com muito cuidado para não desfazer o equilíbrio cauteloso entre faca e pescoço, seu braço bom se contraiu. Devagar, levou a mão ao bolso e tirou um maço grosso de notas. Kathryn pegou as cédulas e foi rapidamente até a cama.

"Vocês dois são loucos", disse o motoqueiro com a voz rouca. O rosto se contorcendo de dor. "Eu tenho amigos... se vocês me colocarem em um armário, eles vão ficar muito putos."

Com um único movimento, Cole se levantou, segurando a faca com uma atitude ameaçadora e levantando o motoqueiro com um puxão com a outra mão. O motoqueiro deu um grito, apertando o braço mole. Kathryn correu para a janela e olhou para baixo. Uma saída de emergência enferrujada ia dar em um beco entupido de jornais velhos e latas de cerveja.

"James...", começou ela, olhando a tempo de ver Cole desaparecendo pela porta do banheiro com Wallace. Houve um breve *click* quando a porta foi trancada.

"James!", gritou. Ela chacoalhou a maçaneta, desesperada, pôs todo o seu peso contra a porta. "Por favor..."

Ela ouviu a voz feia do motoqueiro, ainda se recusando a implorar a Cole. "Eu tenho amigos, cara... se você me cortar..."

"James! Não machuque ele! *Por favor!*"

"É sério, cara, eles vão... *Puta que pariu!* Que porra que cê tá *fazendo?*

Com lágrimas correndo pelo rosto, Kathryn bateu na porta. De repente, a porta abriu. Ela caiu para trás, se apoiando na parede quando Cole saiu. Na mão, ele segurava firme a faca. O sangue pingava dela em fios lentos, manchava sua mão até o pulso. Kathryn cobriu a boca.

"Meu Deus, James. Você matou ele?"

Ele balançou a cabeça. "Por... por via das dúvidas", respondeu, a voz embargada. Escorreu sangue da boca enquanto falava. "Caso eu *não* seja louco..."

Ele mostrou a mão com dois dentes ensanguentados, do comprimento do seu polegar. No momento seguinte foi que Kathryn percebeu que estava olhando para dois dos seus molares.

"É assim que eles encontram a gente", explicou ele. O sangue manchava o chão abaixo dele. "Pelos nossos dentes."

Ele ergueu o rosto e olhou para ela. E apesar do sangue e da sujeira, dos olhos vermelhos dele, da faca, e todas as outras loucuras, ela o viu como se pela primeira vez. Não um ex-presidiário psicótico que a perseguira por seis anos, mas um homem totalmente diferente, um homem capaz de chorar com a lua nascendo sem parecer patético, alguém que ainda acreditava nas canções antigas que ouvia no rádio, alguém cuja profundidade de sentimentos não era limitada por tempo ou espaço ou mesmo pelas convoluções sutis da mente em si...

Alguém que a amava.

Por um momento longo eles ficaram ali. E, de alguma forma, Kathryn soube que era agora o mais perto que ela chegaria de algo que havia muito tempo perdera a esperança de ter: um quarto de 35 dólares a hora em um hotel, em uma espelunca na área decadente da cidade, um cafetão gemendo de dor no banheiro e um homem sujo de sangue olhando para ela como se ela fosse a Pietà. E, de alguma forma, era suficiente.

Abruptamente, o quarto estremeceu. Do corredor, veio o estrondo de coturnos subindo a escada.

"*Polícia! Joguem as armas pra fora e saiam daí!*"

Cole estendeu a mão para ela em silêncio. Ela segurou a mão dele e o seguiu até a janela, esperou enquanto ele abria com um empurrão e deslizava para fora, puxando-a delicadamente atrás dele para a saída de emergência.

"Ei! É a polícia? Eu sou uma vítima inocente aqui!", gritou o motoqueiro esganiçado de dentro do banheiro. Um policial de uniforme entrou correndo no quarto, agachado, pistola estendida nas duas mãos. Fez uma panorâmica com a arma pelo quarto vazio. "Me tira daqui, porra! Eu fui atacado por uma prostituta cheirada e um dentista maluco!"

Mais policiais entraram de roldão, chutando móveis no caminho até a janela aberta e ficaram olhando para um beco em que o sangue cintilava como pétalas nas pilhas de papel-jornal à deriva.

Compradores das festas de fim de ano se apressaram na direção do meio-fio quando o ônibus municipal se aproximou, se dirigindo à porta com os braços carregados de sacolas de compras chamativas. As portas se abriram com um zunido, expelindo uma multidão de fim de tarde na avenida. No alto, bandeirolas verdes e douradas formavam arcos de um semáforo a outro, brilhando na luz tênue do sol. Luzes brancas reluziam nos galhos sem folhas às primeiras sombras do crepúsculo. Pela avenida, toldos batiam ao vento, e as multidões das festas de fim de ano avançavam, passando diante de vitrines caras: Wanamaker, Bloomingdale's, Neiman Marcus. Havia música, a explosão atrevida e estimulante de uma banda do Exército da Salvação competindo com o tilintar de sinetas tocando *A Dança da Fada Açucarada.*

O ônibus partiu, deixando uma névoa azulada do escapamento. À medida que os compradores dispersavam, Kathryn Railly seguiu furtivamente para o abrigo relativo da calçada lotada. Óculos escuros escondiam seu olho roxo. Atrás dela, Cole apertava um lenço ensanguentado contra a boca. Ele olhava as centenas de pessoas, as vitrines brilhantes e crianças rindo, com a expressão de espanto de um homem acordando de um sonho conturbado.

"Fica com a cabeça baixa e tenta se misturar", sussurrou Kathryn, pegando a mão dele e o puxando para si. "Vamos acompanhar a multidão.

Tem que ter um telefone por aqui... Ali!", disse ela animada, apontando para uma cabine na esquina. "Lá dentro."

Ela o apressou ao passarem por um coral de voluntários do Exército da Salvação de uniforme azul circulando um balde escarlate brilhante. Cole parou e ficou olhando para eles, balançando a cabeça devagar.

"Deus vos guarde com alegria, senhores,
Não deixe que nada vos desanime..."

Kathryn deu um puxão na mão de Cole, mas ele se recusou a arredar pé. A brisa fria trouxe o cheiro de pinheiros e fumaça de lenha, mesclando-se com a música para cutucá-lo com alguma memória tênue quase ao seu alcance. Ele ergueu a cabeça, a música o banhando como chuva, e olhou para cima. O queixo caiu, abrindo sua boca, e os olhos se arregalaram, preso em algum lugar entre o maravilhamento e o terror.

Era o prédio do seu sonho: a estrutura ornamental e caindo aos pedaços que ele encontrara depois de sair do esgoto, a edificação onde ele vira neve e escutara o uivo dos lobos. Enquanto observava, viu a silhueta, no telhado rococó, de uma figura majestosa, de juba dourada, a cabeça jogada para trás, de modo que o sol incendiava sua coroa de pelo.

"James! Escuta..."

Ele levou um susto, virou para ver Kathryn soltando a mão dele. "Eu vou testar aquele número que você tinha. Vamos torcer pra que não seja nada..."

Desorientado, ele a viu se afastar apressada, o cabelo escuro desaparecendo e depois voltando a aparecer quando o fluxo de compradores de Natal passou. Alguns estavam perto a ponto de ser possível ver seus rostos, sorrisos e cumprimentos animadamente genéricos de final de ano congelarem de repente ao notarem o homem atordoado ali parado como um sobrevivente de um acidente de carro. Cole apertou o lenço com mais força contra a boca e se afastou. Alguém o empurrou, e ele caiu contra uma vitrine. Virando-se, ele recuou em terror: a centímetros do seu rosto, um urso se ergueu sobre as patas traseiras, mandíbulas à mostra no rosnado.

"James! James..."

A voz de Kathryn atravessou a música e os risos. Ele balançou a cabeça, viu que o urso era só parte de um mostruário elaborado, incluindo suportes com trens de brinquedo cobertos de neve falsa e uma encosta de montanha com esquiadores liliputianos fazendo slalom em meio à purpurina.

"Está tudo bem, James! Nós estamos insanos! Estamos loucos!"

Rindo, Kathryn correu até ele, pegou a sua mão e o abraço desajeitadamente. Um transeunte lançou um olhar estranho para eles, depois deu de ombros e seguiu apressado. "É uma empresa de limpeza de carpete."

Cole a deixou guiá-lo de volta à calçada cheia de gente. "Uma empresa de limpeza de carpete?"

"Nenhum superior! Nenhum cientista!" Kathryn jogou a cabeça para trás, alegre. "Nenhuma pessoa do futuro. É só uma empresa de limpeza de carpete. É uma secretária eletrônica... você deixa uma mensagem dizendo quando quer que limpem seu carpete."

Cole balançou a cabeça devagar. "Você... você deixou uma mensagem pra eles?"

Kathryn deu um sorriso travesso. Suas bochechas brilharam, vermelhas, ela parecia uma estudante no primeiro dia das férias de inverno.

"Eu não resisti!", continuou, esbaforida. "Fiquei *tão* aliviada. Espera até eles ouvirem uma mulher doida dizendo a eles que... eles deveriam tomar cuidado com o Exército dos Doze Macacos... Eu disse que a Associação pela Liberdade dos Animais..."

Cole olhou horrorizado para o rosto rosado dela. Com uma voz tensa de pavor, ele começou a recitar com ela.

"*A Associação pela Liberdade dos Animais na Segunda Avenida é a sede secreta do Exército dos Doze Macacos. São eles que vão fazer. Não posso fazer nada mais. Tenho que ir agora. Tenha um feliz Natal.*"

Kathryn parou de repente e encarou Cole confusa e incrédula. Ela olhou para trás, para a cabine telefônica a vinte metros dali. "Não... não tinha como você me escutar."

Cole olhou para ela, entorpecido. "Eles receberam a sua mensagem, Kathryn", disse ele. Ele não a via mais, só um círculo de rostos carrancudos, a ponta de uma fita de áudio pulando do carretel. "Eles tocaram pra mim. Era uma gravação ruim... distorcida. Eu não reconheci a sua voz."

A expressão de Kathryn ficou aterrorizada quando ela entendeu o significado daquilo de repente. "Meu Deus", sussurrou.

Da rua atrás deles, uma buzina soou. Abalada, Kathryn se virou e viu um policial de uniforme olhando pela janela de uma viatura, seguindo devagar no trânsito pesado. O policial apertou os olhos na direção de algo, a testa franzindo, e então pegou o rádio.

"Vem." Kathryn puxou Cole e começou a andar com pressa até um toldo vermelho anunciando a entrada da Bloomingdale's. Eles correram para dentro, quase trombando em uma mulher segurando uma bandeja de vidro carregada com frascos de perfume.

"Ei...!"

Kathryn continuou, ignorando os olhares que recebiam de clientes bem-vestidos. Cole a seguiu, o sangue manchando a camisa enquanto ele passava o lenço encharcado na boca. Kathryn parou na frente de uma atendente assustada de suéter GG de caxemira e gravata borboleta.

"Roupas masculinas?", perguntou ela.

A atendente ficou olhando para ela, depois franziu o cenho e apontou para uma escada rolante. "Segundo andar. À direita. Mas... posso ajudar?"

"Não!", gritou Kathryn para trás. Arrastou Cole na direção da escada rolante. Ele cambaleou, se segurando no corrimão enquanto os degraus subiam entre ondas de cabelo de anjo diáfano e guirlandas de festão.

Quando chegaram ao andar de cima, Kathryn foi em frente sem hesitar, até chegarem a um mostruário de manequins masculinos soberbos de cueca de flanela.

"Aqui", informou. Ela começou a andar pelos corredores de camisas, suéteres e calças, parando momentaneamente em uma mesa de promoção para jogar diversas coisas na direção de Cole. Ele pegou as peças atrapalhado, ainda seguindo-a às cegas. A alguns metros, atrás do caixa, um atendente com o aspecto ofendido de um estudante recém-formado em Harvard os observava com uma desconfiança crescente.

Em um mostruário de roupas de férias, Kathryn puxou uma camisa havaiana do cabide, pegou as outras coisas de Cole e seguiu a passos largos para o balcão do caixa.

"... e isso." Ela olhou de relance para o atendente, começou a arriscar um sorriso, mas achou melhor não. Em vez disso, virou-se para Cole. "Mais alguma coisa?"

Mas Cole não estava lá. Estava parado a alguns metros, encarando de olhos enormes e assustados uma imensa árvore de Natal. Ela se assomava acima dos corredores de roupas e consumidores ávidos, galhos carregados de globos de vidro soprado e pássaros translúcidos de cristal, correntes delicadas douradas e verdes, e estrelas carmim. No topo, havia um anjo com o rosto puro e o cabelo de fios de ouro de uma pintura renascentista, seus braços abertos na sombra de asas argênteas. A boca de Cole se abriu enquanto observava o rosto do anjo, vendo com pavor resignado as feições de porcelana desmoronando e caindo feito neve no rosto dele voltado para cima, enquanto pombos no alto batiam as asas ruidosamente na direção do breu do prédio que se desintegrava.

"*James.*"

Cole se virou, ainda sem ver Kathryn, que estava no caixa com as roupas empilhadas no balcão. Com um tom de quem se desculpa, e gesto de incômodo, ela voltou a olhar para o atendente.

"Acho que é só isso mesmo", afirmou ela com falsa animação.

O atendente lhe lançou um sorriso frio. "Pagamento no crédito, senhora?"

"Não." Ela enfiou a mão na bolsa. "Vou pagar com dinheiro." O atendente abriu a boca quando ela começou a tirar notas do maço enorme. "Qual o andar das perucas, por favor?'

O atendente registrou tudo e começou a dobrar cuidadosamente cada peça sobre papel seda.

"Não precisa", disse Kathryn, empurrando as roupas para dentro das sacolas. Ela se virou e saiu correndo para Cole.

"Feliz Natal", o atendente lhe disse, com uma careta. Quando eles começaram a subir outra escada rolante, ele pegou o telefone.

Noite. A lua minguante lançava rastros dourados sobre o gramado seco, marrom, na frente de um armazém, acendendo momentaneamente uma capa de revista rasgada levantada pelo vento. Sombras se reuniam em vitrines vazias cobertas de telas de aço e papelão. No estacionamento, estava uma van branca suja, com traças e baratas grotescamente grandes pintadas e outras coisas que pareciam caranguejos gigantes, as antenas balançando.

BUGMÓVEL

VOCÊ PAGA, A GENTE ESMAGA

Dentro da van, uma luz brilhava enquanto uma lanterna revelava um pequeno círculo de rostos animados. O brilho da lua atravessava a janela, dourava a curva suave da cabeça raspada de Teddy, a cruz egípcia tatuada no seu rosto. Na penumbra, os rostos fantasmagóricos dos outros cinco ativistas pairavam acima de seus torsos vestidos de preto.

"Aí, ele entra em uma viagem incrível de que a psiquiatra dele, tipo, replicou o cérebro dele quando ele tava no hospício. Transformou em um computador."

Teddy riu, adorando o próprio caso inacreditável e se recostou nas cadeiras. Um cinto circulava seus quadris, pesado com chaves de fenda, martelos e um ferro de solda pesado. Os outros estavam carregados com uma parafernália parecida: cortador de cano, sinalizador, equipamento de escalada.

"E o Fale *acreditou* nisso?"

Teddy levantou as mãos. "Ah, você conhece o Fale! Ele é tipo, 'Se vocês forem pegos... e com certeza vão ser... eu nunca vi vocês na vida!'"

Risos para todo lado, interrompidos por uma série de batidas ritmadas e precisas na porta lateral.

"Parou, parou," sussurrou uma das mulheres e abriu a porta rapidamente.

Parado ao luar, estava Jeffrey, com um sorriso gigante. "Bom dia, campistas!" Atrás dele, mais três ativistas saíram da escuridão puxando um saco de lixo preto enorme, se contorcendo.

"Prontooo!"

"Doideira, cara..."

Teddy se inclinou, ajudando a pegar o saco que se retorcia e manobrá-lo para dentro da van. Ele ficou se estremecendo no chão, como uma pupa gigante. Jeffrey e os outros ativistas foram entrando, abrindo caminho à frente.

"Vamos em frente!"

A van ganhou vida com um tremor, saiu balançando do estacionamento, para uma rampa de entrada da rodovia. O saco de lixo continuou a se remexer e gemer enquanto Jeffrey se agachava perto do banco da frente, usando uma lanterna de bolso para traçar uma rota em um mapa da cidade.

"Ok, esse é o estágio um", anunciou ele dramaticamente, fazendo questão de ignorar o saco atrás dele. "No estágio dois, o Macaco Quatro está aqui..."

Teddy e alguns outros observavam o saco convulsivo com um desânimo crescente. "Qual o problema em abrir o saco?", perguntou Teddy assim que eles estavam seguros na rodovia. "Os olhos dele estão fechados com fita, não?"

Jeffrey ergueu a cabeça e deu de ombros animadamente. Jogou o mapa no colo do motorista e se inclinou para trás acima do saco, segurando-o com as duas mãos e abrindo-o com um rasgo. Plástico preto caiu para revelar o vulto amarrado do dr. Leland Goines, a boca e os olhos cobertos com silver tape.

Jeffrey deu um sorriso perverso. "Querem o efeito completo?"

Antes que alguém pudesse responder, ele puxou a fita da boca do pai. O dr. Goines gemeu, a cabeça cega balançando para frente e para trás, depois deu um grito rouco.

"Jeffrey? Eu sei que é você, Jeffrey. Eu reconheço a sua voz."

Jeffrey levou um dedo aos lábios e olhou ao redor, ordenando os outros a fazerem silêncio.

"*Jeffrey?*" O dr. Goines passou a língua pela boca seca. Seu corpo estremeceu com um espasmo de tosse. "Muito bem. Eu sei tudo sobre o seu plano louco. Aquela mulher... sua psiquiatra... me contou."

Jeffrey ergueu as sobrancelhas com surpresa, forçando a chateação a não ficar aparente enquanto o pai prosseguia, o rosto cego sinistro no escuro.

"Eu não acreditei nela... parecia insano demais até pra você. Mas, por via das dúvidas, tomei medidas para me certificar de que você não pudesse fazer isso. Eu não tenho mais o código... não tenho acesso! Eu me retirei do circuito! *Eu não tenho acesso ao vírus!* Então vá em frente... me torture, me mate, faça o que quiser. Eu não vou servir para nada."

Acima do vulto agora parado, os outros ativistas se aproximaram, trocando olhares perplexos, até de medo. Jeffrey se virou para eles, erguendo as mãos em horror fingido.

"*Do circuito?*", gritou ele. "Deu curto-circuito no cientista, e ele saiu do circuito?" Ele riu, alto e incrédulo, enquanto Teddy e os outros iam para o outro lado da van.

A cabeça do dr. Goines girava, seguindo o som da voz de Jeffrey. "Eu nunca me permitiria acreditar nisso", prosseguiu, a voz fina e estridente como a de uma mulher velha. "Quer dizer, eu nunca poderia realmente acreditar... meu próprio filho... mas agora eu sei..."

Ele cuspiu as palavras finais, de modo que até o rosto de Jeffrey se contraiu ao ouvi-lo.

"Jeffrey... *você é completamente insano.*"

Na escuridão à frente deles apareceu uma placa: ZOOLÓGICO DA FILADÉLFIA, PRÓXIMA SAÍDA.

"Cala a boca", disse Jeffrey, chutando o vulto imobilizado do pai. "Cala a boca, cala a boca, cala a boca..."

Os outros se encolheram no canto enquanto Jeffrey reclamava sem parar, a voz se erguendo em um tom perigoso quando a van deu uma guinada abrupta para a saída do zoológico.

Uma música sinistra ocupava o cinema em que mal havia uma dúzia de pessoas sentadas, refugiados do frio ou do agito das festas ou de algo ainda pior. Na tela, vastas sequoias se elevavam ao céu, apequenando dois vultos minúsculos passeando pela floresta.

"Eu conheço esse cara", revelou James Cole, momentaneamente encobrindo a voz de Stewart. Esticou o pescoço quando Kathryn puxou a gola da sua camisa nova. "E ela também."

"Shhhh!", sussurrou alguém atrás dele.

"Este é um corte transversal das árvores antigas que foram cortadas." Stewart passou para a frente da imensa placa de madeira. Ao lado dele, Kim Novak olhava para placas que indicavam a idade da árvore em diversos pontos da sua vida de éons.

NASCIMENTO DE CRISTO
DESCOBERTA DA AMÉRICA
ASSINATURA DA CARTA MAGNA
1066 — BATALHA DE HASTINGS
1930 — ÁRVORE DERRUBADA

Kim Novak apontou, sua voz bastante melancólica. *"Em algum lugar aqui eu nasci. E aqui... eu morro. Só existe um momento pra você. Você não nota."*

"Aqui, James... deixa eu te ajudar."

Kathryn tirou algo da bolsa e começou a passar no lábio superior de Cole. Ele se remexeu como uma criança, tentando ver a tela. "Acho que eu já vi esse filme. Quando eu era pequeno. Passou na TV."

Kathryn franziu o cenho, ainda mexendo no lábio dele. "Sssh... não fala. Fica parado."

"Eu *vi* esse filme, mas não me lembro dessa parte. Engraçado, é como o que está acontecendo com a gente, como o passado." Por um momento, ele ficou parado, olhando absorto para a tela. "O filme nunca muda... não pode mudar... mas toda vez que você vê, ele parece diferente porque *você* está diferente. Você nota coisas diferentes."

Kathryn parou, deixou as mãos caírem no colo. Olhou para o rosto de menino dele, fascinado com o filme. Ela levantou a mão devagar e se deixou encostar no rosto dele.

"Se a gente *não pode* mudar nada", sussurrou, "porque já aconteceu, então a gente deveria pelo menos cheirar as flores."

"Flores?" Cole se virou e olhou para ela, surpreso. "*Que* flores?"

"SHHHH!"

Kathryn olhou de relance para trás com uma expressão de desculpas, depois estendeu a mão para a sacola de compras aos seus pés. "É só um modo de dizer. Toma..."

Ela puxou algo da bolsa e pôs na cabeça de Cole, franzindo a testa ao ajustar. Cole olhou para ela, não mais como uma criança, apenas exausto.

"Por que estamos fazendo isso?"

Kathryn pegou a mão dele nas suas e falou impetuosamente. "Pra podermos pôr a cabeça pra fora da janela e sentirmos o vento e ouvirmos a música. Pra que a gente possa apreciar o que temos enquanto temos." Sua voz falhou, e ela virou para o outro lado. "Me perdoe. Psiquiatras não choram."

O banho de luz da tela do cinema se refletiu nos olhos dela, brilhantes de lágrimas. Cole a observou desconcertado, finalmente balançou a cabeça.

"Mas talvez eu esteja enganado. Talvez *você* esteja enganada. Talvez nós *dois* estejamos loucos."

Kathryn ficou olhando resoluta o assento na frente deles, apertando os joelhos com as mãos. "Em algumas semanas, vai ter começado ou não vai. Se ainda tiver jogos de futebol e engarrafamentos, roubos à mão armada e programas de TV chatos... nós vamos ficar tão felizes que vamos nos entregar à polícia com alegria."

"*Shhhh!*"

Cole se recostou no assento, sussurrando. "Mas onde a gente pode se esconder por algumas semanas?"

Na tela acima deles, Jimmy Stewart e Kim Novak pausaram. O som de ondas ecoava pelo cinema, e o vento jogava o cabelo claro de Novak. Kathryn ergueu seu rosto para o de Cole.

"Você disse que nunca viu o mar."

Ele a tomou nos braços, então, enfiando o rosto no seu cabelo e dizendo o seu nome, repetidas vezes, sem parar, sem notar os protestos sussurrados atrás deles.

"Oh, papai vai levar a gente ao zoológico amanhã
Zoológico amanhã, zoológico amanhã
Papai vai levar a gente ao zoológico amanhã
E podemos ficar lá o dia inteiro..."

Através das árvores iluminadas pelo luar, a voz de Jeffrey Goines pairou, seguida de um coro de sussurros raivosos.

"Meu Deus, Jeffrey, não estraga tudo agora!"

"Cala a boca!"

"Cala a boca *você!*"

Os vultos obscuros pararam sob um carvalho sem folhas, os galhos arranhando o céu. As vozes começaram a se erguer com irritação de novo, quando do escuro veio um som de farfalho, o ronco de uma criatura furiosa e depois a voz queixosa de um homem.

"Onde vocês estão? O que vão fazer comigo? Jeffrey, por favor..."

A voz foi cortada por um rosnado gutural ameaçador. Nas sombras emaranhadas do carvalho, o pequeno grupo de ativistas se aproximou rapidamente.

"Hm... Jeffrey", veio um sussurro urgente. "Você acha que talvez..."

A voz de Jeffrey soou alta, seguida de outro rosnado, mais próximo desta vez. "Eu acho que é melhor a gente cair fora daqui, Dodge", gritou ele e correu na direção da entrada do zoológico quando uma silhueta imensa saiu dos arbustos atrás dele. Os outros viraram e o seguiram, correndo para van.

Ele está na mesma praia em que Jimmy Stewart estivera momentos antes. Não muito longe, ondas arrebentam na praia. Um pássaro solta um lamento no alto. Ele empurra a areia com o pé descalço, franzindo o cenho de leve — qual a sensação da areia? —depois ergue a cabeça. O grito do pássaro fica mais alto, mais ameaçador. Ele vê que o céu está nublado, o sol tapado por um pandemônio súbito de asas, asas farfalhando, e o clangor de metal em metal, gaiolas abrindo enquanto o som de pássaros aumenta para um crescendo estridente. Com um grito, Cole deu um tranco, batendo a cabeça no assento da frente. Gemendo, ele ergueu a cabeça.

Pássaros. Para todo lado, pássaros, e uma mulher loira gritando, agachada em uma pequena sala enquanto bicos guinchavam e asas atacavam seus braços erguidos.

"Kathryn?"

Cole se levantou com dificuldade, olhando ao redor em pânico. O cinema estava vazio.

"*Kathryn!*"

Ele caiu no corredor e correu, mancando, de volta na direção do saguão. Luzes bruxuleantes lançavam um brilho nebuloso no papel de parede aveludado gasto, o vulto inclinado do lanterninha idoso roncando na sua cadeira de veludo, cartazes descolando anunciando Clássicos 24 horas por dia e Festival Hitchcock!!! Não havia mais ninguém ali para ver filmes, só uma mulher loira falando no telefone do saguão. Cole cambaleou até o centro do espaço, olhando ao redor loucamente. Com um estalido abafado, a loira desligou o telefone, se virou e gritou para ele.

"Temos passagens no voo 930 para Key West."

Cole olhou para ela em choque. Kathryn, mas não *Kathryn*, seu cabelo escuro estava escondido sob uma peruca loira, cílios cheios de rímel e boca coberta de batom vermelho vivo. Ela usava bijuterias douradas no pescoço e brincos de argola enormes, saia e blusa floridas justas e sapatos vermelhos de salto alto. Cole balançou a cabeça e deu um passo para trás, ainda olhando em volta como se a verdadeira Kathryn pudesse aparecer de repente. Foi quando ele viu o próprio reflexo em um dos espelhos fumês do saguão: um homem musculoso com uma camisa havaiana chamativa, com um bigode e cabelo loiro como o da mulher. Ele tocou o rosto, confuso, os dedos cautelosamente sentindo os pelos rígidos acima do lábio. Finalmente, ele se virou de volta para Kathryn, envergonhado.

"Eu não te reconheci."

Ela sorriu e andou até ficar ao lado dele. "Bom, você também está muito diferente."

"No meu sonho..." Ele tocou o rosto dela, suavemente, movendo a mão para acariciar sua têmpora "...sempre era você."

Ela o observou, com olhos claros e sérios. "Eu me lembro de você assim", expressou ela, enfim. "Eu senti que já te conhecia. Eu sinto que te conheço desde sempre."

Eles ficaram olhando um para o outro, as vozes reverberantes do filme subindo e descendo em torno deles feito ondas. Então, Kathryn recuou, puxando Cole com ela enquanto desviava do lanterninha adormecido, passando pelo balcão de comidas e bebidas abandonado e pelas fileiras de pilares, até chegarem a uma porta sem identificação que estava entreaberta. Ainda em silêncio, ela puxou a porta e eles entraram. Na penumbra, Cole viu barris de lixo de plástico, vassouras, paredes cobertas de cartazes de filmes antigos.

"James..."

Ela deu um puxão na camisa que vestira nele com tanto cuidado, abrindo-a para poder passar as mãos no peito dele. Ele gemeu e a apertou contra si, inclinou a cabeça dela para trás até encontrar a boca e a beijou, os dois desmoronando para o chão em meio ao emaranhado de detritos de mil tardes escuras e manhãs sem sol. Ela passou para baixo dele, e Cole arrancou as roupas dela, a blusa colorida demais, bijuterias e a peruca dourada, as mãos dele se movendo freneticamente pelo corpo dela como que para encontrar a outra mulher, a que mesmo agora ele temia ter perdido, a que ele lutara a vida toda para encontrar, repetidamente.

Depois, eles dormiram, em um cochilo intermitente entre as pilhas de assentos de cinema antigos. Foi Kathryn quem acordou primeiro, espiando preocupada pela porta do closet e vendo o lanterninha ainda em sono profundo.

"James!", sussurrou. "Temos que ir."

Ele se mexeu, chiando suavemente, mas sentou-se sorrindo ao vê-la.

"Eu estava sonhando", contou ele. "Mas um sonho diferente, desta vez. Você acha que isso significa alguma coisa?"

Ela alisou a frente da saia, depois estendeu a mão para dar uma puxada na peruca de Cole, encarando-o seriamente. "Acho que é melhor a gente sair daqui antes que a Bela Adormecida lá fora acorde."

Eles saíram abaixados do depósito e voltaram ao cinema. Os créditos de abertura de *Um Corpo que Cai* estavam passando de novo. Seguindo às pressas pelo corredor, passaram por outro casal, um menino e uma menina dormindo profundamente nos braços um do outro. Cole olhou para eles saudosamente, depois virou para Kathryn e sorriu.

"Key West, hein? Então eu finalmente vou ver o mar..."

Do lado de fora, a primeira luz débil de uma manhã de inverno vazava pelas laterais dos prédios. Um caminhão de entrega passou, um homem na traseira atirando jornais que atravessavam a calçada e iam parar diante de portas trancadas. De uma lanchonete adiante, vieram os cheiros de café e pães. Cole olhou desejoso nessa direção, mas Kathryn já estava andando a passos largos para a rua, parando um táxi.

"James... aqui..."

Ao volante, uma mulher de uns cinquenta anos, de cabelo branco e jaqueta xadrez os cumprimentou. "Não deixa a moça esperando, bem", falou ela de forma arrastada, com um sotaque carregado anasalado do sul. "Que horas é o voo de vocês, amigos?"

Cole encolheu os ombros e olhou para Kathryn, resplandecentemente loira de novo, de óculos de sol e batom cintilante.

"Nove e meia", confirmou ela, dando um tapinha no joelho de Cole e abrindo um grande sorriso.

O táxi disparou pela rua. "Pode ficar apertado", anunciou a taxista.

Kathryn ficou assustada. "Apertado?" Ela olhou para o pulso. "São 7h30 no meu relógio."

A taxista fez que sim. "Em uma manhã normal, ok, tempo de sobra, mas hoje, tem que considerar o fator Exército dos Doze Macacos."

Kathryn congelou. "*O quê?* O que você disse?"

A motorista olhou de relance para eles. "Doze Macacos, meu bem. Vocês não ligaram o rádio hoje de manhã, né?" Ela acendeu um cigarro, depois continuou.

"Bando de doidos, soltaram todos os animais pra fora do zoológico ontem à noite. Daí trancaram uns cientistas importantes em uma das jaulas. O próprio filho do cientista foi um dos que fez tudo!", disse estridente. Cole e Kathryn ficaram olhando para ela, perplexos. "Agora tem animal pra todo lado! Um monte de zebras na Schuylkill uma hora atrás mais ou menos e um tipo de bicho, tal de 'emo', bloqueou quilômetros de trânsito na Rota 676."

Kathryn se virou para Cole enlouquecida. "Era só isso que eles estavam tramando! Libertar animais!"

Cole começou a fazer que sim com a cabeça, devagar. "Nas paredes... eles estavam falando dos animais quando disseram 'Conseguimos'."

A motorista deu um grande sorriso e ligou o rádio. Com um grito, Cole apontou para fora da janela. Kathryn girou e viu uma autoestrada, o trânsito totalmente parado, helicópteros da polícia e do trânsito sobrevoando. Pelo canteiro central, três girafas trotavam, as cabeças se movendo para cima e para baixo como as de animais de carrossel.

"*... e agora temos um dos muitos ativistas dos direitos dos animais que é crítico do chamado Exército dos Doze Macacos...*"

Uma segunda voz, mais raivosa, soou alto no alto-falante. "*Esses idiotas acreditam mesmo que soltar um animal em um ambiente urbano é ter compaixão com os animais? É irresponsável e cruel, quase tão indefensável quanto manter o animal preso, para início de conversa.*"

Do lado de fora, arranha-céus cintilavam ao sol da manhã. Enquanto Kathryn e Cole observavam, um bando de flamingos saiu de uma moita e se lançou para o céu. A mão de Cole cobriu a dela enquanto ela olhava as aves da cor do sol e sussurrou: "Talvez, vá ficar tudo bem".

Eles seguiram em silêncio pelo resto do caminho. Quando chegaram ao aeroporto, a motorista acenou enquanto Cole e Kathryn saíam do carro.

"Tomem cuidado com os macacos", alertou com o sotaque arrastado.

Kathryn sorriu. "Ah, vamos tomar cuidado."

Os dois entraram às pressas, passando por carregadores e homens de negócios esperando. O terminal estava lotado, o suficiente para que andassem sem serem notados, passando por um balcão de venda de passagens onde um homem barrigudo sem uniforme entregava folhetos para o supervisor do guichê.

"Obrigado, detetive Dalva", agradeceu o supervisor, e analisou as imagens xerocadas.

Dalva se virou para sair. "Fala pro seu pessoal que se virem um dos dois, não é pra tentar apreender. Tem que nos notificar através da segurança do aeroporto." Ele saiu andando rapidamente, desaparecendo na multidão.

Não muito longe, Kathryn parou para consultar um terminal de informação, oscilando um tanto desconfortavelmente nos saltos altos. Ao seu lado, Cole olhava fixamente para o imenso terminal do aeroporto que se estendia para todos os lados, as enormes janelas de observação e grupos de pessoas seguindo com pressa na direção de seus portões de embarque. Do alto, uma voz de mulher soou no sistema de som.

"Voo 531, com destino a Chicago, embarque autorizado no Portão Dezessete..."

Cole balançou a cabeça, chocado. "Eu conheço esse lugar! É o meu sonho!"

Kathryn continuou olhando para a tela do terminal, a testa franzida. "Aeroporto é tudo igual", falou ela laconicamente. "Talvez seja..."

Ela se virou e arfou de susto. "James! Seu bigode... está soltando."

"Não é só o meu sonho", continuou Cole. Não olhou para ela. "Eu estava aqui de verdade! Eu me lembro agora. Meus pais me trouxeram pra encontrar meu tio. Cerca de uma ou duas semanas antes... antes... antes de todo mundo começar a morrer", terminou com um sussurro.

Kathryn se afastou do terminal, olhando ao redor, nervosa. Na outra ponta do saguão, ela avistou dois policiais uniformizados caminhando lado a lado, passando a vista no rosto dos viajantes ao redor.

"Eles podem estar nos procurando, James", disse ela. Abriu a bolsa, tirou um pequeno tubo de cola e entregou a ele. "Toma... usa isso pra consertar o bigode. Você pode fazer isso no banheiro dos homens."

Mas Cole ainda estava olhando para as janelas de observação. "Eu estive aqui quando criança", constatou, a voz desconectada, quase onírica. "Acho que você estava aqui também. Mas estava exatamente como está agora."

Kathryn balançou o braço dele desesperada. "James, se formos identificados, vão mandar a gente pra algum lugar... que *não* vai ser Key West!"

De repente, ele saiu do transe. "Certo! Você está certa... Tenho que consertar." Ele passou a mão no bigode e fez que sim com a cabeça.

"Vou pegar as passagens e te encontro..." Kathryn olhou de relance para o alto da escada rolante, depois para uma pequena galeria de lojas na parte de baixo. "... na loja de presentes."

Cole esperou até ela ir para a escada rolante, observando seus passos de pernas longas e saia justa atraindo os olhares maliciosos de um grupo admirado de meninos com agasalhos de faculdade. Depois foi para o banheiro dos homens.

Ele estava quase lá quando viu os telefones, uma longa fileira de cubículos de vidro e aço rente à parede. Havia viajantes a negócios curvados dentro de todos os nichos, exceto um. Cole hesitou, deu mais um passo, e parou.

Mordeu o lábio, sentiu o bigode cair mais um centímetro. Rapidamente, empurrou de volta para o lugar. Fez que sim para si mesmo, enfiando a mão no bolso, e se apressou para a cabine vazia. Pôs algumas moedas desajeitadamente na abertura, esperou, então discou, escutando a secretária eletrônica ser acionada. Quando a mensagem terminou, ele começou a falar em um tom seco e muito grave, a expressão extraordinariamente intensa.

"Aqui é Cole, James. Ouçam, não sei se estão aí ou não. Talvez vocês só façam limpeza de carpete. Se for isso, vocês têm sorte... vão viver uma vida longa e feliz. *Mas...* se vocês, os outros, existirem e estiverem recebendo essa ligação... esqueçam o Exército dos Doze Macacos. Eles não fizeram aquilo. Foi um engano! Outra pessoa fez. O Exército dos Doze Macacos é só um bando de garotos imbecis se fazendo de revolucionários."

Olhando de relance ao redor nervosamente, ele pegou o executivo no telefone ao lado revirando os olhos. Cole tocou o bigode solto de novo, falando com um sussurro urgente.

"Eu fiz o meu trabalho. Fiz o que vocês queriam. Boa sorte. Eu não vou voltar."

Ele desligou e olhou ao redor de novo, viu algumas pessoas olhando para ele com curiosidade. Baixando a cabeça, ele seguiu rápido para o banheiro.

Lá dentro, Cole ficou com a cabeça baixa na frente da pia. Lavou as mãos metodicamente enquanto esperava outro viajante sair. O sistema de som seguiu com os anúncios de voos, enquanto o outro homem terminava, lançou um olhar perplexo para ele e saiu.

Assim que ele saiu, Cole olhou em volta. Não vendo mais ninguém, retirou o tubo de cola em resina do bolso, esguichou um pouco da gosma sob a ponta solta do bigode e o apertou firme contra o rosto. Se inclinou para perto do espelho, apertando os olhos para se certificar de que ia ficar no lugar dessa vez.

"Tá com problema, Bob?", esganiçou uma voz familiar.

Com uma arfada de susto, Cole girou-se virou, olhando ao redor freneticamente em busca da origem da voz. Nada... até, na parte de baixo de uma das cabines, ele avistar um par de sapatos brogue aparecendo debaixo de uma calça caída.

"Me deixa em paz!", gritou Cole. "Eu fiz um relatório. Eu não tinha que fazer isso."

A voz deu uma risadinha gutural agourenta. "Papo reto, Bob... aqui não é o seu lugar. Não é permitido te deixar ficar."

Cole gritou sua resposta por cima do estrondo gorgolejante da descarga. "Aqui é o presente! Aqui não é o passado. Aqui não é o futuro. Aqui é *agora!*"

A porta da cabine ocupada se abriu. Dela saiu um executivo rechonchudo, os olhos fixos em Cole com desconfiança ao passar para a pia mantendo-se longe dele.

"Eu vou ficar aqui!", gritou Cole. "Você entendeu? *Você não pode me impedir!*"

Mudando de ideia, o homem contornou a pia e partiu direto para a porta. "Você que sabe, chefe!", disse com uma voz aguda, guinchante. "Não tenho nada a ver com isso."

Cole olhou para ele, consternado, depois se virou e olhou por baixo das outras cabines, procurando sinal de vida. Ele teria imaginado a voz? Era o início de mais um de seus pesadelos terríveis? Ele fugiu do banheiro, decidido a somente encontrar Kathryn e não sair mais do seu lado.

De volta ao terminal principal, estava ainda mais lotado do que estava poucos minutos antes. Os anúncios ecoantes de voos continuavam quase sem pausa. Cole olhou em volta, abalado. Mantendo a cabeça baixa, ele foi em direção à escada rolante, na esperança de interceptar Kathryn ali. De repente, alguém agarrou seu ombro por trás.

"Você só pode estar louco, cara!"

Ele tentou se desvencilhar, se virou e viu um jovem porto-riquenho com uma jaqueta dos Raiders, boné de basebol de lado e óculos espelhados.

"Jo... Jose?", gaguejou Cole.

Jose balançou a cabeça seriamente, enquanto as pessoas passavam esbarrando neles. "Arrancar os dentes, cara... isso foi loucura! Toma, pega isso..."

Ele se aproximou mais de Cole, tentando passar uma pistola de 9 mm para a mão dele. Cole o encarou incrédulo e recuou.

"*O quê?* Pra quê? Você está louco?" Ele bateu na mão de Jose, olhando ao redor de relance com uma expressão descontrolada. Frustrado, Jose enfiou a arma de volta debaixo da jaqueta, depois agarrou o braço de Cole com força.

"Eu? Cê tá de brincadeira? É *você* que tá!" Seus olhos cintilavam enquanto ele encarava Cole. "Você foi um herói, cara. Eles te deram o perdão! E você faz o quê? Volta e fode com teus dentes! Uau!" A voz de Jose foi morrendo de admiração e espanto.

"Como você me achou?"

Jose chegou mais perto de Cole, deixando uma nuvem de Hare Krishnas passar flutuando. "A ligação, cara", falou em voz baixa. "A ligação. Eles fizeram a coisa de reconstrução deles com isso."

"A ligação que eu acabei de fazer?", perguntou Cole, incrédulo. "Cinco minutos atrás?"

Jose encolheu os ombros. "Ei, cinco minutos atrás, trinta anos atrás! Eles juntam as peças."

Ele fez um tom mais grave, imitando a voz de Cole. "'Aqui é Cole, James. Ouçam, não sei se estão aí ou não. Talvez vocês só façam limpeza de carpete.' Ha ha." Jose cutucou Cole com o cotovelo, balançando a cabeça, pesaroso. "Limpeza de carpete? De onde cê tirou isso? 'Esqueçam o Exército dos Doze Macacos.' Se eles pudessem ter recebido tua mensagem antes..."

A voz de Jose foi sumindo. Ele olhou para Cole, seu rosto dividido entre a raiva e certa melancolia, e mais uma vez apertou a pistola contra a mão dele. "Toma... pega, cara! Você *ainda* pode ser um herói se cooperar!"

Cole o empurrou e meio andou, meio correu para a escada rolante. Pisou no primeiro degrau, segurando-se firme no corrimão enquanto a escada descia, tentando ignorar Jose.

"Vamos, Cole, não seja babaca", implorou. Cole olhava fixamente adiante, paralisado, tentando fazer o coração desacelerar. Por um longo momento, ambos ficaram em silêncio. Então:

"Olha, eu tenho ordens, cara!", soltou Jose. "Sabe o que eu tenho que fazer se você não colaborar? Eu tenho que atirar na moça! Cê entendeu? Eles disseram: 'Se Cole não obedecer desta vez, Garcia, você tem que atirar na namorada dele!'."

Perplexo, Cole se virou para encarar o amigo.

"Eu não tenho escolha, cara", insistiu Jose. "Essas são as minhas ordens. Só aceita, ok?"

Cole balançou a cabeça, a boca aberta para falar, mas nenhuma palavra veio. Ele se virou para o outro lado, olhando hipnoticamente para a escada que subia ao lado deles — e viu ali o microbiologista, o rosto escondido por óculos pretos quadrados, o corpo esguio com um terno sóbrio. Enquanto Cole olhava, ele ergueu os óculos e o encarou de modo implacável com olhos estreitos da cor de gelo sujo, sendo carregado pela escada. Muito lentamente, Cole se voltou para Jose no degrau atrás dele.

"Essa parte não tem a ver com o vírus, tem?" Seu rosto não transpareceu nada quando Jose passou a arma para a sua mão.

"Ei, cara..."

"Tem a ver com obedecer, com fazer o que mandam." A escada chegou ao piso inferior, e Cole saiu.

"Eles te deram um perdão, cara", gritou Jose para ele, suplicante. "Cê queria o quê?"

Cole não disse nada. Enfiou a pistola no bolso da calça e começou a andar cegamente na direção da loja de presentes, Jose correndo para acompanhar.

No balcão de passagens, Kathryn estava na fila, os olhos indecifráveis atrás dos óculos escuros, a boca tensa em um sorriso que mais parecia uma careta retorcida. Na sua frente, um grupo de turistas que viajava junto finalmente terminou seus procedimentos e se afastou. Kathryn se aproximou do balcão, tentando parecer alguém no início das melhores férias da sua vida.

"Judy Simmons", disse alegremente. "Tenho reservas para Key West".

A atendente lhe lançou um sorriso automático e digitou números em um computador. "Aqui está", anunciou ela quando a impressora começou a cuspir as passagens. "E como será feito o pagamento?"

O estômago de Kathryn deu um nó, sua boca estava dolorida de sorrir. "Assim!", disse animadamente, puxando um maço de notas da carteira.

A atendente riu. "Uuuuh... não vemos muitos pagamentos *assim.* Digo, em dinheiro."

Kathryn fez uma carinha engraçada. "É uma longa história."

A agente contou as notas, deu um último toque no teclado e entregou as passagens. "O embarque começa em cerca de vinte minutos", avisou ela sorrindo. "Tenha um bom voo, srta. Simmons."

Kathryn foi embora, rápido demais, esperando que a agente não notasse suas mãos trêmulas, e imediatamente deixou as passagens caírem. A mulher atrás dela na fila foi passando enquanto ela tentava catar tudo freneticamente. Sem ar, Kathryn se levantou, equilibrando-se no salto alto e rezando para que a peruca não tivesse escorregado. Olhou de relance para a fila para checar se alguém tinha notado, mas todos estavam alinhados como antes, os rostos variando de impaciência a indiferença ao empurrarem as malas aos poucos pelo chão. Ela foi saindo às pressas e quase tropeçou em algo; quando olhou para baixo, viu que seu salto estava preso na alça de uma bolsa esportiva volumosa do Chicago Bulls.

"Ai! Me desculpe, com licença...", exprimiu ofegante, erguendo o pé e se retirando. A bolsa ficou onde estava, encostada em uma perna com uma calça larga xadrez incrivelmente brega. O dono sequer olhou para ela.

"Com *licença*." Outra agente passou pelo espaço apertado enquanto Kathryn tentava se afastar da fila, se atentando para não tropeçar na bolsa de novo.

Mas a bolsa não estava mais lá. Kathryn lançou um rápido olhar nervoso para o balcão, preocupada de que o homem a tivesse notado. Mas só viu aquela calça inacreditável, e cabelo ralo, ruivo, preso em um rabo de cavalo que formava um ponto de interrogação frouxo nas costas da camisa colorida do homem. Sua bolsa do Chicago Bulls foi empurrada contra o balcão na frente dele.

"Nossa!" A agente ergueu uma pilha de passagens espessa e passou a vista por elas com admiração. "São Francisco, New Orleans, Rio de Janeiro, Kinshasa, Karachi, Bangkok, Pequim! Uma viagem e tanto, senhor... tudo em uma semana!"

O homem encolheu os ombros. "Negócios."

A agente deslizou a sacola pelo balcão. "Boa viagem, senhor." Quando o homem se virou, Kathryn desviou o olhar de novo e seguiu na direção da loja de presentes, seus saltos marcando o chão a cada batida.

A loja estava lotada. Kathryn procurou entre os rostos. Nada de Cole. Ela olhou para o relógio, fechou os olhos e respirou fundo.

Não vai acontecer nada. Nada vai dar errado. Você vai encontrar ele e subir nesse avião, e antes de anoitecer vocês vão brindar o pôr do sol na praia.

Ela abriu os olhos, reconfigurou o rosto com um sorriso e se dirigiu para a seção de viagem. Pegou um livro sobre Key West. Depois conseguiu chegar às revistas.

"Voo 272 com destino a Houston, embarque iniciado no Portão..."

Mais uma vez, ela checou a hora, ansiosa.

Cadê ele?

Ela mordeu o lábio, sentido a textura lisa pouco familiar do batom, depois foi para o caixa. Olhou para baixo, esticando o pescoço para ler as pilhas de jornais, não vendo, assim, o homem de rabo de cavalo na sua frente na fila, segurando a última *Sports Illustrated*. Em vez disso, ela se aproximou um pouco dos jornais, franzindo o cenho ao ler a manchete que gritava:

ANIMAIS LIBERTADOS!
IMPORTANTE CIENTISTA ENCONTRADO
PRESO NA JAULA DO GORILA

Abaixo do subtítulo, havia duas fotos. Uma mostrava o dr. Leland Goines, o rosto cinza e exausto, sendo ajudado a sair de uma jaula por alguns policiais. A outra foto mostrava um Jeffrey Goines triunfante, dando um sorriso maníaco ao levantar as mãos algemadas — uma fazendo o V de vitória, a outra mostrando o dedo do meio para o fotógrafo.

"Com licença..."

Ela levou um susto quando um homem a empurrou com o cotovelo, a bolsa dele batendo na sua perna. Ao olhar para cima, ela franziu a testa.

Era o homem de rabo de cavalo com a sacola do Chicago Bulls e a calça horrorosa, o mesmo homem que ela vira minutos antes no balcão de reservas. Mas agora pela primeira vez ela pôde ver seu rosto, pálido e um tanto furtivo, tufos de cabelo vermelho claro grudados na testa.

Eu já o vi antes, onde foi que eu vi...?

"Próximo!", chamou o homem do caixa. Kathryn se virou para o balcão enquanto ele registrava suas revistas.

"Deu $6,98."

Ela pagou. Então, ainda incomodada, olhou para trás a tempo de ver a silhueta do rosto do homem de rabo de cavalo quando ele parou para dar uma rápida olhada em um jornal.

Ela ofegou quando lhe veio a memória: a sala lotada em Breitrose Hall, o homem ruivo, esguio, se aproximando da mesa com uma atitude provocativa, o crachá com o nome rabiscado, DR. PETERS, anunciando com um tom presunçoso:

"Não é óbvio que o 'Chicken Little' representa a visão sã, e que o lema do Homo sapiens, 'Vamos fazer compras!' é o grito do verdadeiro lunático?"

Por um minuto inteiro, ela ficou parada ali, chocada demais para se mexer ou fazer qualquer coisa além de ficar vendo o homem de rabo de cavalo sair perambulando.

"Ô, moça... pode chegar um pouco pra lá?"

Fazendo que sim com um meneio fraco da cabeça, Kathryn deu um passo para o lado, e um entregador largou um pacote de jornais sobre a pilha ao lado dela. Quando ele saiu, ela baixou a cabeça e leu:

TERRORISTAS CRIAM CAOS

As fotos abaixo da manchete mostravam um rinoceronte parado orgulhosamente no meio do engarrafamento. Havia outras duas fotos ao lado. Uma mostrava o dr. Goines em uma jaula de gorilas. A outra era uma foto de arquivo dele no seu laboratório, ao lado de outro homem, o avental branco cobrindo a maior parte da camiseta preta, o cabelo claro puxado para trás em um rabo de cavalo. Enquanto Kathryn olhava, sem entender a princípio, o rosto do assistente de Goines se tornou claro para ela.

Era o homem da palestra dela. O homem na fila do balcão de reservas.

O homem de rabo de cavalo com a bolsa do Chicago Bulls.

"Ah, meu Deus!", gritou, procurando-o desesperadamente.

Mas o dr. Peters tinha sumido.

"... Voo 784 com destino a São Francisco, embarque autorizado no Portão 38."

No terminal principal, Cole se dirigia às pressas para a loja de presentes, a boca tensa enquanto Jose tentava acompanhá-lo.

"Em quem eu tenho que atirar?", perguntou, mas nesse instante Kathryn veio correndo, segurando a bolsa e uma pilha de revistas.

"James! O assistente do Dr. Goines!", exclamou ela sem fôlego. "Ele é um... um maluco do apocalipse! Acho que ele está envolvido." Ela apontou freneticamente para um corredor onde uma fila de detectores de metal era cercada por viajantes e seguranças de uniforme azul. "O próximo voo para São Francisco sai do Portão 38. Se ele estiver lá, tenho *certeza* de que ele é parte disso!"

Cole olhou para o rosto tenso de Kathryn, depois para onde Jose estava andando para trás, se misturando com a multidão. Ele teve um último vislumbre dos olhos de Jose enquanto ele apontava para Kathryn e fazia que sim com a cabeça devagar e com uma gravidade imensurável. Depois se foi. De modo abrupto, Cole foi arrancado dali, quando Kathryn o puxou em direção ao local de inspeção de bagagens.

"Talvez a gente consiga parar ele", disse ela, a voz fraca e instável. "Talvez a gente realmente possa fazer alguma coisa..."

Cole a observou, concordando, os olhos ardendo com as lágrimas enquanto ele tentava trazer tudo para o foco uma última vez: a mulher loira, seus olhos pálidos momentaneamente revelados quando ela puxou os óculos escuros para o lado e encarou o portão de segurança, desvairada, o aeroporto movimentado com a primeira onda de viajantes do final de ano, as janelas de observação onde uma fileira de silhuetas escuras assistia à trajetória enganosamente calma dos jatos pelo céu azul.

"Eu te amo, Kathryn", sussurrou. "Lembre-se disso..."

Ela não olhou para ele, ou sequer pareceu ter ouvido, enquanto o puxava atrás dela na direção do portão.

Eles entraram na fila. Cole se movia como sonâmbulo, a fala monótona e sem fim dos anúncios de portões ecoando em contraponto com o pulso do seu coração. Ao seu lado, Kathryn se remexia, mas ele assistia entorpecido aos viajantes andando até o arco rigoroso para colocar bagagem e livros de bolso e câmeras e bichos de pelúcia e esquis e todos os outros detritos de um dia comum sobre a esteira. Quando eles se aproximavam do início da fila, ele viu um garoto pequeno disparar na frente dos pais, lançando um grande sorriso para eles ao atravessar orgulhoso o arco magnético. No bolso, a mão de Cole apertou a coronha da pistola enquanto ele via seu eu de seis anos de idade sair do campo de visão, seguindo para um futuro que ele nunca poderia ter imaginado.

"*... bolsas viradas pra baixo, por favor. Pra baixo...*"

Ao lado de Cole, Kathryn ficou na ponta dos pés, ansiosa, tentando e não conseguindo ver além do grupo de viajantes na frente deles.

"Ai, Deus, não temos tempo pra isso", constatou ela.

Onde a multidão estava mais densa a alguns metros dali, um segurança do aeroporto e um detetive da polícia pançudo estavam de costas para as pessoas, examinando com atenção os passageiros, que iam se abaixando para pegar suas coisas de volta.

"*... Viradas pra baixo, por favor. Pra baixo...*"

Um homem largou uma sacola do Chicago Bulls na esteira e passou ligeiro pelo arco. Quando a sacola passava pela máquina de raio X, o segurança da empresa aérea que olhava para o monitor franziu o cenho.

"Com licença, senhor. Se importa de me deixar dar uma olhada no conteúdo da sua bolsa?"

Do outro lado do arco, o dr. Peters parou, erguendo as sobrancelhas levemente surpreso.

"Eu? Ah, sim, claro. Minhas amostras. Tenho a documentação apropriada."

Ele chegou para o lado, dando um olhar apaziguador para a fila subitamente parada atrás dele. O segurança gesticulou para ele se aproximar da mesa. Dr. Peters tirou as coisas da bolsa, enfileirando seis cilindros de metal, além de uma muda de roupa e um walkman.

"Amostras biológicas", explicou ele com um sorriso pesaroso. "Tenho a documentação bem aqui..."

Ele mostrou um maço de papéis com aparência de documento oficial. Enquanto isso, o segurança examinou um dos tubos, revirando-o nas mãos e estreitando os olhos, intrigado. Finalmente, ele solicitou: "Vou ter que pedir para o senhor abrir".

"Abrir?" O dr. Peters pestanejou estupidamente. "Ah! Bom, claro..."

Ele pegou o cilindro de metal e começou a desatarraxar. Atrás deles, veio o som de vozes altas. O dr. Peters não deu atenção, mas o segurança virou para trás, de cara feia.

Uma mulher havia saído da fila e gesticulava agitadamente para um outro guarda. Uma mulher loira, de pernas longas, usando roupas chamativas e bijuterias que mesmo daquela distância pareciam falsas. O segurança olhou para onde o detetive Dalva e o detetive do aeroporto observavam a comoção com interesse, depois voltou à sua inspeção.

"Pronto! Viu?" Com um floreio, o dr. Peters tirou um tubo de vidro do cilindro de metal e o mostrou na luz. "Biológico! Cheque a documentação... está tudo correto. Tenho autorização."

O segurança ficou olhando para o tubo de vidro lacrado. "Está vazio!"

O dr. Peters fez que sim com a cabeça com uma expressão maliciosa. "Bom, sim, certamente, *parece* vazio! Mas lhe garanto, não está."

Da fila, veio o eco de vozes raivosas. Mais uma vez, o segurança olhou para trás.

"Por favor, me ouça", suplicou Kathryn, ainda discutindo com o outro guarda. "É muito urgente!"

O segurança balançou a cabeça, paciente. "A senhora vai ter que aguardar na fila."

"Estamos todos com pressa, moça!", gritou um executivo aflito. "O que você tem de tão especial?"

Dando de ombros, o segurança virou o rosto. "Fim de ano. As pessoas ficam enlouquecidas, sabe?"

O dr. Peters sorriu benevolente, retirando o tubo de vidro dos cinco cilindros restantes enquanto o segurança examinava seus documentos.

"Viu!" O dr. Peters fez um gesto para a fileira alinhada de frascos de cristal. "Também invisíveis a olho nu!" De repente, ele abriu um grande sorriso e pegou um dos tubos de vidro. Inclinando-se na direção do segurança, abriu-o e balançou sob o nariz do homem. "Veja!" Deu uma risadinha. "Nem sequer tem odor."

O segurança ergueu a cabeça do maço de documentos, olhou de relance para o frasco aparentemente vazio e sorriu.

"Isso não é necessário, senhor." Devolveu os papéis. "Aqui está. Obrigado pela cooperação. Tenha um bom voo."

Apressadamente, o dr. Peters catou todos os seus tubos e frascos, enfiando-os na sacola de ginástica. Olhou rapidamente para onde a mesma mulher loira se enfurecia com o agora irado segurança.

"Quem você está chamando de imbecil, moça?"

De repente, de trás da mulher, apareceu um homem loiro: musculoso, usando uma camisa havaiana espalhafatosa. "Tira as mãos dela!", disse com uma voz fria.

O segurança se afastou de Kathryn, enrijecendo-se e olhando para trás, pedindo reforço. Ao lado do detector de metais, o detetive Dalva e o detetive do aeroporto estavam de braços cruzados, assistindo compenetrados à balbúrdia. De repente, o detetive Dalva franziu o cenho.

"James...", sussurrou Kathryn, passando a mão no braço dele.

Instintivamente, Cole levou a mão ao bigode, sentiu seu toque macio baixo demais no lábio superior. Por um instante, seus olhos se ligaram aos do detetive, então Cole olhou para o outro lado. Do outro lado do arco de metal, o dr. Peters apanhou a sacola e saiu às pressas.

"*Espera! Só um momento...*"

O dr. Peters congelou, o rosto ficou branco. Virou-se, devagar, e viu o segurança se aproximando, acenando com uma cueca samba-canção.

"Senhor! Esqueceu essa..."

O dr. Peters pegou a peça rápido, enfiou na bolsa enquanto seguia a passos largos pelo corredor com janelas que ia dar nos portões.

"Eu disse tira as mãos dela", repetiu Cole em um tom duro. Na frente dele, o segurança não redou pé, um tanto instável. "Ela não é uma criminosa. É médica... psiquiatra."

Kathryn lançou um olhar alarmado para ele, virando-se ao ouvir um alvoroço de passos. A alguns metros, reconheceu a figura corpulenta do detetive Dalva, várias fotos firmes na mão. Atrás dele, o detetive do aeroporto segurava um walkie-talkie. Desesperada, ela se voltou para Cole e avistou o dr. Peters saindo às pressas do campo de visão.

"Ele está ali!", gritou, apontando para o corredor. "Aquele homem está carregando um vírus mortal! Parem ele!"

Cole se virou. Viu o homem de rabo de cavalo correndo pelo saguão, olhando para trás com o rosto esquelético, assustado. Um homem de rabo de cavalo e calça larga xadrez.

O homem do seu sonho.

"POR FAVOR, ALGUÉM... PARE ELE!" A voz de Kathryn virou um grito agudo enquanto o detetive Dalva correu até o seu lado.

"Polícia", disse ele arfando, mostrando o distintivo. "Poderia vir até aqui, por favor?"

Antes que ela pudesse se mover, Cole pulou em cima dele, fazendo-o perder o equilíbrio, depois correu a toda velocidade na direção do arco e para atravessá-lo. Com um uivo ensurdecedor, o alarme disparou. As pessoas murmuraram, depois gritaram quando o segurança do aeroporto correu atrás dele. Sem olhar para o lado, Cole o socou, fazendo-o desabar no chão. No corredor, cinquenta metros adiante, o dr. Peters, com sua cara cinzenta, olhou para trás e viu James Cole arrancar a pistola do bolso. No chão, o segurança estatelado gritou, horrorizado.

"*Ele está armado!*"

Ofegante, Cole correu mais rápido pelo corredor. Atrás dele, um segundo segurança parou com as pernas afastadas, sua arma em mira.

"Pare ou eu atiro!"

Cole continuou correndo, sem notar os viajantes aterrorizados gritando e se jogando atrás de qualquer proteção, sem notar o menino parado diante da janela de observação entre os pais, assistindo com fascinação pura um 737 aterrissar na pista.

Mais um grito. Com a testa franzida, o menino se virou, e foi jogado para trás quando um homem de rabo de cavalo esbarrou nele.

"*Cuidado!*", gritou o homem.

O menino ficou olhando de olhos arregalados o homem apertar uma sacola de ginástica do Chicago Bulls contra o peito, dando uma pirueta tosca enquanto corria. Um instante depois, um segundo homem apareceu: loiro, de olhar desvairado, bigode caído de modo ridículo sobre o lábio, e balançando uma pistola. Atrás dele, se lançava um homem uniformizado também com uma arma, mirando no homem loiro e seguindo pela passagem lotada.

"NÃÃÃÃÃO!"

Como em um sonho, o menino se virou, devagar. Pelo corredor, vinha em disparada uma mulher loira, seus saltos altos quase a fazendo tropeçar enquanto cambaleava adiante desesperadamente, a boca aberta pela angústia. Houve um *crack!*— mil ecos estrondosos no corredor sem fim. Poucos metros à frente do menino, o homem loiro estremeceu, cambaleou um pouco para a frente e depois caiu — caindo, caindo...

"Meu Deus! Atiraram naquele homem!"

A voz da mãe dele, a mão dela apertando seu ombro. O menino ficou olhando, hipnotizado a mulher loira apressar-se até o homem caído e se ajoelhar ao lado dele. Pela estampa tropical espalhafatosa, pétalas carmim brotaram e mancharam as mãos da mulher quando ela se inclinou sobre ele. Tão lentamente que nem parecia se mover, o homem loiro ergueu a mão. Com ternura, ele deslizou a palma pelo rosto dela, tocou suas lágrimas enquanto ela ofegava e balançava a cabeça.

"Vamos, filho." O pai o puxou para fora dali, suave, mas insistente, enquanto os paramédicos do aeroporto correram e empurraram a mulher para o lado, tentando freneticamente salvar o homem. "Isso não é lugar pra gente."

Enquanto o pai o levava embora, ele olhou para trás. Os paramédicos se entreolharam, encolhendo os ombros, impotentes. Seu pai o puxou bruscamente para um canto. A mão da mãe se aninhou em seu cabelo, e ele pôde ouvi-la murmurando, mais para si mesma do que para ele: "Está tudo bem, não se preocupe, vai ficar tudo bem...".

Mas então e sempre, e para todo o sempre, ele sabia que ela estava mentindo — nada jamais ficaria bem de novo. Mesmo ali, ele sabia que tinha visto um homem morrer.

Ele foi devagar, não querendo virar pelo corredor, e olhou para trás. Ao lado do homem morto, a mulher loira se levantou com dificuldade, o rosto marcado de lágrimas. Rapidamente, ela se virou e começou a sondar a multidão de observadores, buscando alguma coisa desesperadamente. Dois homens de uniforme se aproximaram dela, disseram algo. A mulher respondeu, seus olhos ainda perscrutando o saguão. Ela olhava ao redor, distraída e sem oferecer resistência, quando os detetives a algemaram. De repente, ela congelou.

E encarou diretamente o menino.

Ele ficou olhando para ela, mudo, perplexo diante da sua expressão: amor, mas não o que ele tinha visto nos olhos dos pais. Em vez disso, os olhos dela continham uma coisa selvagem, ingovernável, que, mesmo enquanto ele a encarava de volta, ele viu ser domada, acalmada, até resignada, como se, ao olhar para ele, ela tivesse de alguma forma encontrado alguma paz que vinha buscando freneticamente.

"Anda, filho."

Com um último olhar demorado para ela, o menino foi embora. Seus olhos se encheram de lágrimas, e ele começou a chorar, em silêncio, enquanto sua mãe bagunçava seu cabelo e murmurava:

"Finge que foi só um sonho ruim, Jimmy".

Na entrada do Portão 38, os últimos passageiros embarcaram no Voo 784 para São Francisco. Na cabine da primeira classe, o dr. Peters pôs a sacola do Chicago Bulls no compartimento superior, depois fechou a porta e, com um suspiro ruidoso, desabou no assento.

"É obscena, toda essa violência, toda essa maluquice!" O passageiro ao seu lado exclamou. "Tiros em aeroporto agora. Poderíamos dizer que *nós* somos a próxima espécie ameaçada de extinção!"

Sorrindo afavelmente, o dr. Peters concordou. "Acho que o senhor está certo. Acho que o senhor acertou na mosca."

Ao lado dele, um senhor cortês de cabelos grisalhos, terno e um brinco de ouro ofereceu a mão amigavelmente.

Outrora, James Cole o teria reconhecido como o astrofísico do futuro. Mas *esse* James Cole estava morto.

"Jones é o meu nome", ele se apresentou. Houve um lampejo de dentes muito brancos quando ele sorriu. "Sou da área de seguros."

Momentos depois, no estacionamento do aeroporto, um menino pequeno parou para ver um 747 subir ao céu azul claro, cada vez mais alto, até sumir como uma lágrima empurrada pelo piscar do olho.

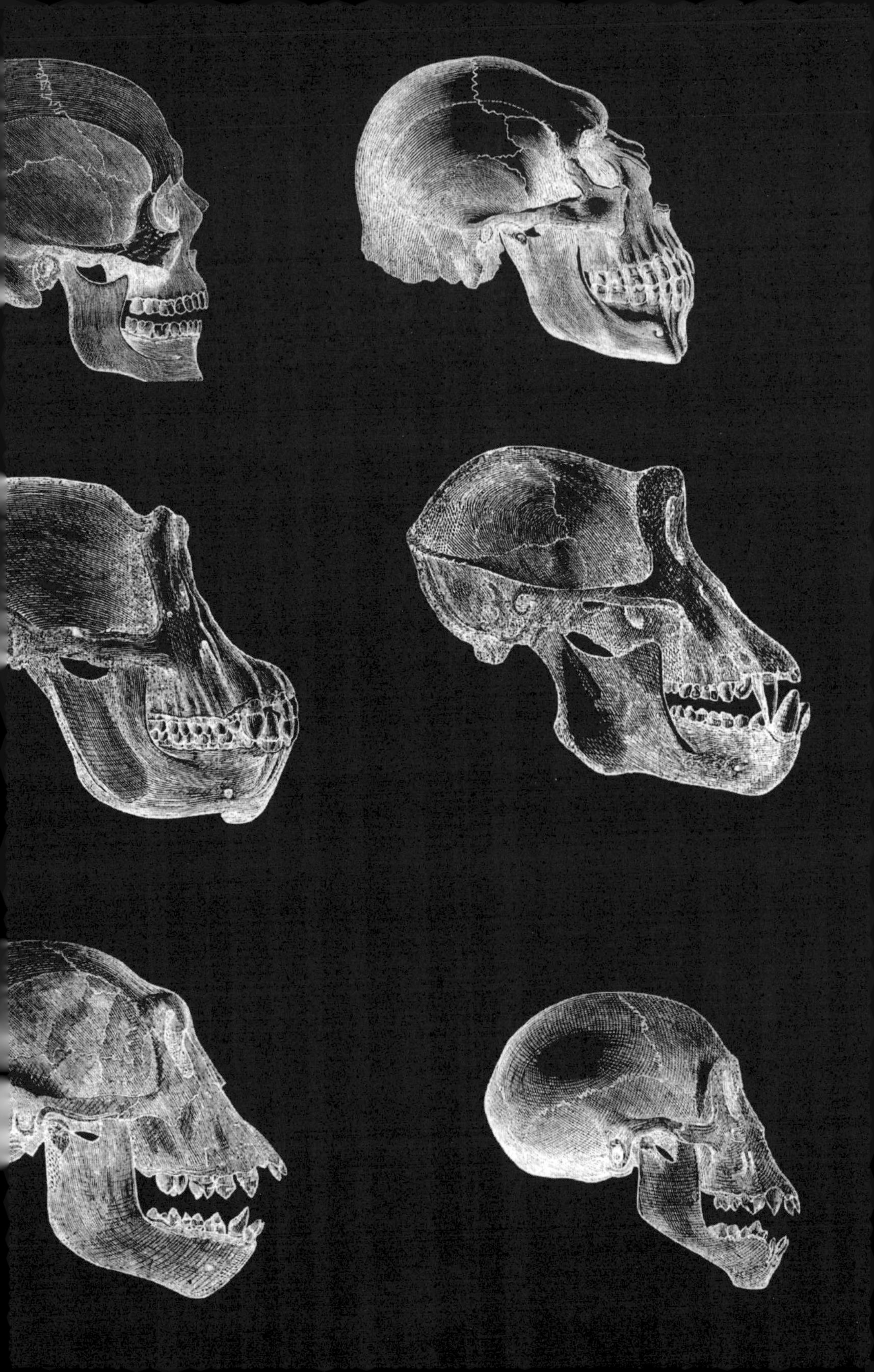

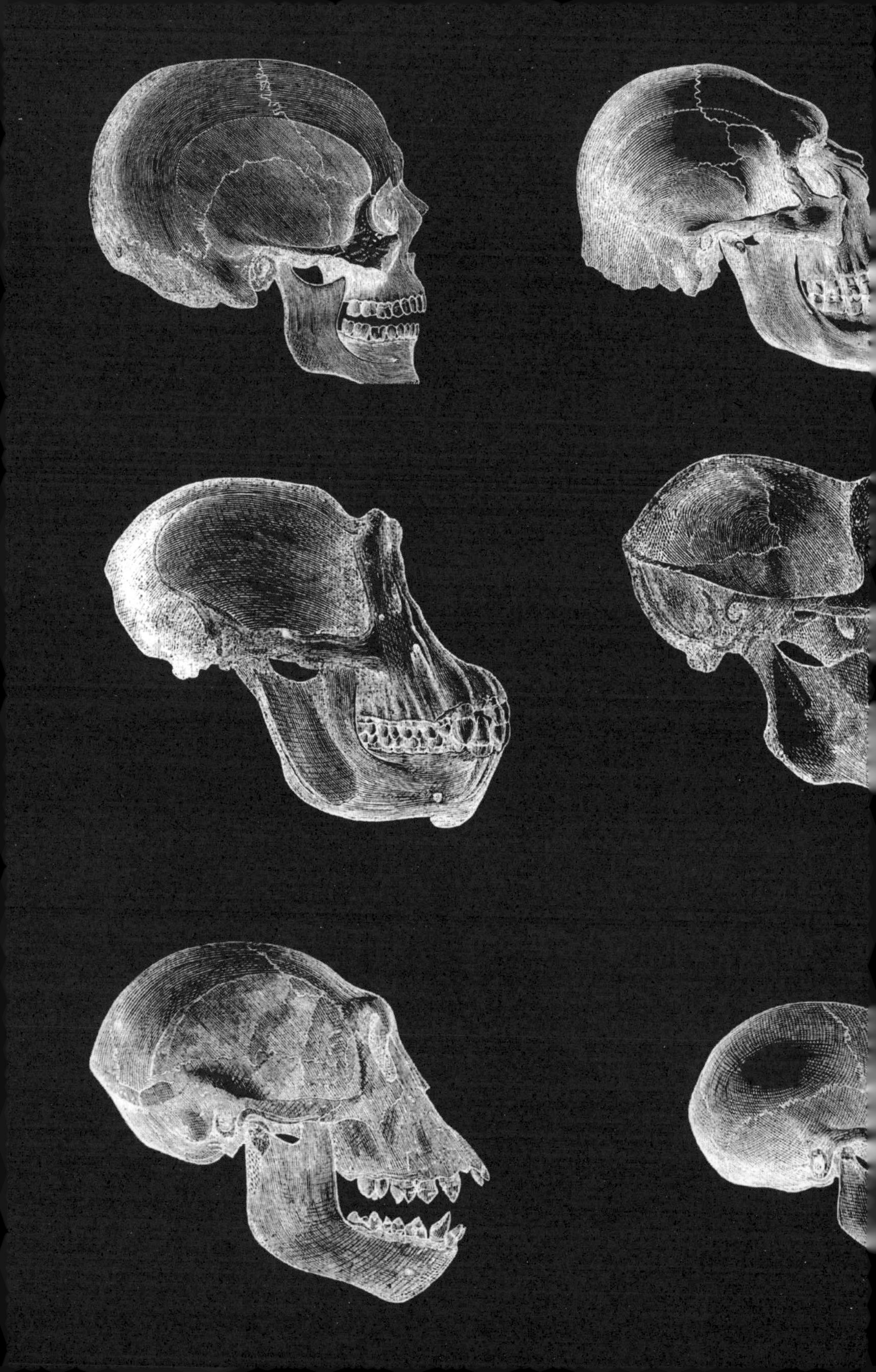

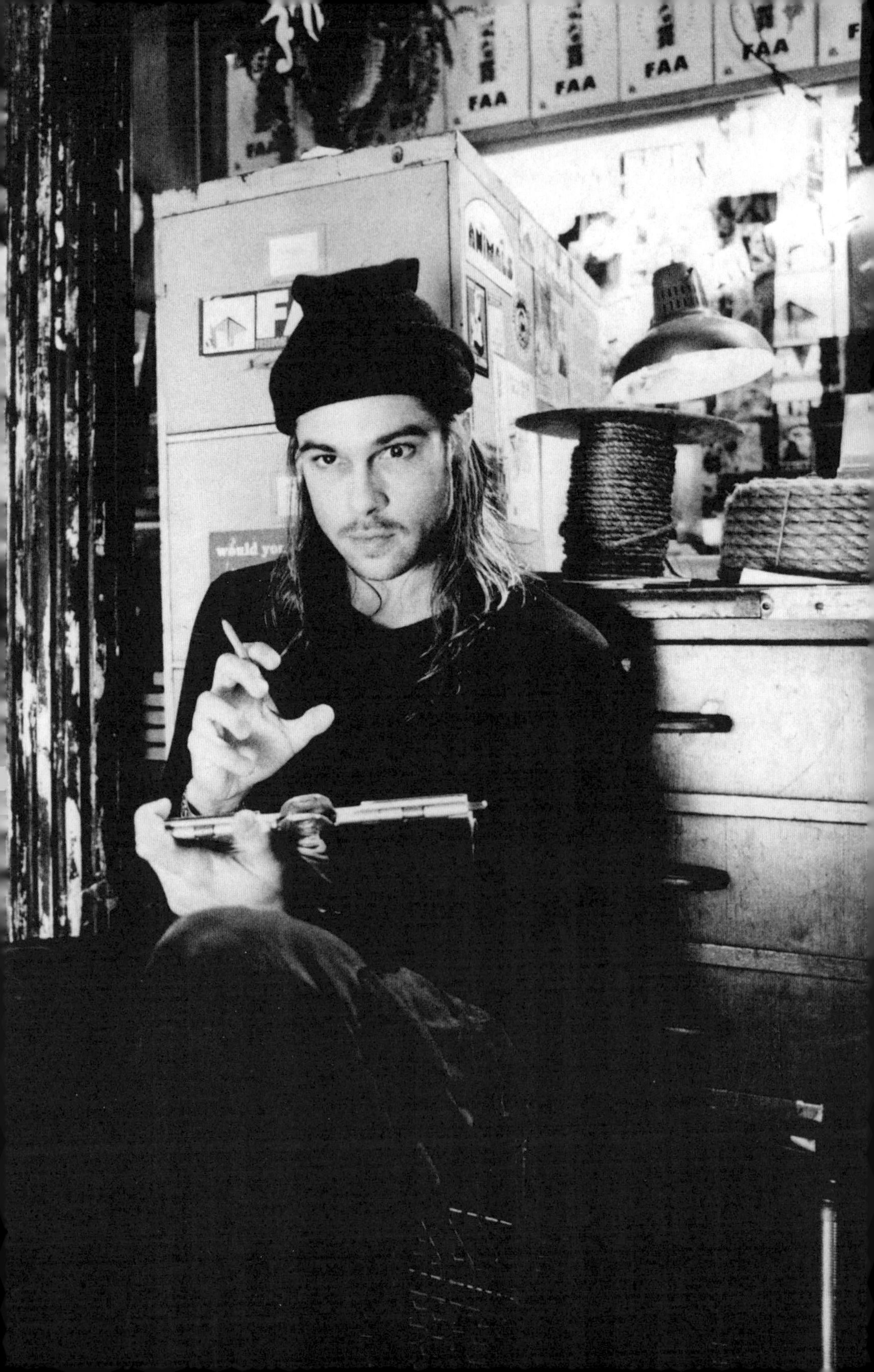
FAA
FAA
FAA
FAA

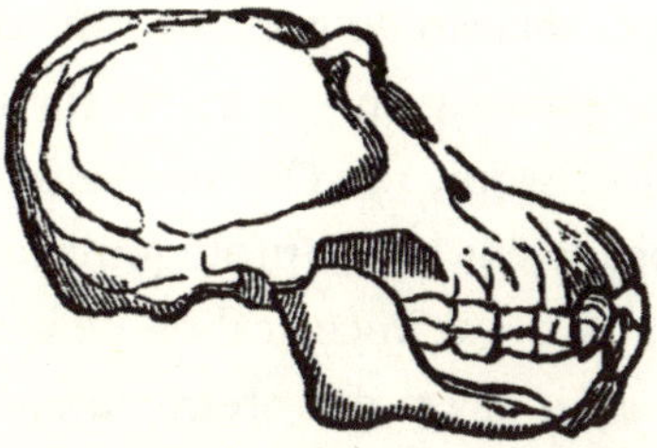

O futuro é história

por **Gabriela Müller Larocca**

Ah, o tempo... eis um assunto difícil de ser abordado. Afinal, como pode algo tão vago e sem registros materiais causar tantas inquietações? Para onde vamos, de onde viemos? Podemos alterar nosso destino ou estamos todos fadados a um único fim? *Passado, presente, futuro*. Tantos conceitos, tão poucas respostas. O tempo realmente existe? Ou seria ele apenas fruto das relações humanas? Se existe, será possível voltarmos e corrigir nossos erros?

Para o campo da História, não. O tempo não existe. Ele é uma construção humana, não um fato dado. Uma criação de quando os seres humanos começaram a pensar em sobrevivência e se organizar em comunidades, por consequência, criando uma ideia de *ontem*, *hoje* e *amanhã*. Já para o campo da Física, por exemplo, o tempo existe enquanto algo concreto. Uma unidade de medida, ou a quarta dimensão. Se para a Física, o tempo é relativo, para a História ele é subjetivo, de forma que ao longo dos séculos as sociedades criaram diferentes concepções e formas de se relacionar com ele.

Talvez nenhuma outra história de ficção científica exemplifique melhor essa complexa relação do ser humano com o tempo (e as inúmeras interpretações que surgem a partir disso) do que a jornada de James Cole pelo mundo distópico de *Os Doze Macacos*. Dirigido por Terry Gilliam,[1] o filme lançado em 1995 e protagonizado por Bruce Willis é o ponto de partida do livro que você acabou de ler. O livro de Elizabeth Hand é uma novelização direta do roteiro cinematográfico de David e Janet Peoples,[2] lançado no mesmo ano que o filme como uma estratégia publicitária conhecida como *tie-in*. Esse tipo de estratégia combina a divulgação através de múltiplos formatos midiáticos, como livros, videogames e brinquedos, com o objetivo de aumentar o contato e o interesse do público com o lançamento. No caso de *tie-ins* como a novelização de *Os Doze Macacos*, o livro contém tudo que é retratado no filme, aproveitando suas páginas para adicionar contextos e histórias que simplesmente não caberiam no formato original.

A história de *Os Doze Macacos* começou, na verdade, com um curta-metragem experimental francês intitulado *A Pista* (*La Jetée* no original). Dirigido pelo cineasta Chris Marker e lançado em 1962, o filme utiliza fotografias em preto e branco para contar a história de como a humanidade foi obrigada a se retirar para o subterrâneo após eventos nucleares da Terceira Guerra Mundial. Os poucos cientistas que sobraram em Paris enviam um homem, atormentado por suas memórias, em uma viagem pelo tempo para que consigam descobrir como reconstruir a civilização. O produtor de *Os Doze Macacos,* Charles Roven, assistiu *A Pista* e comprou seus direitos com o objetivo de fazer uma refilmagem estadunidense, entregando a ideia nas mãos do casal Peoples.[3] A dupla de roteiristas optou por se *inspirar* no curta francês e não o refazer,

1 Gilliam é um dos membros fundadores da trupe de comédia Monty Python e dirigiu o clássico *Monty Python em Busca do Cálice Sagrado* (1975). Além disso, também foi responsável por filmes como *Brazil – O Filme* (1985), *O Pescador de Ilusões* (1991) e *Os Irmãos Grimm* (2005)

2 *Os Doze Macacos* foi o único filme em que o casal colaborou junto. David Peoples ficou conhecido nos anos 1980 ao trabalhar no roteiro de *Blade Runner – O Caçador de Androides* (1982). Em 1992, ele recebeu uma indicação ao Oscar de Melhor Roteiro Original por *Os Imperdoáveis*.

3 Chris Marker não tinha interesse em ter seu filme refeito nos Estados Unidos. Ele chegou até mesmo a negar os pedidos dos roteiristas, o que quase fez com que o filme fosse deixado de lado. No final das contas, quem o convenceu a mudar de ideia foi o diretor Francis Ford Coppola, de quem Marker era um grande fã.

baseando-se em suas experiências pessoais e no que estava em alta na cultura e sociedade da época.[4] Esse novo contexto levou a mudanças significativas, como o fato de que em *Os Doze Macacos* a destruição do mundo é provocada por uma ameaça viral, e não nuclear.

Dito isso, a história de *Os Doze Macacos* já é conhecida. James Cole (Bruce Willis) é um prisioneiro enviado de volta ao passado, para o ano de 1996, para coletar informações e amostras a respeito de um vírus mortal que dizimou a humanidade e forçou os poucos sobreviventes a se esconderem em abrigos subterrâneos. No entanto, algo dá errado na viagem de Cole e ele chega em 1990, onde acaba internado em um hospital psiquiátrico. Nesse processo, conhece a dra. Kathryn Railly (Madeleine Stowe) e Jeffrey Goines (Brad Pitt), outro paciente do lugar. É nesse cenário que começa a corrida contra o tempo de Cole, que precisa encontrar informações sobre o Exército dos Doze Macacos, um grupo ambientalista suspeito de ter liberado o vírus.

Viagem no tempo é um tema praticamente cativo no gênero da ficção científica, frequentemente imaginando e questionando se determinadas ações humanas podem alterar o curso da história e os eventos do passado, assim como a possibilidade de múltiplas realidades e todos os tipos de paradoxos possíveis.

Mas *Os Doze Macacos* oferece uma abordagem bastante inovadora neste tema — não é possível alterar o passado, a morte de 5 bilhões de pessoas é algo inevitável, como explicado por Cole em 1990: "Isso já aconteceu. Não posso salvá-los. Ninguém pode".[5] A viagem ao passado serve unicamente como pesquisa, uma busca pelo vírus em sua forma original para que os cientistas do futuro possam criar uma cura antes

4 Vale mencionar que, quando mais novos, tanto David quanto Janet trabalharam em um hospital psiquiátrico, vivenciando em primeira mão como os pacientes possuíam diferentes percepções de realidade. Na mesma época em que o roteiro foi escrito, os noticiários estavam saturados de notícias sobre protestos de grupos defensores dos direitos dos animais como o PETA. Outro evento que influenciou os roteiristas foram notícias sobre cientistas que planejavam se aventurar pelo pergelissolo para coletar amostras da Gripe Espanhola e sequenciar seu genoma com o intuito de combater novas pandemias.

5 Em outro momento, Cole profere a seguinte frase: "Tudo o que vejo são pessoas mortas". Coincidentemente, quatro anos depois Bruce Willis estrelaria em *O Sexto Sentido*, onde o personagem de Haley Joel Osment, também nomeado Cole, soltaria a icônica frase "Eu vejo gente morta".

que ele comece suas infinitas mutações. Nisso, *Os Doze Macacos* consegue se distanciar de filmes populares sobre viagem no tempo, como *O Exterminador do Futuro 2: O Julgamento Final*, do diretor James Cameron, lançado apenas alguns anos antes, com a premissa de que se você mudar o passado, muda por consequência o futuro.

Isso não acontece em *Os Doze Macacos*, o que nos faz entrar em um dos pontos mais interessantes do filme de Terry Gilliam. Ao construir uma ideia de tempo não-linear, o longa levanta questões filosóficas complexas, como livre-arbítrio e determinismo. Se não podemos mudar o futuro, o que estamos fazendo no presente? Temos algum controle sobre nossos destinos? Nesse sentido, notamos a originalidade do filme, que ocupa um lugar singelo na história do cinema. Se afastando das produções de ficção científica com o mesmo tema e dos blockbusters de desastres que estavam em moda na época (ao mesmo tempo em que dialoga com esses gêneros), *Os Doze Macacos* subverte corajosamente o tropo da bravura excepcional norte-americana, apresentando uma distopia paranoica, permeada por decadência urbana e recheada de cenas de luta e fuga.[6] Isso tudo alguns anos antes de *Matrix*, da irmãs Wachowski, invadir e deixar seu legado na cultura pop.

A história de James Cole também é um belo tratado sobre como nossas memórias são subjetivas e, consequentemente, nossa percepção de realidade também. O fato de Cole ser atormentado desde criança por um misterioso sonho cujos detalhes se alteram toda vez que são revividos é um bom exemplo disso. A memória, enquanto algo subjetivo, permeia o longa, levando a questionamentos acerca do que é loucura e o que é sanidade. Isso fica exemplificado no homem "mentalmente divergente" que Cole encontra no hospital psiquiátrico, e também no próprio Jeffrey Goines, personagem de Brad Pitt, que ganhou um Globo de Ouro por sua atuação no filme. Aqui vemos como a história

6 Terry Gilliam trabalhou junto ao designer de produção Jeffrey Beecroft para criar o visual do filme. Beecroft usou como referência imagens da República Tcheca feitas pelo fotógrafo Josef Sudek e também o trabalho do fotojornalista brasileiro Sebastião Salgado. A maioria das cenas ambientadas no futuro foram filmadas em usinas de energia e fábricas abandonadas. Já para o hospital psiquiátrico, foi utilizada a Eastern State Penitentiary, um prisão construída na Filadelfia durante o século XIX e desativada na década de 1970.

de *Os Doze Macacos* põe em cheque todas as nossas certezas, principalmente aquelas que considerávamos inabaláveis: *Tempo. Passado. Sanidade. Loucura. Memórias. Realidade.*

O questionamento da realidade é central na história do filme, a começar pelo próprio protagonista, que lentamente passa a duvidar se suas memórias e vivências são reais. Isso cria uma bola de neve e faz com que as pessoas ao seu redor — e nós, seus espectadores — também comecem a questionar se suas afirmações são verdadeiras ou não. Cole realmente veio do futuro? Ou seria tudo uma realidade inventada em sua mente? Terry Gilliam é extremamente eficaz em suscitar essa dúvida, utilizando ângulos de câmera extremos, principalmente o chamado ângulo holandês, para representar as diferentes percepções de realidade. É significativo como ele utiliza esses ângulos, especialmente quando Cole está no futuro distópico e no hospital psiquiátrico, o que reforça ainda mais nossa dúvida sobre a realidade dos eventos narrados pelo personagem. Nisso, percebemos como o filme não está unicamente interessado em resolver o mistério de quem iniciou a pandemia ou o que é o Exército dos Doze Macacos, mas sim o que é real e o que é imaginado naquele universo.

Gosto de pensar que assistir *Os Doze Macacos* é como montar um complexo quebra-cabeças. Acontece que, durante o processo, descobrimos que algumas peças parecem perdidas. Alguns dos detalhes e das informações necessárias para entendermos o que está acontecendo, sejam elas imagéticas ou textuais, estão ali o tempo todo. Bem na nossa frente. Basta prestar atenção à televisão, aos filmes e ao rádio, que cercam os personagens, constantemente dando pistas e pressagiando o que vai acontecer. Mas o que a incansável jornada de Cole pelo passado e sua busca pelo Exército dos Doze Macacos nos mostram é que olhar para o passado é olhar através do buraco de uma fechadura de uma porta trancada. Nunca vamos ter acesso a tudo, muito menos conseguir reconstruir totalmente o que já se passou. O que temos são vestígios. Fragmentos que chegam até nós e que tentamos unir, interpretar e entender. Tudo na ânsia de compreender quem somos, de onde viemos e para onde vamos. Mas, no final das contas, o que importa é como olhamos para esses fragmentos e o que fazemos com eles.

Quando foi lançado em 1995, *Os Doze Macacos* recebeu avaliações mistas dos críticos especializados. O sucesso enfim surgiu quando estreou nos circuitos comerciais dos cinemas norte-americanos, no início de 1996, alcançando o primeiro lugar nas bilheterias e ficando na posição por duas semanas consecutivas, o que apaziguou as inseguranças do estúdio, que enxergava o filme como um risco financeiro. Com um orçamento de cerca de 29 milhões de dólares, o filme arrecadou mais de 168 milhões mundialmente e rendeu uma indicação ao Oscar de Melhor Ator Coadjuvante para Brad Pitt. O sucesso foi tão grande que por anos o estúdio responsável pelo filme, Atlas Entertainment, desejava criar uma série de televisão baseada no roteiro.

Então, em 2013, o projeto aconteceu — a série baseada em *Os Doze Macacos* surgiu em uma época bastante propícia onde inúmeros clássicos do cinema estavam ganhando suas próprias versões para a televisão. *Hannibal* levou o icônico personagem de *O Silêncio dos Inocentes* às telinhas em 2013, mesmo ano em que *Bates Motel* trouxe um jovem Norman Bates antes dos eventos de *Psicose*. Enquanto essas séries televisivas se enquadravam muito mais como prequelas dos filmes famosos em que eram baseadas, *Os Doze Macacos* pretendia uma nova abordagem da história.

Criada por Terry Matalas e Travis Fickett, a série foi originalmente concebida como um roteiro sobre viagem no tempo, mas que não tinha nenhuma ligação com o filme de 1995. No entanto, após o piloto ser recebido pelo estúdio, foi estabelecido um acordo no qual o inicialmente intitulado *Splinter* se tornaria uma adaptação de *Os Doze Macacos*. A série entrou em fase de desenvolvimento em 2013 — estreou em 2015 e ficou no ar por quatro temporadas, até 2018. Enquanto a premissa é basicamente a mesma do filme, um futuro distópico em que a humanidade foi dizimada por um vírus letal e um homem chamado Cole é enviado para o passado, algumas alterações foram feitas, a começar por nosso protagonista, vivido por Aaron Stanford, que possui caracterização e motivações bastante diferentes daquelas vividas pelo personagem de Bruce Willis.

A viagem no tempo ainda está ali, assim como as inúmeras falhas na ciência e tecnologia que tornam sua existência possível. No entanto, a série abraça muito mais a ideia de uma aventura de ficção científica, aprofundando o aspecto da viagem no tempo e o mundo pós-apocalíptico de Cole, o povoando com complexos personagens. O mistério envolvendo o grupo dos Doze Macacos é explorado de forma gradual durante os episódios, ganhando diferentes contornos e importância para a trama. Para além de novas adições, uma das grandes mudanças provavelmente acontece na caracterização dos personagens coadjuvantes já conhecidos por nós. James Cole ainda sequestra uma médica chamada Railly e continua encontrando um paciente psiquiátrico chamado Goines. Acontece que aqui Railly (interpretada por Amanda Schull) é uma virologista e não psiquiatra, o que lhe confere um protagonismo maior na questão do vírus, enquanto Goines se torna Jennifer Goines (vivida por Emily Hampshire), uma gênia da matemática, o que a afasta da sombra da icônica atuação de Brad Pitt, e fornece espaço para expandir a personagem. As obras assumem estéticas bastante diferentes também, com a série abraçando um tom distópico muito mais polido do que no filme.

Verdade seja dita, é irrelevante *comparar* as duas obras. Ambas são frutos de contextos diferentes, e embora compartilhem o mesmo nome e premissa, acabam enveredando por caminhos distintos. Vale lembrar também que estamos falando de formatos singulares e que a televisão geralmente possui mais tempo do que um filme de duas horas para ampliar uma história. Talvez um dos maiores méritos da série seja justamente não querer refilmar o que já foi feito no longa de Terry Gilliam. Afinal, já assistimos a esse filme e conhecemos sua história. Aqui, o objetivo é outro. Se trata de ir além. Expandir um universo e sua mitologia, preenchendo lacunas deixadas pela produção fílmica. Com um conjunto de ferramentas narrativas diferentes, a televisão permite que personagens, relacionamentos, motivações e ambientes diversos se desenvolvam. O que a série faz, e faz muito bem, diga-se de passagem, é utilizar uma premissa já existente para ampliar velhas histórias e contar novas jornadas.

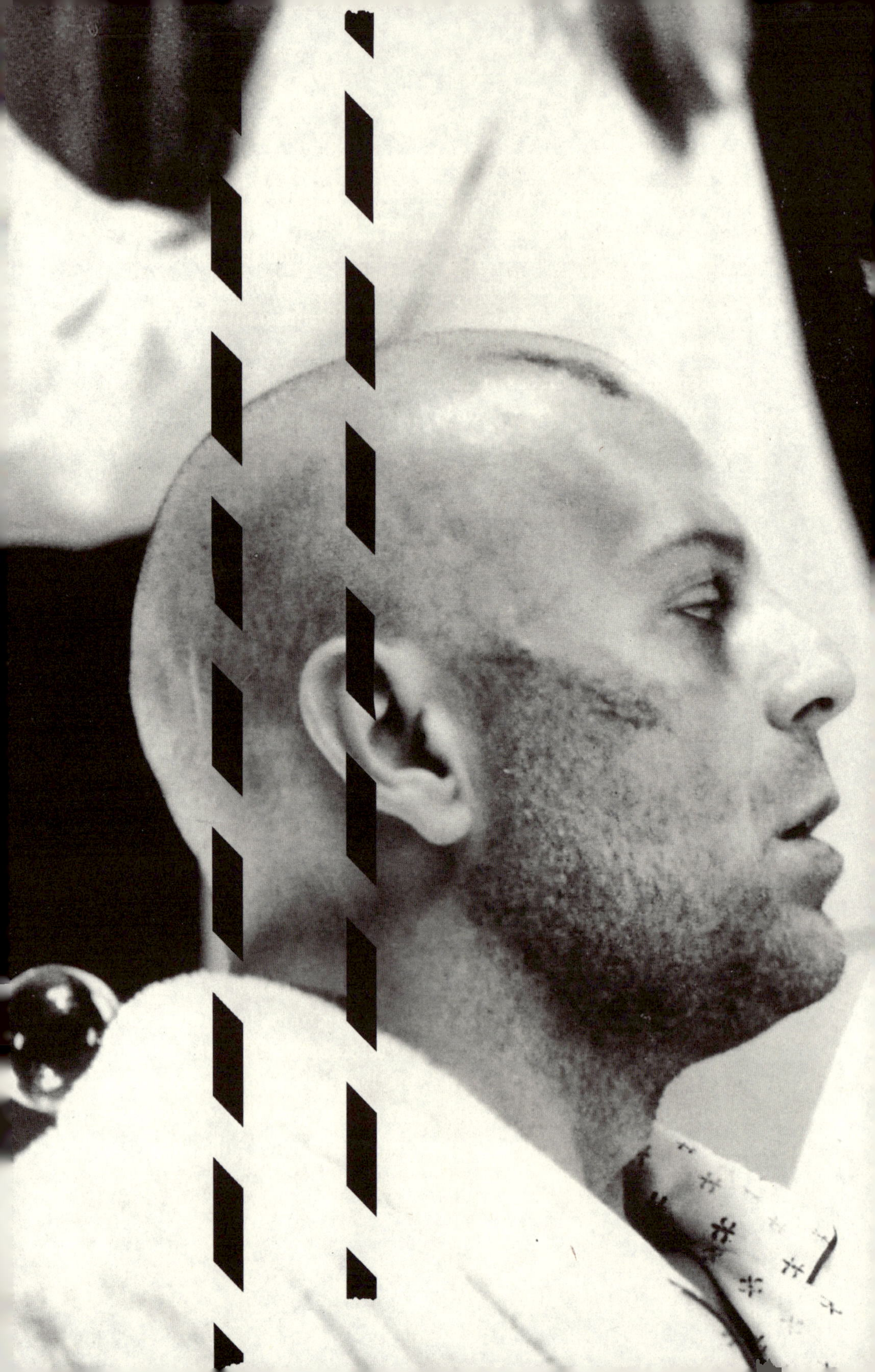

No entanto, em meio a tantas diferenças, há algo que as duas obras compartilham. Algo que mais do que nunca nos amedronta enquanto coletivo. A transmissão de um vírus mortal. O vírus que ocasiona a morte de bilhões de seres humanos e sofre mutações contínuas, que impedem que seja encontrada uma cura ou imunização, é o ponto de partida da narrativa de *Os Doze Macacos*. Essa é a resposta encontrada para a velha pergunta que atormenta a humanidade desde os seus primórdios: como a sociedade vai acabar? Como será o nosso fim? Ao longo de sua existência, o ser humano já imaginou diferentes formas e cenários para o fim do mundo. Desde muito cedo utilizamos a ficção científica justamente com esse propósito: imaginar o futuro de acordo com nossas ansiedades do presente. Desastres naturais, guerras nucleares, invasões alienígenas, a lista é longa e criativa. Enquanto algumas ameaças permanecem no mundo da ficção, outras infelizmente são bastante reais.

Olhando para trás, para toda a história da humanidade, a ameaça apresentada por *Os Doze Macacos* é extremamente plausível e cientificamente acurada. O que torna tudo ainda mais aterrorizante. Embora o filme não especifique nem nomeie a doença ou o vírus que dizima a população — na verdade, pouco sabemos sobre ele — é possível chegar a algumas conclusões que apontam semelhanças com o mundo real. O vírus de *Os Doze Macacos* torna a superfície do planeta inabitável, com o ar sendo sua principal forma de transmissão. Isso é exemplificado na cena em que Cole necessita de equipamentos especiais quando sobe para coletar amostras, ou quando o dr. Peters passa pela segurança do aeroporto com seus frascos "invisíveis" e "sem odores".

Nesse sentido, o filme se baseia em informações da virologia para criar sua ameaça letal. É preciso ter em mente que a forma de transmissão é muito importante, pois determina a velocidade que a doença se espalha pela população. Doenças de origem viral propagadas pelo ar, gotículas e aerossóis, estão justamente entre as de disseminação mais rápida. Quanto mais alto o nível de transmissão, mais rápido a doença se espalha. Quanto mais rápido ela se espalha, mais pessoas são contaminadas e propagam o vírus adiante, criando assim uma bola de neve no formato de progressão geométrica sem fim. Não é à toa que em *Os*

Doze Macacos a pandemia começa em um aeroporto, local de deslocamento e contato, e um local que conecta pessoas e nações do mundo todo. Uma vez que um vírus começa a circular fica difícil controlá-lo. Basta lembrar das palavras de Cole sobre o deslocamento do vírus pelo mundo: "Que o vírus foi levado da Filadélfia para São Francisco, depois para New Orleans, Rio de Janeiro, Roma, Kinshasa, Karachi, Bangkok, depois Pequim".

Os Doze Macacos mostra como a realidade pode imitar a ficção, e a ficção, por sua vez, imita a realidade. Afinal de contas, a palavra pandemia não é nenhuma novidade para nós. Ao longo dos séculos, nossa sociedade já vivenciou algumas vezes os terrores causados por doenças virais rapidamente disseminadas, e a nossa geração carrega agora essa vivência em comum.

Eis aqui o que torna *Os Doze Macacos* uma história tão atual e preciosa. É praticamente impossível não sentir certa empatia por Cole, um homem que presenciou o fim de sua civilização e nada pode fazer para deter essa catástrofe. Nos anos desde o lançamento do filme em 1995, nossa sociedade passou por catástrofes ambientais, crises climáticas, novas e velhas doenças, além de uma pandemia que deixou sua dolorosa marca em nossa história. Tudo isso com certeza faz com que *Os Doze Macacos* ocupe outro lugar em nossa cultura e imaginário. O que antes era ficção, um futuro distante e distópico, agora se tornou algo muito mais perto da nossa realidade. Um futuro que não é mais tão futuro assim.

É como se magicamente enxergássemos o livro e o filme de forma diferente. Mas afinal, estariam eles tão diferentes assim? Ou nós mudamos? De forma quase profética, o filme responde a essa questão para nós. Quando Cole e Railly estão no escuro da sala de cinema, assistindo a *Um Corpo que Cai*, de Alfred Hitchcock, o personagem principal alega já ter visto aquele longa, mas que dessa vez parecia diferente. O filme e o livro, assim como o passado, nunca mudam. Eles permanecem iguais. O que muda, na verdade, somos *nós*. Cada vez que Cole assiste *Um Corpo que Cai* ou nós, seus espectadores, assistimos e lemos *Os Doze Macacos*, eles realmente parecem filmes diferentes, mas não são. Nós que mudamos e agora olhamos a narrativa por outro prisma.

Na história, a doutora Railly escreveu um livro sobre loucura e visões apocalípticas. Em uma palestra, ela discute o chamado Complexo de Cassandra, termo baseado na lenda grega de Cassandra que, após não corresponder aos avanços românticos do deus Apolo, tem suas profecias vistas como mentiras, não conseguindo convencer nem alterar o futuro a partir de suas predições. Como a própria Railly diz: "Cassandra foi condenada a *saber* o futuro, mas a *não levar crédito* quando contasse aos outros. Daí, a aflição de uma previsão combinada com a impotência de não poder fazer nada a respeito".

É como se, ironicamente, *Os Doze Macacos* profetizasse o lugar que ocuparia em nossa cultura. Desde o seu lançamento na década de 1990, o filme e o livro se tornaram uma espécie de Cassandra, nos alertando em vão para o que estava por vir. No entanto, não podemos ser tão injustos com nós mesmos. Não sabíamos o que sabemos hoje. Não éramos quem somos hoje. Se tem algo que *Os Doze Macacos* nos ensina é que definitivamente não podemos mudar os fatos do passado. O que passou, passou. O que podemos, sim, fazer, é olhar de forma diferente para ele. Quanto ao futuro, é aqui que nos distanciamos de *Os Doze Macacos.* Podemos mudar nosso destino enquanto humanidade. Como James Cole diz no filme: "Eu quero que o futuro seja desconhecido".

Para a nossa sorte, ele é. E está apenas esperando para ser desbravado.

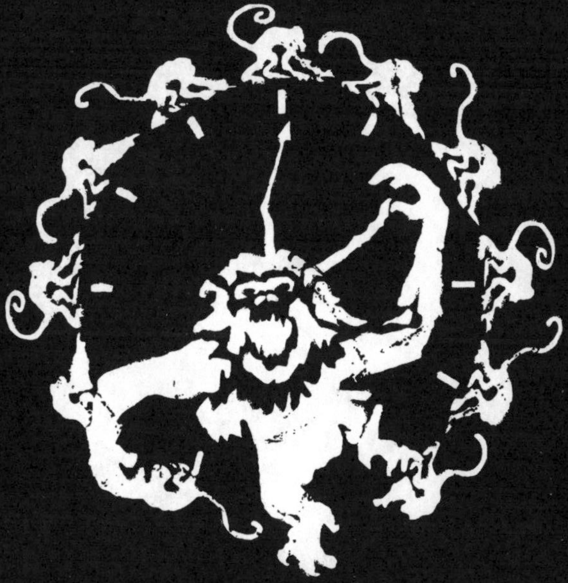

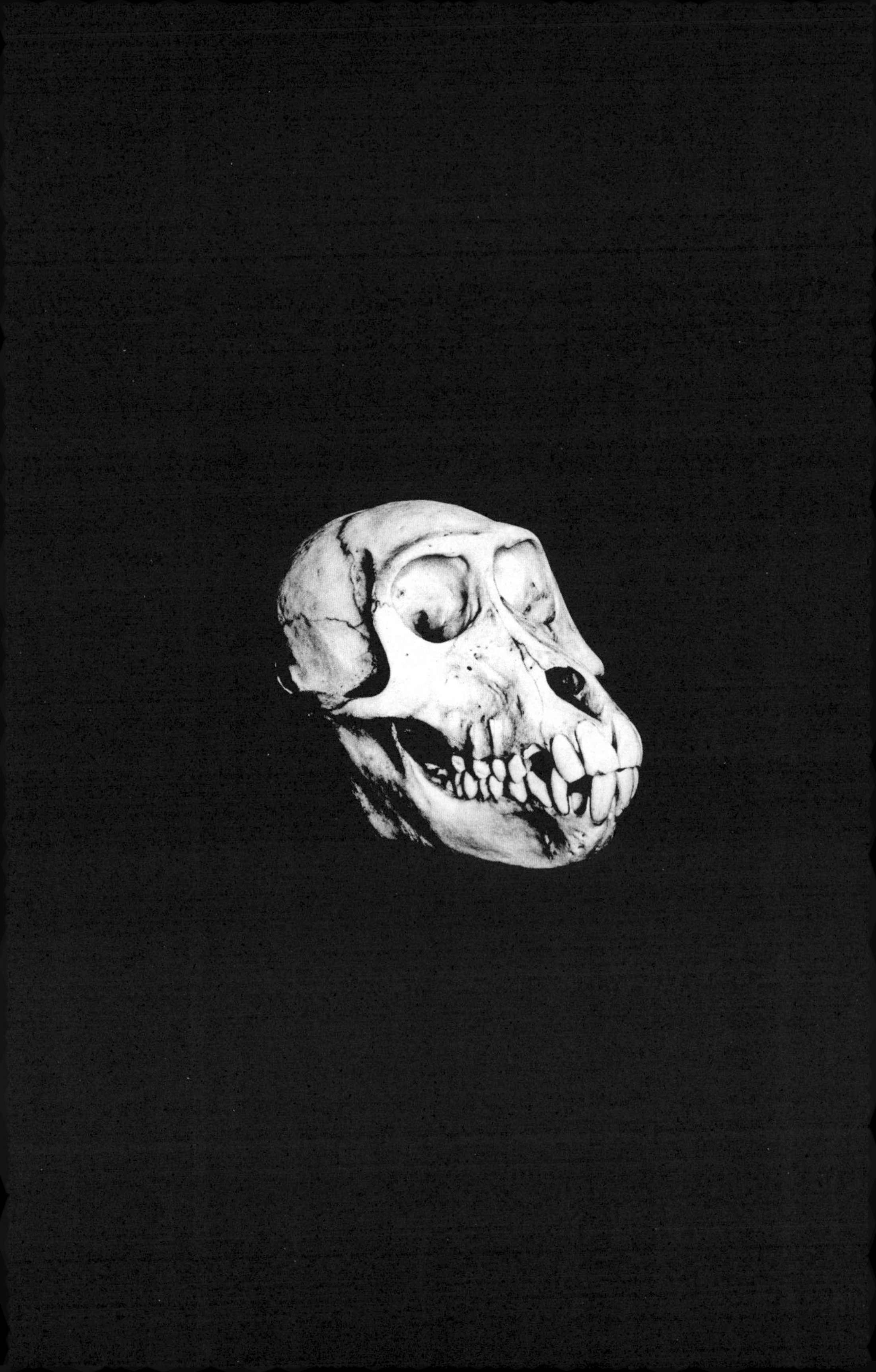

Elizabeth Hand (1957) é autora de mais de quinze livros e coleções de contos, entre eles *Errantry*, *A Haunting on the Hill*, *Wylding Hall* e *Generation Loss*. Seu trabalho já ganhou prêmios importantes da literatura como Shirley Jackson Award, o World Fantasy Award e o Nebula. Elizabeth Hand também é crítica literária e contribui há muitos anos em revistas e jornais como *Washington Post*, *Los Angeles Times*, *Salon*, *Boston Review* e *Village Voice*. Ela mora no Maine com seu marido, o romancista Richard Grant, e os dois filhos do casal. Saiba mais em elizabethhand.com

Terry Gilliam (1940) é cineasta, comediante, animador e ator. Ganhou notoriedade por sua participação no grupo Monty Python, que recebeu o BAFTA em 1988 de Melhor Contribuição Britânica para o Cinema. Entre seus filmes, destacam-se *Brazil: O Filme*, *As Aventuras do Barão Munchausen*, *Medo e Delírio* e *Os Doze Macacos*, além dos filmes criados para o Monty Python, onde dirigiu, ao lado de Terry Jones, *Monty Python em Busca do Cálice Sagrado* e *Monty Python: O Sentido da Vida*, e coescreveu o roteiro de *A Vida de Brian*. Vive na Inglaterra com a esposa, a maquiadora Maggie Weston. Saiba mais em terrygilliamweb.com

David e Janet Peoples são roteiristas norte-americanos. Escreveram juntos o roteiro de *Os Doze Macacos*. David também foi responsável pela escrita de roteiros como *Blade Runner: O Caçador de Androides* e *O Soldado do Futuro*. Eles escreveram o roteiro do documentário indicado ao Oscar, *The Day After Trinity*, sobre a criação da primeira bomba atômica.

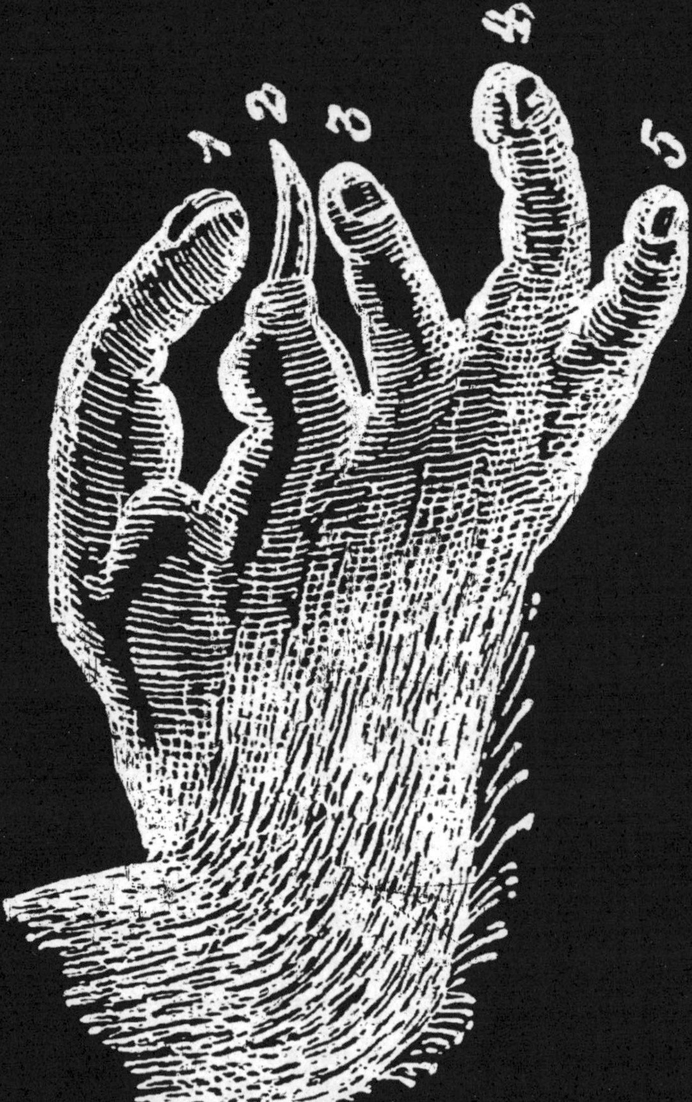
1
2
3
4
5

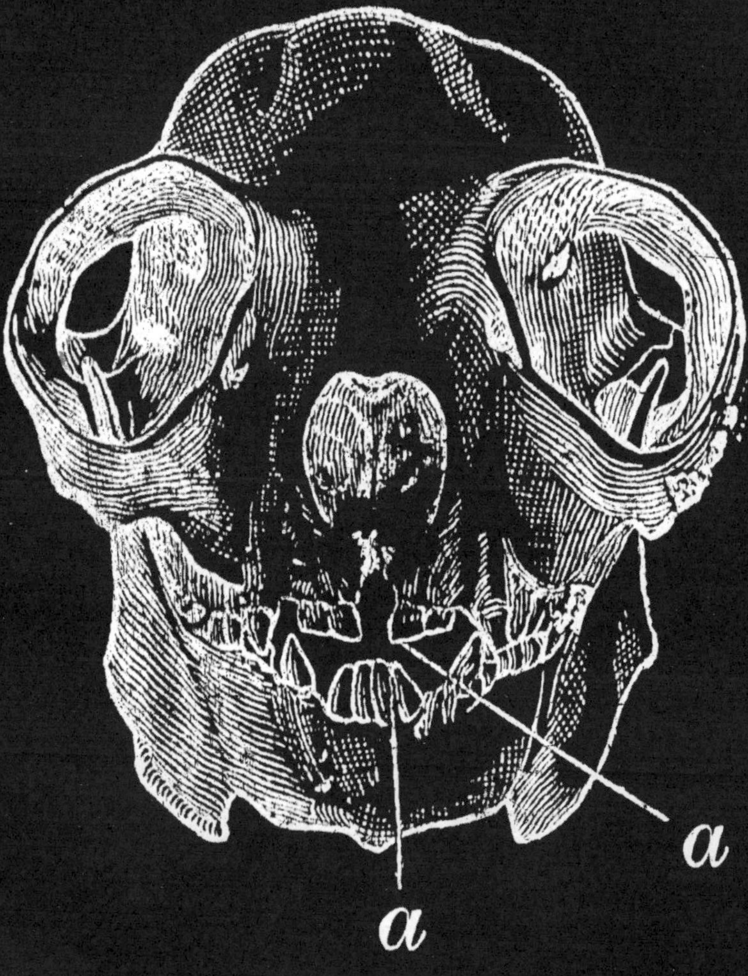
a
a

MACABRA™
DARKSIDE